幻想藏書閣

奇幻基地出版

混血之裔 2

熾愛

The Styclar Saga, Book2

Gabriel

妮琦・凱利 著

高瓊宇 譯

Nikki Kelly

最黑的夜在黎明乍現之前，相信我，黎明即將來臨。

——地方檢察官哈維．丹特，《黑暗騎士》（注）

注《The Dark Knight》，二〇〇八年上映的美國電影，取材自著名漫畫蝙蝠俠，由克里斯多福．諾蘭執導。Harvey Dent是黑暗期是片中高譚市的檢察官，後來左臉燒傷毀容，性格大變。此句爲他的名言。

引言

滴——答，滴——答，滴——答。

隱形的時鐘指針不停地移動。

這是虛無縹緲、無名之地，時間依然存在，指針移動的聲響彷彿在提醒這裡是無可逃避的虛空狀態，明明其他人、其他事物存在的空間裡，時光之河總是無情地往前奔流。在這個虛空狀態中，已離世的人只能黯然躺下，被掩埋在未知當中，再也無能爲力，這是何等的折磨。

除了思考，還是思考，似乎身處在房間中央。說是房間、四周卻沒有牆，沒有地板、沒有天花板，也沒有任何實質或具體的形狀，唯一有的就是我那混亂、勉強成形的意念。

難道這就是生命的原始狀態，當生命終止，便再也沒有任何塵世的力量得以介入，現在我就是這樣的感覺。

但話說回來，有人把鐘放在這裡。

思緒支離破碎，這感覺令人窒息，但是不管怎樣，我依舊奮鬥不懈地專注思索，烙印在記憶深處中最細微的痕跡，就算鳳毛麟爪也好。另外，誰能夠堵住那吵得人快要發瘋的滴答聲。

隱約有個奇形怪狀的物體——小小厚厚的、頂端的邊緣呈鋸齒狀——閃過腦際。

我聚精會神地想，還是想不出它是什麼東西。

物體時隱時現、形狀模糊，但腦袋依舊不肯釋放記憶，我命令它仔細想、記起來。

國王，一個單字浮現，國王，它還有名字。

現在它存在了。

滴答聲又鑽了進來，噪音讓我難以專注思考，不知怎麼，指針移動的聲音越來越顯著。

國王，國王，國王。唱名的節奏跟指針的節奏同步——四平八穩，抓住影像不放。

將軍，一個新單字又成形。將軍，我的國王陷入險境。我的國王。

我。

我。我不是我，我什麼都不是，我不存在，這個念頭開始擴散……

萊拉……

這兩個字宛若有自己的生命力，不斷地重複——萊拉……

名字，東西不存在就沒有名稱可言，但是我有名字，還曾經信誓旦旦強調永不忘記。

萊拉……

奇怪……房間另一頭突然出現一個圓圈。

滴答滴答的聲響越來越快。

窗戶，一扇玻璃窗圈住了一個畫面——一位英俊的男人坐在床尾，我認識他，他面前的桌子擺了一副棋盤。

我專注去想國王，一道曙光射入心間，雖然開始有了一點頭緒，模糊的意念緊接著又淡淡化去。陰鬱的感傷罩上眼前那張臉，影像漸漸模糊了。

「不！」我的嗓音撞在四周逐漸成形的牆壁上被反彈回來。「不！」我再次喊叫，這時國王突然自己動了起來，脫離陷入困境的局面。

掌控決定權。

掌控決定權。

熟悉的聲音在腦海中迴響，一股寒意從下方往上竄升。

屋裡地板浮現，我有腳。

滴、答、滴、答、滴、答……時鐘加快速度，每動一下就轟隆作響，震得我幾乎耳聾，大腦再度陷入沉默。分針每一移動，我的感覺就像被人揪住後腦杓去撞剛成形的牆，頭好痛。

身體彷彿被禁錮在巨大的老爺鐘裡面，變成時間的囚犯，形體蕩然無存，但我開始再次產生存在感，時間必須稍做停留，我才能夠被釋放。

現在我的手也出現了，有手有腳。忽然間地板崩落，天花板塌了下來，我用雙手急忙撐住玻璃窗，緊盯著他的臉龐。

空間忽地上下跳動、左右擺盪。玻璃被震碎，他的影像跟著碎片一起散落，隨即被新的窗戶取代，那是返回世間的途徑。

沉重的木頭轟然倒下，差點壓在頭上，我死命推擠，硬是鑽了過去，俯瞰虛無的時空，然後挺直身體，踩上金框的邊緣。

三個圓球整整齊齊排成一列，第一顆白得發亮，第二顆是寶藍和翠綠的綜合體，第三顆黝黑如墨，灰雲翻騰的感覺彷彿球裡面正刮著暴風雨。

空間裂開時，我在右邊看到一個數字——9。上方砂石塵土紛如雨下，我費力地保持平衡，勉強望向左側，又有一個數字出現——3。此時，平面裂開，數字崩落。

我被石頭砸到腦袋，頭痛欲裂，腳下搖搖欲墜，我勉強支撐住，時鐘的指針卻轉得飛快，速度超乎想像，一切開始旋轉起來。

我要掌控決定權，現在就得做決定。

「我要回家！我要活下去！」我對著虛無的時空吶喊，沒有針對任何人。

指針終於慢下來，懸宕在12的位置，沉重的銅製鐘擺左右擺動，第十二聲鐘響的時候，意味著新的一天已經到來，禁錮我的框框這才綳斷裂開。

我閉上眼睛，他的臉龐驀地浮現，那人的名字懸在意識邊緣，我陡然一驚，整個人從牢獄邊框上直線墜落。

時鐘駐足、停止聲響。

世界上每一座時鐘都陡然不動，是因爲我的緣故。

序幕

愛爾蘭盧坎鎮
四週之前

雖然酷寒的冬季正要開始，明媚的陽光灑在翡翠島上，反而造成一種錯覺——天空清澈湛藍，一點都不像冬天。

這樣晴朗的天氣看在西藍·歐希勒辛主教眼裡，實在很懊惱，這種日子應該要傾盆大雨，天地同聲啜泣才對，這樣才對得起他的兒子皮德雷。

西藍·歐希勒辛主教一肩扛起白色的謊言，扶著沉重的棺木，既不皺眉也不畏縮，逕自打量另一個——現在是碩果僅存的兒子——佛格，他扶著棺木另一頭，單是保持平衡就已經很吃力。相較於皮德雷的身材，佛格軟弱得不像話，小時候應該讓他常吃鞭子，看看長子皮德雷順利變成男子漢，顯然不打不成器。

雖然西藍有好幾次都想對小兒子飽以老拳，卻從來沒有眞的下過手，佛格就像個畏首畏尾的懦夫，看著他雙手抱著太陽穴，手指插進金色的頭髮，隔著亂七八糟的髮絡恐懼地看向頭頂上方。在他睜大的雙眼中，西藍宛如正對著妻子的眼睛，再次聽見她逃家的那天晚上，口中輕聲呢喃「再見」的嗓音。加上皮德雷每次都心甘情願地替弟弟出頭，承受西藍報復性的拳頭，更顯得佛格的懦弱。

現在皮德雷死了，他對佛格的管教必須更加嚴厲，絕不能鬆手，他深信唯有在信心和紀律兩者之間取得平衡，才能培育出領袖人才。雖然佛格比西藍的弟弟戴爾慕德的兒子菲南年幼，卻是歐希勒辛兄弟中長子的後人，這意味著總有一天，他要承接領袖的身分，就算菲南比佛格更有才幹，這樣的傳承還是會執行下去。

若要保護這個城鎮、這些會友，而必須抵禦魔鬼，便如西藍的曾——曾——曾——曾——曾祖父所期待的，需要英勇、大無畏的神的僕人，才足夠承擔這項任務。

西藍．歐希勒辛主教正是追隨先人的腳步，效法他們的典範。

他們逐漸接近聖堂外圍的入口，走過長長的小徑，就是通往聖堂的鑲炭木門，這時太陽剛巧上升到教堂塔樓的頂端，陽光直射而下，照得西藍眼花撩亂、看不清楚。

《丹尼男孩》（注）的副歌輕柔地召喚他們進入崇拜的殿堂，推開拱門，甜美的旋律在走道間迴盪，隨著扛進會堂的棺木，同時掃入一股冰冷的寒風，鎖鏈和門閂被風吹得叮噹響。

西藍經過美麗的女兒艾歐娜身旁，她坐在教堂的靠背長椅上，豐滿的嘴唇一抿，露出傷感的笑容，看到微微點頭的西藍，她灰藍色眼眸流下哀戚的淚。

戴爾慕德正在臺上講道，但是西藍無心聆聽弟弟闡述義人如何爲神犧牲，就算他言談間極力稱讚皮德雷是個正義凜然、勇敢無畏的年輕人，這些溢美之詞在這淒風苦雨的日子裡，還是無法安慰人心。

儀式接近尾聲，音樂重新響起，西藍握住艾歐娜的手，安慰地捏了捏。

「妳選得很棒，好孩子，皮德雷肯定會喜歡。」他安慰地對她說。

直到會眾散去，他才在女兒的扶持下離開座椅，艾歐娜踟躕不語，西藍耐心地等她開口，但她反而打開皮包，掏出金色的十字架。

自從皮德雷敗在惡魔手下之後，西藍心灰意冷地解下十字架，然而面對沉重的打擊，難掩悲傷的女兒，依然展現頑強的毅力——她想藉著十字架，要求他不可放棄。

西藍重新握住十字架，並親吻女兒的額頭，艾歐娜滿意地緩步走向走道，西藍沒有把項鍊戴上，而是收進口袋，他想著等自己預備好跟神對話的時候再戴吧。

離開前，西藍回頭瞥了一眼，佛格正輕撫著棺木表面，低頭痛哭。他忍不住懊惱地搖頭，暫且不提領袖特質，單單要把佛格塑造成男子漢，就是艱鉅異常的任務。

按照習俗，在莊嚴彌撒過後，日落之前通常會轉移陣地到當地的酒吧守靈，西藍斜靠著牆壁，唉聲嘆氣，最近這幾年他們來這裡守靈的次數也未免太多了一點。

仍然存活的勇士們彼此高談闊論，傳述皮德雷英勇的行徑和古怪搞笑的軼聞——包括他周旋於異性之間、盡忠職守、廣受朋友歡迎等等，然而每述說一個故事，恐懼卻更加深植人心，這些戰士心知肚明，或許下一次就輪到他們。

注《Danny Boy》，是舉世聞名的愛爾蘭民謠，作曲者已不可考，這首歌是後來諸多填詞裡面最廣受歡迎的一首。

西藍來到酒吧後面的花園，掏出兩支上好的雪茄，向皮德雷致敬，這是他們歐希勒辛兄弟私下的規矩，不只是紀念，也是用這種方式向那些犧牲奉獻的勇士表達至高無上的敬意。

夕陽幾乎墜入地平線，門框上面的燈光照出前面一塊長方形，塵土漂浮在空氣裡，就在白晝即將讓位給黑夜時，風勢漸強，呼嘯作響，捲起灰塵的微粒在半空中盤旋飄散。

西藍小心護住火柴，避免火焰熄滅，幸好冷風強度驟減，火焰竄高，雪茄順利點著了，就在他們吞雲吐霧之際，一股詭譎的寂靜悄悄籠罩下來，屋內親友們交談的嗡嗡聲逐漸淡去，陰影底下忽地出現一個人。

金髮女子驀然出現，西藍和戴爾慕德兩兄弟毫無心理準備，她不是人類，凡人的相貌再美，也不會給人這種驚爲天人的感覺。

「我需要你們支援。」她將來意說得直接了當。

張口結舌的歐希勒辛兩兄弟面面相覷，過了好一會兒才轉頭望向忽然出現的美女。

「妳從上主那裡來找我們？」戴爾慕德率先開口詢問。

「我是你們所謂的天使，需要你們支援。」她重複剛剛說的話，口齒清晰流暢，柔美的五官掩蓋不住那大眼珠中閃爍著的鋼鐵般的決心，「時間所剩無幾，西藍·歐希勒辛主教，你還是那幫號稱封印獵人的領袖嗎？」

西藍握住腰間的左輪手槍，全神戒備。「既然知道我的名字，那妳又是誰。」

戴爾慕德斷然地一手握住左輪手槍的槍管，一手把西藍的手臂往下推開。「哥，不要衝動！她來自於上主。」他眉頭深鎖，轉身望向天使。「是的，撒拉弗(注)，請問我們要如何提供援助？」

「妳叫什麼名字？」西藍依舊堅持。

天使動了動身體、將重心移向另一邊，凝神思索迅速逼近的黑暗，然後回答：「安姬兒。」

西藍踉蹌地倒退一步，手指夾緊菸頭。

「有個女孩……」天使開口說，隨即猶豫了一下便再匆匆說下去，「我需要你們去找她，並好好保護她。」

「什麼女孩？爲什麼需要保護？誰要害她？」戴爾慕德迅速提問。

「她需要拯救她自己，她附近有一群吸血鬼大軍，萬一被他們先找到，發現她就是……」她支支吾吾，沒有說完。

夜色的陰影從周遭的田野逐漸靠攏過來，風勢再起，如同預設般的警告。「我必須走了，以後再通知你們她在哪裡。」

「我們要如何知道她是誰？」戴爾慕德追問。

「我幫她命名叫萊拉，但她用了很多假名，只要你們的心地夠純淨聖潔，就會找到，她的長相跟我差不多。」說完她轉身就走。

「等等！」西藍終於發聲，他急忙向前一步，抓住天使的手臂，直視她的眼睛並提問：

注 Seraph，是舊約聖經中提到的天使，共有三對翅膀。

「妳認識她，也幫了她，告訴我，她做到了嗎？」

天使思索了一下，終於回答：「是的，她在海那裡很安全。」

戴爾慕德不解地看著哥哥和天使，哥哥提出的問題和天使給的答案，都讓他一頭霧水。

門上光芒搖曳，天使目光閃爍，她迅速瞥了一眼，擔心自己逗留的時間太長，不敢再遲疑下去，悄悄閃入灰濛濛的夜色裡。

戴爾慕德對著她的背影大聲嚷嚷。「親愛的天使，拜託，我不懂妳的意思！」

天使安姬兒停住腳步，鞋跟嵌進青草地。「務必搶在他們之前找到她！」她的重心往後傾，扭頭瞥了一眼。「不然的話，戰線將在這裡引爆，人類將會血流成河，世間的一切必然化成灰燼。」

話音一落，她已經不見人影。

這個忽然來到的嶄新人生目標化成動力，西藍捻熄雪茄，匆匆回到酒吧去召集大家。

戴爾慕德正想跟進去，花園邊界的林線裡傳來樹枝斷裂、窸窸窣窣的聲響，他驟然停住腳步，小心謹慎地穿過光禿禿的矮樹叢，他撥開參差不齊、低垂的枝枒，等在那裡的景象讓他大驚失色。

這天晚上來傳達訊息的不只天使而已。

1

有人說死是生的一部份，人生唯一可以確定的就是人人皆有一死。

這麼說的人肯定不認識我。

我大口喘息，空氣立刻灌入肺裡，某種形式的生命力開始在沉睡的體內循環，感官還處於鈍化狀態，周遭的一切移動緩慢，彷彿一段一段地逐格推進。就只有他，文風不動，用那種出人意表、讓人完全猜不透的神情凝視著我。

陽光透過樹梢，一絲絲的光影照在他臉上，有明有暗，唯有那對寶藍色的眼珠不受影響。氣氛祥和寧靜。

嶄新的一天，早晨的薄霧輕觸唇瓣，我徐徐地呼出一口氣，好似將空氣吹進神奇的球體，他的影像和背後白雪靄靄的山景順勢膨脹延展，我慢慢吹氣，球體繼續擴張，把他和周圍的景色包裹在內。

單單一口氣就把全世界容納在裡面。

景象美麗非凡，而他英挺帥氣。

我回來了。

接著風起雲湧、黑雲翻騰，密雲消散之後，另一對午夜般的眼眸帶著催眠的魔力，墨染了雪白的美景，陌生人就站在距離金髮男子不遠處，一瞬也不瞬地盯著我看。

他那黝黑的瞳孔幽深得似乎要把人捲進其中，然後吞噬並摧毀周遭的明亮和寧靜，我還來不及弄清楚，目光就被他幽禁，無法挪開。

我忍不住驚慌起來，猛地倒抽一口氣，剛剛創造的泡泡反向彈回來，風中瀰漫著另一股奇特的氣味，環繞在周遭，最終嗆入我的喉嚨，氣泡爆裂，整個世界打在我臉上。

沒有任何事先警告，寧靜的氣氛被破壞殆盡，突然天翻地覆，亂成一團，所有聲音紛至沓來，幾英哩外的鳥叫聲刺入耳膜，遠處樹林裡呼嘯的風聲像一波波的海浪衝擊而來，陌生人朝我跨了一步——鞋子踩在雪地，冰塊被他體重壓碎的聲音幾乎要刺破我的耳膜。

我猛然坐直身體，拉長脖子轉向濃郁氣味的源頭，靜靜瞅著那個大膽打量我的陌生身影，看他莽撞地逼近，但我注意力被分散，從他黝黑的眼眸轉向手肘，他蒼白的皮膚上有一小滴血跡，我見證他傷口癒合前的最後瞬間。

我的獠牙破皮而出，上唇微微顫抖，一股奇異的感受由內往外擴散，連肌膚表面都有強烈的熱流，隨後發生的事情根本不由自主，全然超乎我的掌控。兩腳從本來平躺的石塊上挪到地面，我低聲呻吟，試著伸展身體，偏偏它還沒有完全清醒，根本不聽使喚，我一股腦兒摔在雪堆上，即使這樣，我依舊驅策自己的身體，手腳並用地爬起身，往陌生人的方向爬過去，一心只想靠近那股氣味。直到腰際突然被一對強壯的胳膊抱住，硬生生地攔住我的腳步，轉離方向。

我極力抗拒，想要掙脫箝制，但他低聲呢喃。「萊拉，不要。」涼爽的氣息拂過耳垂。

我猶豫了一下，火熱的肌膚貼著他彷彿要冒煙，新獠牙縮回原處，牙床疼痛不堪，四肢虛弱無力。他緊緊抱住我的身體，輕柔地把我放在地上，姿態充滿保護的意味。

「你必須離開。」他倉促的語氣突破紛擾的噪音傳進我的耳朵裡。

「可是……」陌生人的腳步聲反而從後靠過來，我無法克制地嘶啞咆哮，指甲掐進雪地裡。

「快走，」保護者立刻說。「現在就離開。」

寒風掃過我溫熱的臉頰，陌生人猶豫半晌，終於快步穿過空地。

我伸手摀住脹痛的耳朵，身體前後搖晃，並發出刺耳的尖叫聲。

「噓，」保護者說，「沒事了，我在這裡，噓……」他包覆著我的手。

溫熱的液體從我們交握的指縫滲出來，我的耳膜在流血。

旭日逐漸東昇，晶亮的星星圍繞著我閃爍發光，類似的景象以前就見識過，只是這一次，冰晶的閃光不只來自於他，也發自我的肌膚。他的光芒環繞著我，瞬間爆發出一股能量灌入我的身體，他和我的光芒融合在一起，重新點燃我們之間的聯繫。

被他擁抱的時間彷彿一輩子那麼漫長，我閉上雙眼，任由陽光的熱量進入新生的皮膚裡面，最後，周遭的噪音化成低沉的嗡嗡聲，感覺還是不對勁，有點頭暈。

他攙扶我站穩，我猶豫半晌，掙脫他的手，腳步卻跟著踉蹌，他立刻跟了過來，但我特意舉起手，要他保持距離，我想自行站穩，努力維持著身體的平衡，赤腳站在雪地裡，專注地吸氣吐氣，慢慢練習，直到掌握住節奏。他一直在旁耐心地等待。

「我或許不記得名字，但我從來沒有忘記你，」我低語，「一道光，劃分爲二……。」

彷彿透過萬花筒觀察周遭的世界，記憶、思緒、感受通通變得更敏銳，我重生之後，新的生命形態比之前更加醒目顯著。

「水晶——星際，」我說，「第三度空間、地球、家園、選擇權，我可以做抉擇……」

本來位於中間的模糊地帶，如今帶出不同形式的回憶。

麥可是第二代吸血鬼，本來打了如意算盤，要將我賣給他的葛提羅——純種吸血鬼艾立歐，可惜計畫失敗，自己反而丟了性命。

伊森是我第一世的未婚夫，因爲誤會而把我殺了，畏罪潛逃時，卻不幸遇上純種吸血鬼而被轉化，從此翻轉他的人生。伊森當年以爲自己失手了結我的生命，卻在一百五十年後發現我其實還活著，於是開始追蹤我的下落，爲了報復反而害自己走上絕命之路。

佛瑞德，是我印象所及第一位認識的第二代吸血鬼，當時我傻傻地將他當朋友看待，他卻把我當食物，享用之前還殘酷地玩弄我：用尖銳的倒鉤刺入我的背脊，一路拖行穿越樹林，直到陰影中的女孩——也是我自己——現身殺了他。

布萊德里是我在利穆鎭的夜店中認識、虛僞作態的紳士，後來也變成我黑暗的另一面手中的犧牲品。就像其他得罪我的人一樣，布萊德里屍骨無存，沒辦法再用那骯髒的手和言語調戲其他女孩。

而今陰影中的女孩消失了，她走到終點，而我死而復生，帶我回家的——是他的臉龐和思緒，還有我心中的堅定意念。

我低著頭，任由劉海遮住眼睛，然後慢慢轉身面對他。看他雙眉深鎖，兩側的酒窩凹陷，瞳孔擴張，顯然帶著焦急的心情等待著我要說的話。

「加百列，」微微的笑意從嘴角擴散開來，我加了一句，「我的加百列，你在等我。」

他緊繃糾結的身體終於鬆懈下來，呢喃說：「這次我知道要等妳。」

他小心翼翼地靠近一步，用食指勾起我的下巴，順手撥開妨礙視線的劉海，他的手掌捧住我的臉頰，堅定地探索我的眼神，然而隨即移開目光——目光轉掉的速度非常快。

奮鬥這麼久才得以回來，然而一個默默無聲的眼神，就足以發現一道巨大的鴻溝隱隱卡在我們之間，當時我以爲是因爲我寶藍色的眼珠裡閃爍著墨黑的斑點讓加百列別開視線，但其實是他不敢面對自己一閃而過的念頭——害怕黑點背後隱藏的含意。

我沉重地嘆了一口氣，隨即邁開大步穿越空地。我渾身散發出虛假的自信，彷彿對自己要去哪裡極有把握，其實心裡毫無頭緒，然而我更擔心越是站在那裡，我們之間不言而喻的分歧會再擴大。

他快步跑過來握住我的手。「妳記得……所有的一切？」他試探地問。

「我記得……最後的六年，包括同一段時間的記憶和夢境，我還知道陰影中的女孩做了什麼事，」我猛然吸了一口氣。「她就是我。」

「她屬於極端的黑暗，萊拉，她已經消失了，在妳心跳結束前，妳已經接納自己雙面的事實，這或許就是妳沒有遺忘的原因。」

我們在雪地上跋涉，不時有光禿禿的樹枝低垂下來，似乎在對我鞠躬致意，表示同情。

「我變了，這一次又變得不一樣。」我嘆了一口氣，抽回自己的手。

「不，這是打從存在以來，妳第一次知道自己的根源，明白自己的身分，妳就是妳，擁有特殊的天賦，至於在這個世界上要如何施展出來，就讓我們一起去探索。」

我不確定他說的對不對，只覺得自己不再像人類。雖然有人類的相貌，也在地球上出生，然而當我在近乎兩百年以前死於十七歲的時候，甦醒時已經承接了永生不朽的血統。

「一嗅到鮮血的氣味，我的獠牙就從牙床底下冒出來，加百列，」我停頓半晌，讓沉重的眞相浸入他風平浪靜的外表下。「我是光也是黑暗，現在果然是這樣，只是一時間還不明白這些對我的意義是什麼。艾瑞爾說過，我可以維持既有的形態縱橫任一個空間，因此一度空間的大天使和三度空間的任尼波才想要尋找我的下落，他們會不約而同地來到二度空間。」

他頓時停住腳步，我的話終於勾起他的某種反應。

「是的，」他說。「一旦他們發現妳還活著，肯定會追到天涯海角，沒找到絕不罷休，所以我們收拾一下，立刻離開，先躲起來避風頭，妳已經承受太多的折磨，我希望一切到此結束。」加百列繃緊下顎，果斷地睜大眼睛。

看來他變得更加堅毅，不再爲了安撫我而特意淡化衝擊，或者逕自代我做決定。

走沒多久，就看到一座法國封建時代的城堡，孤獨地矗立在前方，氤氳的薄霧繚繞在它的四周。

「你就住在這裡？」我揚起眉毛看向加百列。

加百列宛如富商巨賈，財富多得不可思議，我提醒自己改天一定要記得問問，究竟他的錢從何而來。

「這裡很小，我又不能帶妳回穀倉，漢——」他支吾不語。

漢諾拉。一聽到這個名字，我的腳趾頭就像抽筋似地蜷縮起來，可悲得很，我沒有忘記她，事實上，還有好幾樁跟那個吸血鬼有關的事情，我寧願拋在腦後，能忘掉最好。

「那裡不安全。」他說下去。

距離城堡入口頂多幾公尺，但我釘在原地，躊躇不前，加百列跟著停下來，伸手與我十指交握，我立刻知道他已察覺我不安的情緒。

不曉得我在生死間作困獸之鬥的時間有多久，但他似乎沒有任何改變，寬闊的肩膀和強壯的手臂依然帶給我諸多安全感，就像一面無懈可擊的城牆，護我平安，我知道他寧願面對生命的終點，都不會再容許別人介入我們之間，或者把我帶走。天哪，他眞的很帥。

「我愛妳，萊拉。」

這句話讓我非常驚訝。

「我、愛、妳。」他再次堅定地說。

「這句話應該早一點告訴妳才對，」他說下去。「我很明白自己心裡的感覺，以為不說也沒關係，這麼久以來，我對妳的感覺從來不曾改變，認為妳會了解，畢竟我們天天廝守在一起……我應該早點告訴妳的。」

此時此刻，面對他宣示的愛意，我不想爭辯其它細節，質問他既然愛我，為什麼幾分鐘前連和我目光相對都有困難，更不想去質疑這份愛情的含意。我微微一笑，嘴角帶著些許的哀傷，相信他輕而易舉就能發現。

我曾經面臨生命的終點——眞正的死亡——再爬起來後，感覺身心俱疲、渾身乏力，只想擺脫純種吸血鬼和大天使這些複雜的人事物，不想成為雙方交戰爭奪的工具，我已經受夠了，只想趕快結束，恢復原本平靜的生活。

在第一世時我愛上加百列，隨後在地球上流浪了近兩個世紀，不曾再見，但對我而言，他一直常相左右，只是被我埋藏在記憶和內心的深處。

「我也愛你，願意按照你的話去做，無論你要帶我去哪裡都可以，只要你願意，我會一直陪著你。」我握緊他的手。

我的甦醒，如同破蛹而出的喜蝶（注），不同於他那種帶著美麗蔚藍色彩的藍默蝶，然而只要他對我存有一絲絲如我對他的感覺，就算心底有再多的不解和困惑，我都願意極力拍打翅膀，毫不猶豫地跟隨他，飛向世界任何一個角落。

感覺有一股不安的焦慮湧進他心裡，但他仰起頭，金黃色的髮絲微微擋住眼睛，讓我無法看清楚他眼中透露的訊息。

「眞的嗎？」他終於說話。

「是的。」我說，不明白他爲什麼一副不敢置信的模樣。

加百列鬆開我的手，指尖在掌心繞圓圈，接著問：「那喬納呢？」

我搔搔手臂上緣，深思半晌才回答他的問題：

「對不起，你說誰？」

注 喜蝶的翅膀形狀和顏色與尺蛾極爲接近，因此在過去也被稱爲喜蛾。

2

加百列看我的眼神彷彿我突然罹患失憶症一樣，的確，直到這次重生前，失憶症對我來說屬於正常現象，唯獨這回甦醒後和先前的經驗大不相同，這一次我對發生過的一切仍然保有記憶——眼前面臨的問題錯綜複雜，問題的牽扯還不只這個世界而已。

首先是第一度空間的水晶星際，那個世界從光誕生，核心就是水晶，唯有在光明中才能永存。直到某一天，水晶忽然失去光輝，黑暗逐漸籠罩，這個現象對於由水晶光芒創造而出的大天使和其他居民來說，他們的世界正逐步走向滅亡。

天使長歐利菲爾腸枯思竭，努力想辦法要怎麼幫水晶添加能量，他無意間穿越空間的縫隙來到第二度空間——地球，並親眼目睹人類死亡時，會有一股光輝萬丈的白色能量離開人體，歐利菲爾就此找到解決方案：只要收集人類純淨光明的靈魂，順利傳輸到水晶星際，就可以做爲燃料，爲水晶注入必要的能量。

因爲黑暗籠罩水晶星際的時間過長，導致許多大天使瀕臨死亡，歐利菲爾無法再被動地等待水晶創造出更多同類，於是開始幫大天使配對——效法人類繁衍種族的方式——創造天使的後裔，由他們承擔任務，將人類光明的靈魂跨越時空，帶到水晶星際，成爲水晶的能量，以阻止黑暗再次擴張。

第一批的天使後裔各自獨立，相互之間沒有關聯，因此抵達地球後，他們和水晶星際的連結逐漸黯淡，加上離鄉背井的時間一久，理想逐漸被消磨，他們變得心灰意冷，因此後來導致很多天使後裔選擇留在第二度空間，變成墮落天使。

為了讓天使有返回水晶星際的動力，歐利菲爾透過光與愛的交換，將天使後裔相互配對，並為兩個孕育天使寶寶的母親舉行儀式，將發自水晶的同一束光芒，分別碰觸母親體內尚未出生的嬰兒，讓他們永遠連結在一起，將光一分為二，因此不管天使後裔離開家鄉的時間有多長，或是多麼的頻繁，只要配對的另一半仍然存在，連結就在，沒有墮落的理由。

最後是第三度空間，跟第一度空間正巧相反——這是個完全處於黑暗，也是純種吸血鬼出沒的地方。不知何時穿越時空裂縫、來到地球的純種吸血鬼，他們以人類黑暗的靈魂為糧食，運用自身的毒液把本來擁有光明靈魂的凡人轉化成第二代吸血鬼，並奴役牠們，藉此建立自身的軍隊來擴張勢力。

再來就是我了。

我原本是天使的後裔，在出生之前，就由歐利菲爾透過光的交換把我跟加百列配成一對。當時尚未出生、仍在母親腹中的我，因魔獸任尼波刻意設下陷阱而不幸受到吸血鬼毒液的汙染。任尼波——堪稱是所有純種吸血鬼中最致命、最惡毒的一個。

我的天使母親在地球將我生下，因此我具有人類的形體。歐利菲爾對加百列隱瞞我是他天使搭檔的事實，並在一八三九年交派一份任務給他，要他來到地球追殺我，結果加百列觸犯禁忌：就算以為我是人類，卻對我一見鍾情，不只不願意殺害我，還執意保護我的安危。

但他遲了一步。

同一年，就在我十七歲的時候，原本的青梅竹馬，後來變成未婚夫的伊森，發現我打算和加百列私奔的計畫，苦苦哀求我不要離開，在激烈爭執時，失手殺了我。等到加百列發現的時候，我已經沒有了氣息，他傷心地離去，誤以爲是天使長發現他背叛使命，因此派遣另一個天使來執行未完成的任務。從那時開始，他到處搜尋我失落在凡間的靈魂。

雖然死了，但我會再次重生，我承接了天使不死的血脈。

不過就算我重新活了過來，卻會遺忘一切，因此近乎兩百年的生死輪迴，我對自己的眞實身分卻是一無所知，只曉得自己不會變老，就算死了，也會再活過來。

直到最近這幾周，加百列和我意外重逢，他不再是聽命行事的天使後裔。他在人間流浪尋找我的靈魂的同時，幫助了好幾個第二代吸血鬼切斷他們與純血主人間的捆綁，本來淪落黑暗深淵的吸血鬼，再次找回他們內心的光亮，因此我們現在要躲避大天使和純種吸血鬼的追擊。而在他們得知我還活著，並且可能擁有特殊的能力後，雙方人馬都想把我擄走。

跟身世有關的眞相，是我的天使父親艾瑞爾說的，加百列透過一個知識淵博、充滿智慧的墮落天使梅拉奇的協助，終於找到艾瑞爾的下落，可惜我們父女團聚的畫面跟一般人想像的有天壤之別：艾瑞爾用詭計，唆使我的吸血鬼朋友羅德韓：一旦看見陰影中的女孩出現時，便要立刻舉起長劍，殺死她。

我的父親做的這一切，是因爲他和天使長有過協議，只要我眞的死了，他就可以返回水晶星際。當我奄奄一息躺在雪地上與死亡掙扎時，他逃進山區、消失無蹤。

父親深信一旦我知道自己的身分，必然無法接受這樣的事實，生命定會走到終點。這也是天使長的希望，因爲他和純種吸血鬼彼此都知道，唯有我能夠維持原來的形體，自由橫跨三個世界，只要我分屬天使和吸血鬼的超能力彰顯出來，就可以在時空的縫隙內自由穿梭，神不知鬼不覺地終結他們的世界。

任尼波看上這一點，想把我當成終極武器，揮軍進攻水晶星際，掀起戰火，因此他希望我活著，而歐利菲爾只想把我置之死地。

但我選擇返回地球，好好活下去。

喬納。我唯獨對這個名字毫無印象，我轉向加百列。

「我遺漏了什麼嗎？」我問。

「沒有，完全沒問題。」加百列挺直肩膀，毫不猶豫地說。

「好吧——」

「我進去幫妳收拾東西，收完我們必須即刻離開。妳留在這裡，我請布魯克過來陪妳，」他停頓了一下。「妳記得布魯克嗎？」

「我剛剛說了——一切我都記得，包括布魯克和她的問題。」

「她的問題？」加百列揚起眉毛。

「老是發牢騷。」布魯克似乎有諸多不滿，總是給我臉色看。

「布魯克！」加百列大聲呼喚。

一股冷空氣擦身而過，她陡然冒了出來。

「什麼事？」她摘下太陽眼鏡架在頭頂，看到我站在加百列旁邊，整個人怔住。「茜希？」

「我的名字其實叫萊拉。」想到加百列不只要我隱瞞眞名，更要對自己會死而復生的能力保密，忍不住有點不安。

布魯克瞅了加百列一眼，他鼓勵般地對她點頭示意。

「嗯，好的，萊拉，」布魯克說。「所以……妳還好吧？」她尷尬地撩開火紅的頭髮，撥到腦後。

「呃，死了一遍。」我說。

布魯克點頭如搗蒜，模樣就像那種擺在汽車後座的玩具狗一樣。

「嗯，我猜那種感覺很爛。」她說。

「有時候。」

「我要收拾萊拉的物品，」加百列說。「收好就走，妳也一樣，布魯克，這件事我們討論過了。」

「對！」她高興地嚷嚷。「回到充滿陽光、海洋和沙灘的加州。」

「很好，我只需要兩分鐘。這期間妳乖乖陪著萊拉，好嗎？」加百列對布魯克耳提面命，她不耐煩地翻了翻白眼。

離開前，他不忘對我笑了笑，讓我自在一點。

「嗯，我們要去美國？」我問。

「不，妳跟加百列去英國，我回美國，我們似乎要在這裡互道再見。」

我搔搔腦袋，布魯克莫名地讓我感到不甚自在，心裡似乎有很多疑問，卻無法表達出來，越想弄清楚，感覺越困難。我甩甩頭想清醒一點，驀然靈光閃過，我想起來了。

她為了一個男孩在鬧憋扭！不對，不是男孩，是吸血鬼。

「可惜我們沒有更多時間相處，」她說。「不然倒是可以幫妳染一下頭髮——省得妳看起來跟獾差不多，我建議妳去找個髮廊重新整理，那種挑染早在九〇年代就過氣了，跟辣妹合唱團（注）一樣退流行。」她嗤之以鼻。

我沉下臉來，甦醒之後還沒有時間關注自己的外表，現在布魯克的譏諷宛如給了我一拳。

我撩起頭髮朝髮尾看了一眼，赫然發現我的頭髮在烏黑當中還夾雜著一綹淺金色。

在此之前，我每次的重生，外表都維持原貌，現在發生了什麼事讓我的身體起了變化？我需要一面鏡子，而且現在就要。

幸好不必尋找太久——城堡入口的門廳那裡掛著一面黃銅鑲邊長方形的大鏡子，我快步走過大理石地板，扶著鏡子下方的桌子邊緣緩和衝力，避免直接撞上鏡面。我的身體有點不聽使喚，常常念頭一閃過，身體立刻就開始動作，只能勉強控制。

甦醒當時我全然接納了自己，如今同時擁有天使和吸血鬼的超能力，這是一個全新的我，即使有著苦惱與不安，或許需要時間來調適。

注 Spice Girls，九〇年代中期崛起的英國女子合唱團，二〇〇一年正式解散。

我拱起背、努力伸展手腳，認爲雙腳分開比較容易維持平衡，我抓緊桌子邊緣，暗暗鼓起勇氣，逼自己抬頭看向鏡子。

我差點窒息，難怪加百列面對我的時候很快就挪開視線，鏡中的自己那本來是寶藍的眼珠現在充滿黑色光斑，乍看之下，像是有人將焦炭磨碎，撒進了液化的眼睛，然後瞬間凝固成這種狀態。如果眼睛眞的是靈魂之窗，此刻我很擔心自己的靈魂究竟變成什麼顏色。

我的頭髮也變了，變成再多的漂白劑都無法漂白的那種深沉的墨黑。值得慶幸的是臉龐，雖然比以前蒼白一些，但至少還維持原狀。胸前項鍊上的水晶閃爍發光，我舉手握住那顆寶石，忍不住心存感謝，打從有記憶開始，它一直是我安慰的來源，幸好它還在。緊接著我發現有一道新的疤痕，從領口橫過胸前，就在我伸手要探索疤痕的時候，鏡子裡忽然有某個反光吸引了我的注意。

是羅德韓，他從我的背後走近並伸出手臂，我微微一恍神，記憶玩起另一個把戲：我彷彿重回到大戰的那個山頂，一晃眼，我看不清楚伸過來的是他的手臂還是那把劍，我猛然轉身，帶著一絲期待，尖銳的劍刃再次穿透胸口。

羅德韓那張臉在記憶中一閃而過，他的表情瞬間凍結，錯愕地張大嘴巴，既惶恐又困惑，不斷地喊著茜希。身體還是本能地想要閃躲，腳步踉蹌了一下，我試著恢復平衡。

「不！」我大叫，心臟怦怦跳。

「沒事的，甜心。」他立刻衝上前來，我睜大眼睛、滿臉驚慌地懇求他退後。

我忍不住往胸口瞥了一眼，被長劍穿胸而過的記憶時隱時現。我倉皇倒退，桌子被我的體重壓垮，裂成好幾截，木頭阻止不了我在大理石地板上打滑的腳步，隨即撞上鏡面，鏡子應聲碎裂。我跌在地上，鏡子碎片一半被我壓在身體下，剩餘的紛紛掉落地面。這一連串的意外頓時把我嚇得釘在原處。

我用雙手抱住膝蓋，縮成一團，發出淒厲的尖叫——音量大得彷彿肺要爆裂一般。

周遭的一切開始旋轉，對我而言，最安全的方法就是閉緊雙眼。我知道剛剛都是幻覺，羅德韓只是伸手，不是舉劍，這裡不是山頂，我很安全，只要試著冷靜下來就好。我努力地放空所有的念頭，忽然神奇地聽見加百列輕聲歌唱，悅耳的歌聲從某個緊緊鎖住的地方迴盪而出。

輕柔的豎琴，再次將我喚醒，

如夢似幻的旋律，何等甜蜜。（注）

我聽得淚水盈盈，睜開眼睛發現加百列跪在旁邊，他偏著頭，嘴唇抿成一條線，但他吟唱的歌聲迴響在我記憶中，相信他也聽見了。

「上一次我們在淚眼婆娑中告別，而今又於淚光中重逢。」我接續歌詞，輕聲吟唱。

加百列瞪大眼睛，竭力想透過眼前這個受損殘破的女子，重新尋回兩百年前認識的那位純眞、未經世事的女孩。

我任由他的感受將我淹沒，那是一股悵然若失、懊悔莫及的感觸，但他沒有沉浸在悲傷中

注 歌詞源於《The Gentle Harp》，世界聞名的愛爾蘭民謠，只是這個歌詞版本不如《Danny boy》那般廣爲流傳。

太久，他用雙手捧住我的臉頰，額頭貼著額頭，他那混合著檸檬和萊姆的清香撲鼻而入，屋外或許是嚴冬，加百列卻是我專屬的暖夏。

他用鼻尖磨蹭著，深深吸一口氣，接著輕柔無比地吻上我的唇，柔得幾乎感覺不到，卻有一股急湧而上的狂喜在體內爆開，當他抽身退開，愉悅的浪潮褪去，留下的只有空虛。

我沒辦法保持鎮定，假裝一切安然無恙，彷彿死亡不曾在我手腕上留下印記，事實是它硬生生地把我從加百列身邊拉走，毀了一切，讓我無地可以立足，迷失方向，找不著路。

感覺快要窒息。

「萊拉，深呼吸。」加百列試著讓我集中注意力。

我答不出話來，喉嚨緊繃刺痛。

*怎麼了？告訴我妳哪裡不舒服？*他使出心電感應，將思緒對準我。

我也想要聚精會神，但是屋裡來了新面孔，他們盯著我看，門廳那裡傳來含糊不清的嗓音，其中一句像水晶般清澈透明地穿透而出：「茜希。」

他的聲音。

我目光炯炯，從加百列的肩膀看過去，他就站在那裡。我的瞳孔瞬間縮成小點，定睛在他的脖子側邊，皮膚上有乾涸的血跡。那一剎那，房間裡所有的空氣彷彿被我一口氣吸光，全身肌肉繃緊，牙床刺痛，尖銳的獠牙再度突起。房間變得一片空白，就像乾淨的布景，沒有任何東西存在——只有他而已，如同空白的畫布渲染出一小塊黑點，高大傾長，蓬亂的黑髮，亮晶晶的淡褐色眼睛。

他是吸血鬼，我要殺了他。

我縱身撲了過去，他沒有閃避，直接承受了我猛烈的撞擊，被我壓在地板上，力道之大，把大理石地板撞凹一塊、塌陷出吸血鬼身體的形狀，他身上散發出肉桂香氣的誘惑讓人難以抗拒，飢渴地感受幾乎將我淹沒。

我頓時失去理智，不在乎他的身分和他出現在這裡的原因，心裡只有一個念頭：我要品嘗他的血，再將他撕裂。

跨坐在他身上，我的嘴唇和他喉嚨上悸動的血管只有一吋的距離，直到加百列雙手環抱住我，硬將我從他身上拉開，摟在胸前，輕聲呢喃安撫我的情緒，我才漸漸放鬆身體，滿腔怒火逐漸消散。

「那不是妳，萊拉。」加百列說。

房間在搖晃，似乎只有我一個人能夠感覺到地震。當模糊的視力恢復清晰、獠牙縮了回去，我才掙脫加百列的懷抱，環顧四週、審視自己做了什麼事。震碎的玻璃和木頭散落在走廊上，前門吱嘎作響，來回擺盪，僅僅靠著一片鐵片勉強還連在門框上，其他的部分都被我損毀了。

此時屋外下起大雪，雪花紛飛，捲進濃霧裡，朝門口灌入。羅德韓全身僵硬地站在那裡，滿臉震驚，布魯克扶著那個吸血鬼從凹陷的地板上爬起來。

我終於明白自己的能耐。

不只了解自己的身分，同時接納自己是獨一無二的個體，天使和吸血鬼並存在一個永生不死的軀殼裡，也因此天使長和任尼波都要找我，因爲對他們而言，我的威脅和危險性無人可比。

差點被我摧殘的吸血鬼聽到加百列說的話，揚揚眉毛，拍掉身上的塵土。

「你必須離開。」我咆哮著說。

他表皮的傷口已癒合，血腥味卻依然瀰漫在空氣中，我不確定是否能夠控制自己不再攻擊，也不明白爲何他會挑起我這樣的反應。布魯克、羅德韓——他們都是吸血鬼，但我並沒有同樣的衝動去傷害他們，不過話說回來，他們也沒有在我眼前流血。

「妳怎麼了？」那個吸血鬼開口問。「是我啊，茜——」

「萊拉，我的名字叫萊拉。」我聲音尖銳地提醒，我正使出渾身解數維持冷靜，心裡很想順服衝動，直接殺了他。

我的舌頭掃過牙床，檢查獠牙是否再次浮現，挫敗的淚水沿著臉頰滑下，吸血鬼誤以爲我在感傷。

「萊拉，」他說。「是我。」

不知是勇敢還是愚蠢，他竟然靠過來跟我面對面，舔了舔自己的大拇指，然後擦過我的臉頰，幫我抹掉泣血的淚珠。我的氣味瞬間撲鼻而入，他尖銳地倒抽一口氣，淡褐色的眼珠射出一絲紅色光芒。

我沒想到自己的感官變得如此敏銳，可以將這些細節看得異常清楚，眞是不可思議。

「加百列……」我咬緊牙關呼叫。

加百列立刻回應，一把攬住吸血鬼，加上羅德韓的協助，帶著他倒退離開。吸血鬼沒有抵抗，只是目光依舊緊盯著我不放。

直到退到大門口，他們才停住腳步，加百列低聲對吸血鬼吩咐了幾句話，我正要轉身走開時，吸血鬼突然大聲嚷嚷：「我會回來找妳。」

一股似曾相識的感覺閃過腦際，他見我睜大眼睛，立刻察覺到我臉上那一抹而過的反應，即便加百列對著他的耳朵低語，吸血鬼的目光仍堅定不移地繼續盯在我臉上。

我迷惘地垮著肩膀，失神地想在腦中搜尋出答案。

他左邊嘴角微揚，對著我眨眼睛。

就這麼一個小動作，然後就不見人影。

3

「好極了，既然妳現在不再試圖殺死喬納，我們最好也離開了。」布魯克邊說，邊用手背抹去嘴角的血跡，這時我才領悟她剛擦拭的是那個吸血鬼的血，不過她說的那個名字隨即勾起我的注意。

喬納。

我嘗試把臉孔和名字連在一起，才剛集中精神去想，皮膚立刻熱得沸騰，嗡嗡的噪音充斥在腦中。

布魯克站在大門口，左右張望地搜尋。

「布魯克——」我說話的同時，加百列跟著開口，「該走了。」

一晃眼，我還來不及發問，布魯克已然離去。

我轉過身去，向加百列尋求解釋。

「那個吸血鬼叫喬納？」

聽我提到這個名字，加百列瑟縮了一下，不置可否。

「你提過他的名字，就在——」

加百列岔開話題。「忘了吧，他不是目前的重點，我們必須離開，純血和大天使不知道妳還活著，萬一被漢諾拉發現我們在這裡，情勢就會改變，我得單獨去處理她的問題。」他猶豫了一下。「漢諾拉背叛過我們一次，我無法信任她不會再犯第二回。」

我能理解他想離開的急迫性，漢諾拉跟隨加百列的時間最久，是他最早的同伴，也是朋友，可惜對方期待的不僅是朋友關係，單方面的情愫得不到相應的回饋。

她原本以為他們不能夠相愛是因為她黑暗的靈魂，當艾瑞爾宣稱我體內也有吸血鬼的血緣時，她妒火中燒，一氣之下通報純種吸血鬼我的下落，自己緊接著逃逸無蹤。

我迷失在困惑中，既然其他事物都記得一清二楚，為什麼獨獨喬納的部分想不起來？

加百列雙手扶住我的手臂，他散發的光芒掠過全身，我失神地腳步蹣跚。

「拜託，萊，我們必須離開。」他說。

加百列一直嘗試要保護我，溫柔的關懷讓我漸漸平靜下來，我簡單地回答他：「好。」

他拎起放在樓梯底下的背包，我迅速跟上，加百列、羅德韓和我坐上租來的車子預備開往機場，附近沒有布魯克與喬納的蹤影，我們已分道揚鑣，不只離開的方向不一樣，旅程也大不相同。

我坐在後座，前座的加百列將背包遞給我。

「抱歉，又把妳嚇一跳。」羅德韓輕聲對我說。

我用咳嗽聲掩飾自己的不自在。

「沒關係，我——我不知道什麼原因，就是突然驚慌失措，沒什麼。」

羅德韓不知道那是妳，山上發生的事情，是艾瑞爾陷害他……加百列的思緒傳入我心裡。

知道了。我回應。

車子在雪地裡掙扎地前進，一碰到柏油路面，立刻順暢無阻，加百列爲了抓緊時間，將速限標誌拋在腦後。

「爲什麼我們要返回英國？」我問。

「我得回倫敦，還有一些事情要處理。」加百列回應。

我揚揚眉毛。「我跟你一起去。」

「不行，太危險。」

「你說過，我們一起逃、一起躲，我不明白才沒多久你就要拋棄我？」

加百列緊握方向盤，我可以察覺到他內心的焦慮。

「有些事必須由我去處理，無法迴避，是我得單獨面對的，這也是羅德韓同行的原因，」加百列的目光暫時從前方移開，往羅德韓看了一眼。「最多不超過一天，羅德韓可以保護妳的安全，然後我們再一起離開。」

羅德韓沒有應聲，他傾身向前，不時查看照後鏡，顯然正在執行保護我的勤務。

妳要相信我，照我說的話去做，然後我們將會永遠在一起。

我已經開始後悔爲什麼要如此輕率地答應跟從加百列的引領，還不許人質疑，但現在不是任性的時機，我看了一眼身旁的背包，翻找合適的衣服。

「我要換衣服，腳趾頭快凍僵了。」我赤裸的雙腳已經凍成紫紅色，現在身上穿的衣服既無法保暖，也不適合搭飛機。

「換吧，羅德韓會迴避。」加百列說。

我從背包掏出緊身牛仔褲、無袖上衣和乳白色開襟羊毛衫，另外又找了一雙毛邊短靴跟厚毛襪。我在洋裝底下套上牛仔褲，再把衣服從頭上脫下來，彎腰駝背地護住胸部、蠕動身體穿好上衣。

大費周章更換衣服的同時，我無意間抬起頭，在照後鏡裡跟加百列的目光對個正著，他隨即別開視線，我滿臉漲紅。

我眞心愛加百列，全身每一個毛孔都感覺得到這份愛，然而這份感情能否達到最親暱的階段，我也不知道，或許沒辦法，因爲他的紳士風度無懈可擊，不會僭越分際。我光是這樣心裡想著加百列，居然就臉紅心跳、肌膚發燙，眞是不可思議。

妳在想什麼？加百列用我們的私人頻道詢問。

你。

車窗外面白雪紛飛，越下越大，田野彷彿被罩上純淨雪白的毯子，宛如蓄意掩蓋證據，遮掩我們離開的足跡。

說起來，我很願意離開這裡，到別的地方重新開始，把魔鬼拋在腦後——而且還不只是魔鬼。

這一趟的飛行平靜安穩，落地後緊接著又是長途開車，直到加百列終於將租來的車子停在路邊，關掉引擎時，我終於鬆了一口氣。

「萊拉，我們到了。」

「這是什麼地方？」我問，並順手解開安全帶，用袖子擦拭車窗上凝聚的霧氣，讓玻璃恢復透明。外面正在下雨，草地上水珠處處。

「泰晤士河畔的亨利小鎮，距離黑澤雷的屋子大約半小時車程。」

「好像有點近，不是嗎？」我問。

「看看後面，萊拉，」加百列指著後方，高聳的街燈照亮寬敞的河岸。

「那裡是泰晤士河。」他解釋。

「是，這有差別嗎？」我好奇地提問。

「甜心，河水，」羅德韓解釋。「會增加開啟空間裂口的困難度。」

他鬆開尼龍腰帶，伸手去拿背包。「之前和純血大戰的山頂，旁邊就有一座湖，記不記得任尼波因此受到阻礙。」

加百列握住車門把手，並接續補充說明。「只是增加困難度，不是完全阻擋。在河水附近開啟裂縫要花更長的時間。之前那座湖替我們爭取到寶貴的時間以趕到妳身旁。純血不知道妳還活著，盡量保密對我們最有利，我們明天晚上出發。無論如何，現在既已知道他們能夠操控裂口，住在水邊至少能讓我安心一點。」

我望著羅德韓。「那麼你要去哪？」

他從副駕駛座轉身過來面對我。「還不確定，甜心，但妳不用操心。」他微微一笑，揚起濃密的眉毛。

加百列跨出車外，走過來幫我開車門，我跟著他們冒雨衝進一家叫做「愛德華之家」的民宿，櫃臺旁站了一位態度友善的婦人，她殷勤地招呼我們。

「兩間房，謝謝。」加百列說。

「沒問題！你們打算住多久？」白髮的婦人從頭上的髮髻抽出一枝筆。

「今晚和明天一整天。」

「好的，退房的時間是下午一點，如果你午後就要使用的話，住宿就算兩晚。」她笑盈盈地翻開四方形的住宿登記紀錄，打量頁面。

「沒問題。」加百列回答，從口袋裡掏出一疊現金遞過去。

「好極了，啊，我們現在只剩一間空房，剛好附近有一場嘉年華會，訂房很滿，不過屋裡有兩張大床，還有私人衛浴。」

「也可以，反正我們不會住很久。」加百列說。

她從背後架子上取下乾淨的毛巾，遞給羅德韓，外加一把鑰匙。「請跟我走。」

上樓之前，她一一介紹餐廳、客廳和一樓洗手間的位置，我跟在最後頭爬上三層樓梯——老舊的樓地板踩在腳下吱嘎作響——才抵達民宿頂樓，經過好幾扇門，終於抵達16號房。

她幫忙開門後才轉身下樓，羅德韓先按了燈的開關，燈泡閃了閃，就算開燈，室內光線依舊昏暗，但以我嶄新的超能力而言，視力絲毫不受影響。

房間鋪著暗綠色地毯、碎花床單，還有不太搭配的窗簾。房裡果然有兩張大床、老舊的塑膠壺，小桌子上還有一些牛奶、幾份報紙——被凌亂地丟在床尾，沒有收拾。

我瞥了一眼通往浴室的房門，加百列似乎洞察我的想法，雙手扶著我的腰說：「去吧，我來幫妳燒壺熱水。」

羅德韓遞給我一條乾淨的毛巾。

「不會用很久。」我聲明。

浴室門關不起來，大概很久以前就變形了，只能勉強卡住。我開始寬衣解帶，先檢查熱水，再跨進淋浴的區域。我伸手握住水晶沉思半晌，才轉動水龍頭調高水溫。熱水迎頭灑下，我使勁地洗刷，想要抹去死亡的味道。

我邊洗邊回想起前世的自己，換過一個又一個的工作，居無定所，在城鎮間流浪，無法扎根，孤單一人，僅僅倚靠著加百列的影像來度過每一生，唯有他曾經帶給我眞實的喜悅和歡欣，雖然那也是很久很久以前的往事了。

加百列那句關於抉擇的叮嚀，果眞把我從死亡喚了回來，我瞭解自己現在想要的，跟找到加百列之前所追求的並無差別，我要的不只是生存，而是好好活著，不再孤單。這回跟先前一樣，依舊將找到幸福的希望放在他身上。

叩門聲之後傳來的是羅德韓的大聲嚷嚷。「萊拉，親愛的，妳沒事吧？」

「嗯，我馬上就出來。」我趕緊回應。

關掉熱水，用大毛巾裹住身體，仔細俯視胸前新的疤痕，又是一個帶著提醒的印記，是警告也是真相，這些傷痕永遠不會消失，一如我也非常恐懼自己對世界真正發生過的一切永遠印在腦海裡不會忘記，然而如果要追求快樂的人生，就必須往前看，不能一味回顧。

我撿起丟在地板上的髒衣服，輕輕拉開浴室的門，走進房間裡，加百列泡了一杯熱茶給我，附帶讓人難以抗拒的笑容。

「謝謝。」我低聲呢喃。

我把衣服拋在床尾，先喝茶再說，但它卻不像以往那樣讓人渾身舒暢、感覺暖洋洋的，喝茶似乎變成不具意義的事情，我只好把杯子放下，「看來我已經不像以前那樣需要食物和水。」

「或許妳現在跟我一樣，可以從陽光得到能量。」加百列說，語氣中帶著不容置疑的盼望。羅德韓坐在靠近門口的那張床上，放下手中的報紙。「她同時擁有天使和吸血鬼的超能力，加百列，所以她可能跟我們一樣需要進食。」

加百列渾身一僵。

我在床邊坐下來，眺望窗外夜幕低垂的景象，思索羅德韓的話，讓我最沮喪難過的不是飲血這件事，而是加百列的反應。

加百列走過來坐在我身邊，床墊隨著他的體重往下沉。「萊拉，沒關係，」他察覺我不安的情緒，停頓了一下。「遺傳的本質無法界定妳是誰，選擇權仍然在妳手中。」加百列伸手將我擁入懷裡。我沉沉地皺眉，想要的話，我的確可以限制自己運用吸血鬼的超能力，可是今天的經驗顯示，獠牙爆出、怒火翻騰，這些都不是我能決定的。

他的氣息拂過我的脖子，我漸漸放鬆下來。

「你需要睡一下嗎？」我問。

「不是必要，但我做得到，妳要的話也可以，先躺下來稍作休息好嗎？明天早晨我帶妳去看日出，如果陽光也能夠成爲妳的能量，那就沒什麼好擔心的了。」他提高音量。

加百列做足心理準備要承認我內在的黑暗，但也渴望盡量壓抑那部分，就某方面而言，他想讓我感覺好一點，認爲我想和他一起看晨光，那是他的希望，但如果我的選擇跟他不一樣，我們之間又會如何？

我摸索著床尾的衣服，不必我開口，加百列已經理解地起身，給我空間換上無袖的襯衫和內褲。我拉開羽絨被，鑽進溫暖的被窩，看著加百列走向另一張床舖，有些不解。

「你要跟羅德韓共擠一張床？」我問。

羅德韓再度拿起報紙閱讀，但顯然在偷聽我們的交談，他發出呵呵的竊笑聲。加百列聞言轉過身來。

「事實上，羅德韓要出去巡邏，所以我睡這張床。」

「說到這裡，」羅德韓站起身，故意立正敬禮。「我還是趕緊去執行勤務吧，日出以前會回來。」離開時他帶上房門，留我跟加百列單獨在一起。

加百列先打開床頭的夜燈，再關掉主燈的開關，光線非常昏暗，但他炯炯有神的眼睛顯得異常明亮、閃爍發光。他坐在我身旁，用手背撫摸著我的臉頰，我根本說不出話，完全沉浸在他的眼神裡，那對眼眸似乎探入我的靈魂深處，明光照亮全身每一處。後方的檯燈在他臉龐製造出光環般的效果，怎麼會有人看起來如此神聖不凡？我是他的搭檔，他如此純潔、毫無汙點，而我……，實在相差甚遠，與他在一起，讓我的缺陷更加顯眼。

「妳在想什麼？」他提問。

「你，我，我們……」加百列和我或許能夠用心電感應的方式溝通，但我們無法看透對方的思緒，有時這是一種優點，如果我們願意彼此敞開，可以讓對方透過我們的眼睛和記憶去探看彼此，換言之，也可以封鎖對方。

「妳說什麼？」他追問。

「我配不上你。」我呢喃。

「絕對不要這麼想，」他皺眉，指尖沿著我的頸項上下游移。「妳是我的一切，事實就是這樣。」他堅定地說。

加百列猶豫半晌，咧嘴一笑。「還有空間再加一位嗎？」

我情不自禁地回以微笑，跟他在一起，就算是關乎世界的憂慮，那樣大的問題，都會像融雪，終究會迎刃而解。

加百列先脫下毛衣，底下是樣式簡單的白襯衫，而他脫掉鞋襪的技巧高超過人，竟然不需用手，僅僅蠕動腳趾頭。我心裡七上八下，等著看他是否脫掉卡其長褲，不過他考慮了一下，決定直接鑽進我的被窩。

我仰躺在床上，他側著身體，強壯的胳膊伸到我的背底下，調皮地在我手臂上輕輕搔癢，此刻感覺全身每一處的神經末梢都像通電似的酥酥麻麻，我開始有些緊張，卻又期待他的下一步，他的手掠過我的肚臍，將我的襯衫下擺推高，五指張開，手心緊緊貼住我的小腹。興奮的電流吱吱通過全身，某種異樣的感覺蜷縮在體內深處，充滿期待。我急躁地撲過去，他微微退開，兩個人的嘴唇中間留下些許空隙。

「加百列。」我呢喃地呼喚著他。

他偏著頭，彷彿陷入沉思，半晌終於壓了下來，直到我們之間完全不留空隙，他沒有低頭親吻，反而用鼻子溫柔磨蹭我的肌膚，然後轉移陣地，他長長的睫毛掠過我的臉頰，再移到耳垂下方，吻得好輕好柔，一路慢慢吻到鎖骨。他的手探向襯衫，擦到胸部，興奮的漣漪湧向我全身每一處，他卻出奇不意地將手停在疤痕上面，靜止不動，過了很久，才突然吻住我的嘴唇，那隻手依然放在胸前。他吻得很凶猛，用力輾壓著我的唇，我的渴望和他不相上下，唇形跟著他變動，加百列用指尖摩娑那道疤，接著停了下來，我不安地眨了眨眼睛。

他咬住下唇。

「沒事，就是一道疤而已。」我有點尷尬。

他沉重地吐了一口氣。「不是那個。」

我坐起來，他抽身退開。

他爲什麼停止？我脫口而出埋藏在心底的疑問。「我給你的感覺變了？」但願不是這樣。

「不，萊拉，不是的，」他嘆了一口氣，靠過來親暱地啄一下我的臉頰。「我想跟妳在一起，但妳要有相同的感覺才行。」

我不明白他的意思，我當然渴望他，這一點從來沒變過，我不解地搖搖頭。「我不懂你的意思，我當然想要你。」

他幫我撥開不聽話的劉海，露出被遮住的眼睛，手心再次放回我胸前的疤痕，輕輕壓緊。

「我說的是妳的心，我需要妳全心全意，然而在妳……倒下……之前，我確定妳在猶豫。」

他手指張開，貼著我的胸口，我用雙手蓋住他的。

「我的心只屬於你。」

他身體緊繃，肩膀肌肉收縮，正想開口說話，卻又兀自打住。

「妳需要休息，明天黎明就要起床，等我們離開這裡以後再談。」

今日事今日畢，誰知道是否還有明天，我不死心地再試一遍。

「拜託，加百列，我心裡只有你。」

我伸手想挽留，他猛然扣住我的手腕，表情是前所未見的冷酷，但又很快地回過神來，拉著我的手心貼著他的臉頰。

我有點不安，囁嚅地不知該說些什麼，乾脆翻身側躺，過了幾分鐘，他依偎上來靠著我的背，強壯的手臂摟住我的腰，他的呼吸搔動我的頸項。

「我愛妳，萊。」

「我也愛你。」我呢喃。

他的熱氣讓我從裡到外全身暖洋洋的，我閉上雙眼，進入淺眠狀態。

一旦放空意識和紛亂的思緒，夢幻般的薄霧便掩了上來，影像朦朦朧朧的，彷彿招手要我仔細觀看。

我跟加百列並肩坐在以前在記憶中見過的老橡樹樹蔭底下，秋天乾枯的樹葉被風捲起在空中飛舞，他順勢躺在草地上，雙手枕著後腦杓，手肘頂著地面，暗暗瞅著我看，腳邊擺著棋盤，棋子七零八落散在地上，我盤腿而坐，半音階的小型豎琴橫放在兩腿中間，我手指撥弄著琴弦。我完全不曉得從前的自己竟然會演奏這種樂器。

即便當時，和平的好消息翩然降臨，美妙動聽的歌聲響徹大地與海濱。（注）

加百列輕輕吟唱，咬字像在呢喃，這首歌屬於我和他，在許久以前，一個遙遠的地方，久遠的年代。

他看起來神采奕奕、容光煥發，眼睛笑盈盈的，彷彿是用眼神、用心靈，而不是用嘴巴來唱，雖然歲月對加百列毫無影響，然而當時他看起來似乎比現在更年輕。

風勢減緩，枯葉輕輕飄落，我陡然察覺可以聽得到所有的聲音——包括他的歌聲和縹緲如天籟的琴音。根據以往的經驗，前世的記憶和影像向來都是用靜音的型態浮現，畫面像淡淡的粉蠟筆畫，這次卻極其鮮明，現在顯現的一切像是用最高解析度的螢幕播放。

加百列坐起身，撥開臉旁的金色卷髮，繼續唱下去，然後我看到自己加入合唱。

別人得著希望與歡欣，唯獨你淚水盈盈。

我們同聲合唱，我的嗓音比現在更清亮柔美，自己聽了都覺得詫異。

隨後發生的事情有點怪異，如同我正在看電影，DVD的磁軌有刮痕，一直重複播放，跳不過去——相同的歌詞一遍又一遍地出現在螢幕上。

我的聲音逐漸變得喑啞、微微顫抖，最後幾乎消失，加百列卻像扯開喉嚨般，越唱越大聲，彷彿在吼叫；眼前的畫面終於停止播放，處於定格狀態，一切歸於沉寂。

這段記憶破碎不完整，或許是因爲我的甦醒造成中斷，然後加百列驀然現身——一樣是靜止的畫面，他卻顯得栩栩如生。

周遭的一切持續凝結不動，唯有他轉過頭來，而我在沉睡、做夢、回想。本來是我置身事外透視當年的回憶，現在則是他從裡往外盯著我看。

他閉上眼睛，眼皮似乎膨脹鼓起，當他再次睜開時，瞳孔黝黑的部分漫溢出來，淹入寶藍色的虹膜，就像我現在眼睛的寫照，他朝我伸出手，看起來骨瘦如柴——彷彿肩膀和手臂的肌肉都在瞬間流失。

就在他伸出手的同時，泣訴地唱出歌詞。

唯獨你淚水盈盈。

最後一個字在他唇間猶如悲泣的吶喊，接著眼睛閃爍、射出不祥的紅光。

我從床上猛然坐起，額頭汗如雨下，浸溼的襯衫貼著肌膚，渾身被恐懼淹沒。

「萊拉？」加百列在背後窸窸窣窣，感覺他身體坐起，雙手搭在我的肩膀上。

我嚇得不敢轉身面對他，擔心夢中所見的成眞，我滿身大汗，身體不斷地發抖，連牙齒都無法控制地上下打顫。

注《The Gentle Harp》的歌詞。

「你沒事吧？」我問，咬字含糊不清。

「是啊，但妳顯然不太好，怎麼了？」加百列試著讓我轉過身體，但我死也不肯轉身，驚懼地根本不敢看他。

我氣喘吁吁，再怎麼努力都甩不掉眼睛發紅的加百列和他吐出那句話的表情，感覺像在威脅。但我必須放開那些意念，因爲加百列正試著感應我的思緒，我不想被他察覺。

「沒事了，」我只能敷衍一下，「只是做惡夢。」

「那妳爲什麼不肯看著我？」加百列打開床頭燈，從床上一躍而下，匆匆走向放在角落的行李袋，先拿出了一些東西，隨即走進浴室打開水龍頭，不久便聽見他回來的腳步聲，我繼續盯著羽絨被上的金鳳花和它的葉瓣，不敢轉頭看。

他跪在後方，先撩開我脖子上濡濕的頭髮，把項鍊從糾纏的髮絲中解救出來，再用涼涼的法蘭絨毛巾擦拭我脖子上的汗珠，半晌才停下動作，手臂溫柔地環住我的胸膛，一一解開我襯衫上的鈕扣，雙手擦過我的手臂，重新回到肩膀上，徐徐脫掉我的襯衫，再用毛巾擦拭背脊，輕拍我赤裸的肌膚，我的身體感到涼爽許多。

他反覆擦拭我的背，幾分鐘後，我發覺他在描摹佛瑞德留下的那個傷疤。

加百列顯然在發抖，手指微微抽搐，毛巾的移動不甚平穩，但我已經平靜許多，反手到背後握住他的手腕導向肩膀，示意他別在意疤痕，繼續幫我擦拭胳膊，他沒有反對，他的下頦靠著我的頸窩處，呼出來的氣息拂過肌膚，雞皮疙瘩隨即浮起。

這時我才察覺自己身上一絲不掛，只穿著內褲，但我不在乎，沒有一點尷尬或害臊。一撮冷水忽地濺上我的右胸，水珠順著弧度滑落，流向肚臍，原來是加百列擰出毛巾最後的水珠。

我環抱著彎曲的膝蓋並將它們貼向胸口，加百列有樣學樣，彎曲自己的膝蓋，修長的雙腿從外側包圍著我，並用腳趾揉搓我的小腿，鼻尖親暱地磨蹭著我的背。

「感覺好些了？」他低語。

「若說不好肯定在騙人。」我停頓了一下，轉過頭打量他的臉。

他的眼睛水汪汪的——彷彿藍色玫瑰花沾著珠露——宛如在為我哭泣一般。第一次留意到他眼尾處有細細的紋路，小瑕疵顯然破壞了他瓷器般完美的皮膚。

我轉身跪坐面對他，拇指輕輕摩娑那些細紋，彷彿這樣就可以擦掉它們，「不記得你有魚尾紋。」我輕輕地說。

他握住我的手，拉過去放在他的髖骨上。

「你有不死之身，應該會永保年輕，不會蒼老的。」我說。

「妳也一樣，妳有妳的傷疤，我有我的烙痕。」他回答。

仔細想了一下，皮膚的紋路畢竟不同於疤痕，搞不懂，他又沒有受傷，看起來加百列顯然不想多做解釋——一旦他認為背後的理由只會讓我不好過，更是會絕口不說。

他轉移話題。「那是什麼感覺，萊？」

「你說什麼感覺？」我玩弄他襯衫下襬，隨便搪塞。

「當妳離去的時候，我聽不見妳的聲音，也感覺不到你的存在，妳去哪裡了？」

「我被困住，無法動彈。無論在任何世界、任何地方都比我去過的那裡更強。」我回答。

「那是哪裡？」

「那是……虛無之處，以前恐懼死亡是因為我知道再次甦醒時的喪失和迷惘。而今畏懼的理由正好相反——」我嚥了一口口水。「害怕自己再也不會醒過來，永遠被困在虛無當中。」

加百列捧住我的臉低頭親吻，滋味嘗起來就像盛夏的草莓，清新爽口。

「我願意為妳翻天覆地、毀滅一切，就算世界只剩下那個不知名的所在，都要把妳救出來，我不會放棄。」他湊近耳朵呢喃。

我緊緊揪住他襯衫的下襬，加百列解開鈕扣，我幫著他把襯衫褪下，先是揉亂他美麗的金髮，繼而撫摸他的胸膛和小腹。

他跟隨我手指移動的脈絡，濃烈的愛意從心底湧了上來，我伸手箍住他的肩膀，用力緊壓，兩人之間毫無空隙，我別無所求，只要他抱著我，肌膚相親，沒有任何隔閡。

我們心有靈犀，他把我放回床上，彼此的四肢像藤蔓般纏繞，我心裡想著：「希望我們可以永世廝守，再也不分開。」邊想著，邊慢慢睡著了。

4

加百列喚醒我的時候，天色還是黑的，我呵欠連連，翻到側面，兩隻腳懸在床邊，正要伸手去拿散落在地毯的衣服，察覺到加百列一瞬也不瞬的目光，些微猶豫著，我乾脆扭過身去，手臂橫放在胸前遮掩，對他莞爾一笑。

他躺在另一端，羽絨被遮住下身，湊近拉起我的手溫柔地摩娑指關節，讓人很難不去留意他精壯的肌肉線條。

「東方漸白，晨曦很快就要出來了，」我若有所思地說，接著起身在黑暗中摸索到衣服然後穿上。「昨天早晨醒來，發現我在陽光下發亮，狀況就跟你一樣，事實上，我確信身體發出的光芒跟你的互相銜接。」

「我知道，萊拉，我們透過光明連結，因它相互融合在一起，只要妳的光和我的重新連線，就會把妳我纏繞在一起。在那之前，妳記得我的名字嗎？」

「是的，我一甦醒，它已經在腦海裡迴盪，只是睜開眼睛看到你的瞬間，不敢確定你就是名字的主人，後來連線了才肯定。」

加百列牽著我的手。「走吧。」

剛走到門口，他舉手就唇，示意我噤聲。

加百列把我推到背後，淡淡的光芒迅速籠罩全身，接著門把一轉，房門快速被推開，不管來者是誰，都被嚇得跌坐在地上，地板因對方的重量而上下震動。

「是我！」低沉的吼叫聲來自於羅德韓。

加百列立刻收回光輝，匆匆跑向摔向牆邊的摯友。

「我有說過天亮以前會回來，好傢伙。」羅德韓嘟噥著，任由加百列扶他站起來。

「對不起，光有傷到你嗎？」加百列愧疚地詢問。

「一點點，」他回答，拍拍兩邊的衣袖。「當你送我上路的時候，記得下手要快，別像剛剛那樣拖泥帶水。」他呵呵笑。

羅德韓的話宛如一記拳頭擊中我胸口，我搶到加百列前面，卡在靈魂的眞愛和好朋友中間。

「對不起，當他送你上路，這是什麼意思？」我質問羅德韓。

羅德韓檢查走道兩端，確定他的跌倒沒有驚動其他的住客，然後匆匆把我趕進門。

「我不知道妳站在那裡，親愛的。」他望著加百列尋求協助。

加百列站在門口。「萊，我們必須離開，再慢就會錯過日出。」

「除非你告訴我羅德韓的意思是什麼。」我雙手抱胸杵在原地。

「沒事，他隨口說的。」加百列說。

我惱怒地繞過加百列。「我不信，反正等你去處理瑣事時，我有很多時間可以和羅德韓聊聊。」

加百列和羅德韓對看一眼，眼神令人費解，隨即沉默地帶著我離開。

民宿外面的泰晤士河籠罩著灰濛濛的色彩，但也可能是反射陰鬱的天空，加百列先開鎖，再為我拉開車門。

「還要開車？」

「距離不遠，開車比較快，今日事今日畢，此後我們就有全世界的時間測試某些理論，如果妳願意的話。」

加百列啓動引擎，掉頭開進通往鄉間的道路，我用袖子擦亮車窗玻璃，看著小鎮逐漸消失在後方，鄉道兩旁的住家依然沉睡著，黑夜的尾聲猶是萬籟俱寂，很容易就跟死亡聯想在一起。

沒走多遠，加百列就把車子停在路邊，放眼望去，起伏的丘陵綿延不斷。

「我們要加快腳步，」他本來嘴角微笑地伸手開門，卻突然躑躅不定，他的情緒立刻傳遞過來。我摸了摸胸前的項鍊，確認水晶戒指還在身上，加百列瞥了一眼。

我用手指捻著璀璨的寶石說。「艾瑞爾說這是母親的水晶，她生下我後留下它給我做紀念，如果沒有水晶的指引，或許再也找不到我母親的下落。」罪惡感盤踞在腹部深處。「但你卻說它是屬於我第一世的家庭所有，後來送給伊森當做訂婚信物並鑲成戒指，讓我戴在身上直到現在。」

「我不知道它原本屬於妳的母親，萊拉。」他漠然地回覆。

「你說每一個天使的脖子上都有一顆水晶，靠著它穿越宇宙的間隙，將光明的靈魂帶回水晶星際，既然你自己也有水晶，怎麼會不認得它呢？」我焦慮不安地用手指卷頭髮，心裡忐忑著他的回答。

「是的，我一時沒認出來，天使身上的水晶原是從水晶星際的核心開鑿出來的，形狀、尺寸皆不相同，它直接嵌入天使的後頸，成爲我們身體的一部分。而在妳的第一世時，我並不知道妳的身分，萊。至於妳的母親如何取下它，更讓我百思不得其解，因爲只有大天使能夠摘下它。」加百列雙眉深鎖，茫然地搖搖頭。不過他沒有困擾太久。「我們要錯過日出了，走吧。」

如果只有大天使能夠摘下水晶，母親是怎麼拿下來的？又爲什麼留給我？她當時在想什麼？我有機會查出來嗎？

我使勁推開車門，跟著加百列走向高大的圍籬，他以爲我會從木頭間的空隙穿過去，哪知我直覺地縱身一跳，越過圍籬頂端，然後以蹲姿落在草地上，這些動作一氣呵成，我正興奮莫名，小腿卻突然抽筋，幸好幾秒後就立刻恢復正常。

加百列左右張望，確保沒有被人看見。

「對不起。」我說。

「走吧，我們要到那座山的山坡，時間有限。」

那座山看起來不遠啊，我不懂加百列爲什麼如此著急。

「即使慢慢散步，十分鐘也走到了。」我說。

「不，那座山從馬路這裡就看得見，我們必須走得更遠。妳有看到更遠的那一座嗎？」加百列指著遠處，我跟隨手指的方向，彷彿把眼前的風景一分爲二，就像戴著超高倍數的望遠鏡，視線終於抵達遙遠的定點。

「我可以跑很快。」我說。

「不。」加百列的嗓音像咆哮，驚動樹林裡鳥雀紛飛。他猛地攫住我的手，我怔忡以對，被他的口氣和行為嚇了一跳。

他迅速冷靜下來，不給我回應的機會，直接把我抱起來。「我帶著妳，用我們天使一貫的方式。照我說的做，屏除雜念。」他指示。

我遵照指令，但睜大眼睛，世界突然彈指間變成一幅風景畫，我們如同流水，在畫面上流溢，四周的顏色被攪和在一起，有灰有綠，中間分出一條路，唯有遠處的山峰兀自矗立不移。

我們趕在日出前抵達了目的地。

腳下的草地因前夜的雨濕濕滑滑的，加百列格外謹慎地把我放下來。

「你是怎麼做的？」我只能用驚嘆來形容。

「天使的超能力靠思想的力量啟動，感覺很像瞬間移位，移動比光速還快，但妳並沒有脫離地面，」他解釋，為了確定我有聽懂，又追加一句。「我也在跑。」

「吸血鬼——」

他直接打岔。「他們迥然不同——大多數的能力來自於本能的肢體反應，不過我先聲明，剛剛的把戲碰到凡人就不靈了，我能帶著妳移位是因為妳跟我一樣。」他特意強調最後幾個字，那才是重點。

「利用意念移動，需要做些什麼事？或者要有特定的想法才可行？」我想了解運作的模式，之前在城堡外面有過一次經驗，如果可以掌握它的訣竅，運用起來將會更得心應手。我一邊提問，一邊將雙腳分開，穩穩地站在那裡等待晨曦出現。

加百列對著朝陽揚起下頦，輕聲回答我的疑問。「其實不用教導，萊拉，應該是……自然就會了，不過有些限制要牢記在心裡──絕不能用在水面上。」

「爲什麼？」我打岔。

「如同妳不能在水面上行走和跑跳，速度再快都做不到。」

曙光的出現讓我分了心，無暇追問下去，橘紅色的球體逐漸升起，光芒璀璨。我渾身緊繃，看著它越爬越高，加百列全身發亮，生氣蓬勃，我低下頭看看自己的皮膚，手臂不再那麼蒼白，手掌暖意盎然。

晨曦最終升到峰頂，加百列不只沐浴在白色的光輝底下，光芒更環繞在周遭，銀白和金黃的光束從他耳後射出，能量的源頭似乎來自於頸後。

微小的光環圈住我全身，戒指上的水晶閃閃發亮，我舉手解開脖子上的項鍊，輕輕放在草地上，即使隔開一段距離，它仍然在發光。

我倒退一步，迅速俯瞰自己的身體，仍是亮晶晶的，我擺動雙手測試，上千萬顆如星星般的光點隨著手臂移動而飄移。

然後，就在一瞬間，消失不見。

那種超乎現實的經歷讓我讚嘆不已，感動得淚如雨下，兩腿癱軟，跪在溼答答的草地上。

加百列跟著盤腿而坐，等待我恢復平靜，「妳看起來很驚訝。」

「我還以爲……」我閉嘴不說了，覺得自己很傻氣。

「以爲怎樣？」他撇了撇嘴角。

「以爲……你會長出翅膀。」我又哭又笑地說。

加百列挑起左邊的眉毛，笑了笑。「不，我們天使的後裔沒有翅膀，唯有大天使才有這樣的榮幸。」他撿起放在地上的項鍊，纏繞在指頭上，好奇地歪頭看著我。「妳有什麼感受？」

「一時說不清楚，就像有人把整個夏季裝進罐子裡，讓我一口氣喝完，這樣子形容會不會很抽象？」

「妳說得沒錯。」聽了我的形容，他笑了出來，顴骨高聳，眼睛閃閃發光，一逕把玩著我的戒指。「妳不需要這個東西，我不認爲妳會有用上的時候。」

「我知道，既然不打算開門，當然不需要鑰匙。」

「我的意思不是那樣，天使的後裔需要藉由水晶開闔宇宙的間隙，在地球上，也要靠它保有超能力。」

「不懂你的意思。」我搖搖頭。

「嵌入後頸的水晶不只用來號令裂口開闔而已，萊拉，還讓天使後裔在地球上保有不死之身，確保特殊的天賦運用自如。它的功用就像太陽的傳導器，一旦陽光觸及結晶體，它就開始攪動，進而擴散、滲透到血管，反過來的作用也相同，只要我們的能量光明潔淨，就可以回饋到水晶裡，讓它得以持續運轉。」

「就像個人專屬的充電器。」我說。

「還記得我曾經提過在天使後裔配對前的年代嗎？很多後裔心情苦悶，沮喪至極，寧願選擇墮落的結局？」他停頓一下，我點點頭。「大天使答應他們的懇求，摘下他們脖子上的水晶，因此穿越到地球後，他們變成生死有命的凡人。」

「可是媽媽把水晶留給我，幾乎過了兩百年的時間，所以她……」想到這裡我就驚惶失措，因爲我的緣故，母親可能死了。

「不，不一定，水晶星際的時間速度是不一樣的，天使後裔要自然老去、步向死亡需要極其漫長的時間，就算變成凡人也一樣。不過對於那些眞正想要尋死的天使後裔，呃……他們總會找到方法。」加百列嘴角下垂，帶著哀戚。「我猜妳的母親應該沒有那種想法，如果她還活著卻沒出現，用意就是要跟妳保持距離。」

「爲什麼？她是我的母親……」

「艾瑞爾也是妳的父親，卻也無法阻擋他和天使長做出用妳的死交換自身利益的協議。不，我們不能冒險，不能相信任何人。」加百列帶著命令的口吻，一副不容反駁的模樣，這件事顯然沒有討論的空間。

看著項鍊在加百列的指間擺盪，我凝神思索。「你覺得她把水晶留給我的原因是什麼？」

「我也不曉得，妳被純種吸血鬼的毒液感染，她在不可能預知結果的情況下，或許是想要增加妳存活的機會。」他稍作停頓，再一次強調，「那已經是陳年往事了，萊拉。」

「我知道，只是不明白——你的水晶嵌在後頸，我的卻是嵌入戒指，不是身體的一部份。」我伸手撥弄潮濕的青草葉子。

「歐利菲爾當初第一次穿越裂口時，手裡握著水晶，不過他和大天使們都是從水晶本體創造而成，不需要借助它穿越縫隙或者在地球上保有超能力，頂多用它來號令裂口開闔。」他思考了一下。「我們這些天使後裔就不一樣，水晶是必要物品，我猜嵌入後頭是爲了讓它跟形體的結合更徹底，但它不能賜予人類任何超能力，也無法隨心所欲的轉讓或交換，妳心裡要有光，透過星際的水晶，才能發揮功能，而妳心裡一直有光，至今未曾改變過。」

「但也別忘了我同時擁有純種吸血鬼的毒液。」

「沒錯，」他說。「或許因爲天使的血緣，因此在妳體內的純血特質也跟著強化或提升，不過這純粹是我的臆測。」

「吸血鬼也可以隱形？」

「不，那是天使特殊的天賦，爲什麼這樣問？」

「因爲我很確定自己僞裝過，我猜還是需要水晶來維持天使的超能力，對吧？」

「若不是剛才目睹妳把它放在一邊，我會同意妳的觀點。但看來即便少了水晶的加持，妳依然像大天使一樣可以直接吸收陽光。」

「那就……怪了。」

「怪是怪，卻是好消息，表示即便沒有水晶，妳也不會失去天使的超能力。」

「和不死之身。」我同時領悟了這件事。

「可能源自於天使的血統，或……呃……妳知道從哪裡。」

雖然加百列救了好幾位吸血鬼，跟我對話時卻依然對這個字眼三緘其口，總之我無能爲力，既無法擺脫吸血鬼的血脈，也撇不掉天使的面貌。

「我想留著它。」我再一次凝視躺在加百列手心裡的戒指，那是唯一一件年紀和我相當的物品，從我存在的起點一直陪伴至今。

加百列握著我的手，輕輕地吻著我的無名指。「好，如果妳不介意的話，我想找人重新打造，我不希望妳睹物思人，也不想看妳戴著跟別人有婚約的物品。」

「加百列，伊森消逝了，他的死是因爲我的緣故，如果這個戒指眞有任何含意，也只是爲了紀念許久以前我和他的友誼。」

他沒有繼續堅持想法，僅僅盯著戒指不發一語，對我而言，那代表著母親的愛和好友一生的承諾。

看著我凝重的表情，他終於開口說。「這件事以後再說，總會想到解決的辦法。」加百列輕輕嘆了一口氣，我驚訝於自己竟然可以將這麼細微的動作看得一清二楚。

他幫我戴上項鍊，繫好扣子，戒指垂在我的鎖骨中央。「項鍊是我送的禮物，至少有我的一小部分陪伴妳度過這麼多年的光陰。」

我直視他的眼睛說。「把項鍊、戒指和水晶通通忘掉吧，那些跟我們不相干，這些年來，你一直把我放在心上，對我而言，這才是重點、才是一切。」

我湊過去親吻他的唇，對著他輕聲且堅定地再說一次：

一切。

5

回到民宿的小房間，加百列和羅德韓別有用心地一起建議我去洗澡，我知道他們的用意是彼此有話要談，不希望被我聽到。這種事不能成爲慣例——他們把我當成易碎的玻璃，擔心稍微一碰，我就粉身碎骨。我知道事情的關鍵在於加百列，不過現在不是積極爭取、他就會敞開心胸接受的時機，所以我乖乖地進浴室洗澡。

當我穿著牛仔褲和T恤走出浴室時，加百列轉身看向我，眼睛一亮地說：

「妳看起來……神清氣爽。」

我懂他的意思，是指我的皮膚依然因汲取晨曦的能量而光華閃爍。

iPhone的嗶嗶聲轉移了他的注意力，他了然地跟羅德韓對看一眼，才撈出口袋裡的手機看看上頭的訊息。

「我該離開了。」他告訴我們。

「你要去哪？」我追問，焦慮的情緒在體內擴散，難以確認情緒的來源是我還是加百列。

「我說過離開之前還有幾件事情要處理，這是其中之一，我保證不會離開太久。」加百列回答，大步走過來攬住我的腰，順勢拉進懷裡，我閉上眼睛，貪婪地用力嗅聞他身上獨有的柑橘香氣。

「爲什麼不能直接跟我說？」

「有時候，不知道也是一種幸福。」他給我一個擁抱，久久不肯放手，我試著探索他的心靈，竟被擋住，他隱藏了自己思緒和感受，看來用這種方式也找不到答案。他抽身退開，猶豫半晌，卻依舊抓住我的手肘，無論他心底有什麼盤算、要去哪裡、要做什麼，都很躑躅，那股猶豫不決的感受跟我的心跳一樣強烈。

加百列將我的手肘握得更緊，指尖幾乎掐痛皮膚。「我說過——要在這裡結束，就是今天，在這裡踏出終結的第一步。」話一說完，他轉身撈起床上的外套就走出房門，根本沒給我機會開口。

房門砰地關上，我強顏歡笑地看了羅德韓一眼，然後走向水壺，準備燒水來沖泡咖啡，即便我現在已不需要任何形態的咖啡因，但就是有一股衝動，想做一些習以爲常的瑣事。

羅德韓的眼神透露出不解和迷惘，等著水壺的汽笛嗚嗚響起，才伸手跟我一起握住水壺的把手。「去拿外套，親愛的，我們出去散步。」

「我懷疑加百列會同意你讓我踏出房門。」我邊說邊去拿衣服。

他蹙眉，最後點頭表示贊同，打開房門，作勢要我先行出去。

一路走下蜿蜒的樓梯，扶手的老舊欄杆搖搖晃晃，到了一樓的門廳，羅德韓瞥了一眼，才撥開沉重大門的門栓，卻立刻伸手攔在我胸前，阻止我往前走。

我站在後面，他張望了一番。

「我先到屋外查看以策安全，妳在這裡稍候。」

我在冷颼颼的門廳徘徊，雙手抱在胸前，耐心地等待。加百列能夠控制體溫，我得學會這一招，冷的感覺眞不舒服。一時無事可做，我百無聊賴地打量樸實的石板，用視線描畫每一片石板的線條，衣帽架底下的地板有一條裂縫，我定睛一看，發現自己竟然能夠辨識出卡在縫中的灰泥和塵土。

「沒問題了，不是故意讓妳擔心，只是小心為上，以絕後患。」羅德韓說著，挽著手臂護送我穿越私人車道。

室外寒氣逼人，華氏零度以下的低溫讓昨夜的雨水凝結成冰，覆蓋在人行道上，隨著河堤的輪廓放眼望去，遠處有一座橋樑，讓我聯想起旅遊導覽手冊上的介紹，我特地深呼吸，再次汲取早晨新鮮的空氣，仰望天空，陽光被淺灰色的雲層掩住。

「我們要去哪裡？」我順口發問，開始沿著馬路往前走，經過幾家店面。

羅德韓摸摸下巴的鬍渣。「我也不知道。」

我們沿著河堤走了好一會兒，他陷入沉思，不發一語，後來行經寫著「磨坊草原」的指標，羅德韓拉著我轉向公園入口，步道旁邊擺了供人休憩的長椅。他解開保暖的圍巾鋪在椅子上，我莞爾一笑坐了下來，謝謝他的體貼和紳士風度，除了遠處的樹木隨風搖曳，公園裡恬靜宜人。

「你還好吧？」我問。

「我很抱歉當時做了那件事情，萊拉。」羅德韓終於說話了。

我不安地挪動一下身體。「沒關係，你不知情，我自己也懵懵懂懂，很遺憾沒有在艾瑞爾揭穿之前先讓你知道我的身分。」

我也有需要道歉的地方——甚至有過之而無不及，當羅德韓用伊森的長劍刺穿我的胸口時，當時他以為自己殺的是純血，哪知道陰影中的女孩就是我。我不只蓄意隱瞞自己過往的歷史，甚至沒讓他知道我眞正的名字。當時加百列認為暫時隱瞞這些已知的眞相比較安全，可以給他充裕的時間調查未知的秘密。

「親愛的，我關心妳，希望妳擁有快樂的人生和美好的未來。」羅德韓抓抓小腿肚。

「我知道。」能夠認識羅德韓是三生有幸，我不想失去這個朋友。

「羅德韓，你要加百列下手時不要拖泥帶水，那是什麼意思？」

「噢，親愛的，我是有債必還的人，一定要報答加百列救命之恩，但他現在已經找到尋覓多年的目標，不再需要我了，所以我就求他在你們離開前給我一個了斷。」羅德韓不肯看著我，反而望向泰唔士河。

我忍不住倒抽一口氣。「不，羅德韓，我們只是要離開，不表示你就要放棄生命，不管怎麼說，你都不該死，死亡的那端什麼都沒有。」

「我不怕死，萊拉。」他神情平靜，繼續眺望河水。

「你應該畏懼才對。」我反駁。

羅德韓終於轉過臉來與我相對，用力握住我的雙手，試著安撫我的情緒。

我不能就此罷手，他必須理解。「別說你的生命已經被人奪去，讓我說清楚，你沒有死，應該好好把握生存的機會，一旦生命不復存在，就眞的什麼都沒了……」

「妳說的對，我知道靈魂的顏色無法改變，但是加百列願意在最後一刻給我光明，」他壓低嗓門，呢喃地說。「雖然只有短短一瞬間，至少那一刻我可以脫離魔鬼的掌握，重新認識我的神，找回渴望許久的平靜與安寧。」他清了清喉嚨。「少了生存的目標，何必緊緊抓住我現在這副——模樣？」

我用力抽回雙手。「因爲你今天還存在，如果願意的話，明天也能活下去。」我停頓半晌，等待路人走遠，還來不及繼續說下去，羅德韓就打岔。

「我的責任已了，甜心，再沒有值得活下去的理由。」

「如果你不想爲自己而活，那就爲我，我需要你。」我苦口婆心地懇求。「我要活得快快樂樂的，羅德韓，希望你也是。」我說得煞有其事，但願能夠說服他。

「追求快樂是妳的權利，萊拉，只是……」羅德韓欲言又止，垂眼看著鞋面。

「只是怎樣？」

「純血在人間出沒，轉化人類來建立吸血鬼軍隊，以我對妳的了解，我不認爲妳會袖手旁觀。」

聽了他這番話，我頓住，身體微微顫抖，試著否認他的看法。「你錯了，羅德韓，我只想走得遠遠的，跑去躲起來。」

「或許吧，」羅德韓煩躁不安。「但妳不可能經年累月地冷眼旁觀、視若無睹，總有一天妳會停止逃避。」

「你的假設毫無根據。」

「不，我有依據，當妳知道魔獸任尼波逼近的時候，妳選擇迎向他而不是逃跑，爲什麼？」

「我不想連累別人，害你們通通死在牠手裡，牠要的是我，跟你們不相干，只要我死，牠處心積慮創造新武器的陰謀就會落空，也就不可能點燃戰火。」

「妳寧願為我們、為每一個人類犧牲自己的生命，」他有些哽咽，清清喉嚨才又開口。「任尼波或許打算製造終極性的武器，藉此點燃宇宙間的戰火，但是因緣際會之下，如果牠所製造的不是天堂的敵人，而是地球的拯救者，那又怎麼說？」

我不安地拉開距離，不想繼續聽下去。「我不是救世主，你在混淆視聽。」

我猛地站起來，羅德韓跟著站起來，拉著我的手臂，阻止我掉頭走開。「加百列已經預備要成全我最後的心願，我會做此要求是因為活著沒有意義，生命再沒有值得活下去的目標，萊拉，請妳給我一個理由……一個目標，只要妳心裡有一絲絲要奮戰的火花和想法，為世界爭取自由……那我願意等下去，在妳揭竿而起的時候陪伴左右。」

我雙手互抱，揉搓手臂，試著抵禦寒氣，但我心裡很清楚，皮膚的寒意不是來自於刺骨的冷風。抬頭看向羅德韓，他的眼神滿懷期待，靜候我的答案，我努力構築的堤防開始潰決。

「就算真的嘗試，也必定失敗。」

「親愛的，連試試看都不肯，才是失敗。」他拍拍我的肩膀，嘆了口氣。

我深深吸氣，試著慢慢咀嚼羅德韓想要傳遞的訊息，我怎麼可能正面迎戰純種吸血鬼和他們極力招兵買馬的第二代大軍？就算我擁有超能力，卻不會控制，又如何能夠運用自如。況且影響所及不只我一個人而已，還有加百列，經過這麼多的風風雨雨，歷經一切波折終於找到我、救回我的命，還依然愛著我——我不想讓他再次失望、傷心。

「這件事不只牽涉到我自己，還有加百列，他知道……也了解不同空間的存在，還有各自的居民、利害關係和風險，他都盤算過了，卻還是決定離開。」雖然一部分的我覺得這樣說就像膽小的懦夫，躲在加百列後面，把他推出來當擋箭牌，但這的確是事實。

「萊拉，妳必須探索自己靈魂深處，尋找並決定之後要走的道路，相信自己足以做出正確的判斷，如果不這麼做，就算找到自由和快樂，那些終究是過眼雲煙，存留不了多久。」

「萬一我所選擇的道路反而把我引向歧途，遠離自己追尋多年的一切，那時又會如何？」

「妳指的是加百列？」

一提起他，我伸展網絡探索，試著和他連線，卻仍然沒有反應，他的訊號處於封鎖狀態。

「怎麼了，羅德韓？爲什麼用那種語氣說他？」我追問。

他雙眉深鎖，用力揉搓下顎。「他從美國回來以後就變了。」

「變了？怎麼說？」

「算了，我們回去吧，妳冷得臉色發青，好像不舒服。」這回羅德韓沒有督促我走在前，而是大步走開，任我慢吞吞地跟上。

我不想輕易地被打發，更厭倦被人當成不懂事的小孩，於是加快腳步追上羅德韓。

「羅德韓，加百列哪裡不一樣了？」

他直視前方、沒有看我一眼，繼續疾步向前。「加百列盡己所能地試著保護妳，這些我能理解，他有自己的盤算，至今都沒有坦白告訴我究竟在計畫什麼，但是我有一種感覺，只怕這是幾百年來我頭一回無法認同他的決定。」

「羅德韓，他有危險嗎？」我必須要小跑步才能跟上他的速度。

他終於鬆懈下來，腳步放緩，低頭凝視我的眼睛。「對，他的處境跟妳一樣，不管怎麼跑，你們永遠有危險。」

我們繼續散步，我的心思卻繫在加百列身上，暗暗納悶他在哪裡？在做什麼？會不會碰上純種吸血鬼或大天使？我掛慮他的安危，於是擴大心電感應的網絡圈，突然一道光射入——璀璨耀眼，讓我完全看不見亮光的背後有什麼。我已經養成一種習慣，在腦中架設圍牆防堵加百列探究我的意念，相同的，他採用的方法是無法跨越的亮光。

就在我跟著羅德韓的腳步慢慢走上斜坡車道、回到民宿前門的時候，連結似乎起了變化。我閉上雙眼，聚精會神地注視那片光，隱約看見一道細如髮絲的裂縫逐漸深入白色光影，隨即我感受到有某種近乎恐慌的情緒——那似乎是加百列的感受滲透過來。羅德韓先進門，我伸手扶住門框，穩住自己，好心無旁騖地撕裂加百列的白色防護罩，然後我看到了——夕陽的形狀投射在大理石地板上。

我知道他在哪裡。

黑澤雷庭院裡的小木屋。

一想到他可能有危險，反胃作嘔的感覺就在胃裡醞釀，正想要重新連線，白光已縫綴補滿那道裂縫，再一次把我阻擋在加百列的防線外。

恐懼讓我的腎上腺素狂湧而上，我一個箭步竄上馬路，朝樹林的方向狂奔，速度奇快，原地捲起一陣風掃向羅德韓背後。

6

我第一個直覺就是邁步狂奔，沿著人行道奔跑，不料撞倒一位正要走進超商的陌生人，不敢冒險讓人撞見，我只好轉進樹林，腳步急煞，小腿肌肉突然抽筋痛得很，我甩了幾下，沒空搭理。

從亨利小鎮到黑澤雷我不知道該怎麼走，正好眼前有一棵山楂樹，樹幹又粗又高大，我靈機一動，雙手抱住樹幹，上頭的瘤子和凹凸不平的表皮扎入掌心，我硬著頭皮爬了上去。站在樹頂上，四周看起來一望無際。唉，就算看得遠、跑得快有什麼用，搞不清楚方向也只是白忙一場。

從樹梢攀爬而下的姿勢實在說不上雅觀，就在快靠近底部的時候，腳踝突然一扭，重心不穩，整個人直線往下墜，就在即將撞到冰凍雪地的那一瞬間，我兩腳弓起，腳尖著地，彷彿跳芭蕾舞一樣，我竟然以腳尖保持平衡，可惜沒撐多久，腳跟就重重地蹬在結凍的泥地上。

就算擁有過人的超能力卻不會控制，而且因爲不知名的原因，與吸血鬼的能力伴隨而來的還有一股隱隱作痛。

加百列和我用意念就上了山坡，靠的是思想的力量，他說我應該自然而然就知道該怎麼做，不需要別人教導，如果我想找到他，就用天使的超能力來試試看。

我先深呼吸來平靜自己的情緒，接著閉上雙眼，聚精會神地想像黑澤雷花園裡的木屋。毫無動靜。

我苦著一張臉，再次閉緊雙眼，迫不及待地渴望睜開眼時就看到變化。

這次發生在彈指之間。

感覺身體先往後一晃，隨即因爲反作用力而往前一甩。彷彿在短短一眨眼間，世界停止旋轉，我一睜開眼睛就看到小木屋矗立在不遠處。

我做到了，這是意念的旅行，是瞬間移位。

我站在森林邊緣，女人講話的聲音傳入耳中，我立刻縮進樹叢後面躲起來。定睛望著木屋，大門微掩，講話聲再一次從門口的方向傳了過來。

是漢諾拉。

露珠未乾，空氣裡的濕氣很重，加百列走到她身旁，淡淡的柑橘香氣撲鼻而來。漢諾拉點點頭，移開了視線，加百列雙手搭著她的臂膀。

她緊緊揪住華麗的毛料大衣，纖細的手指抱住手肘，頭上裹著絲質圍巾，燒傷的疤痕依舊怵目驚心——跟上次看到時一樣，以吸血鬼的能耐，很難想像她怎麼會傷成這樣。

我聚精會神，使出吸血鬼的超能力，竊聽他們的對話。

「……跟我進去吧，瑪麗。」加百列說。

漢諾拉眼睛瞬間染紅，身體晃了晃。「瑪麗？她死了，希望就跟著消失？」她語帶感傷。

「連你給我的名字都不能保留？」

加百列的表情莫測高深，連我都看不出端倪，他的防線沒有撤除，我完全摸不透他的想法和感受。

「妳自由了，」加百列說。「不再受我管轄，妳自己好自爲之。」他猶豫半晌，再次伸出手，撫摸她因生氣而下垂的嘴角。「既然掌控權又回到妳自己手上，我當然不能再用相遇那晚我給的名字來稱呼妳。」

漢諾拉似乎不太喜歡他說的話，身體微微往後縮。

「不，沒關係，請妳和我一起進去，屋外危險重重，對妳、對我皆然。」

她仍然猶豫不決。「你原諒我了？」她低聲問。

加百列堅定地點點頭，上前一步，用拇指勾下她的絲巾，小心翼翼地以手背撫摸她的眉毛。「妳也寬恕我了嗎？」

這是怎麼一回事？加百列爲什麼在這裡跟她糾纏不清？

「來吧，我們進屋去談。」他握住她的手。

我咬著牙。

他轉過身，示意她跟進去，這回她沒有再推拖。

木屋大門闔上，上千個念頭在我心裡打轉，加百列說離開之前需要先處理一些事情，或許她是待辦事項之一，但他剛剛對她說話輕聲細語，完全不提背叛那件事，舉手投足之間盡是溫柔。然而加百列是天使的後裔，受造於光明中，理所當然會饒恕她的背叛，也包括我們所有的人。他救了漢諾拉，近乎一百年形影不離，同進同出，加上她不顧自己的身分，深深愛上加百列。或許，是在帶我離開之前，他特地來跟她道別。

可是話說回來，想到他們告別的方式，我就妒火中燒，管它蠢不蠢，我實在按捺不住，打算衝進去找人。

正走近大門口，背後突然傳來樹枝斷裂的劈啪聲。我警覺地轉過身去，隔著庭院，一雙淡褐色的眼眸看得目不轉睛，我認得他，在城堡見過——穿著復古的斜紋棉布長褲、深V字領襯衫、深色皮衣，這個吸血鬼差點死在我手裡，他叫喬納。

我掩不住恐慌，急忙調轉方向跑開，心神不寧地停在空地中央。

「很有趣。」他的嗓音隨著冷風傳過來，驀地就突然出現在我眼前。

我舉手制止他靠近。「別過來！你必須離開。」我邊說邊向後退。

「我們需要聊一聊。」他沒有預先示警，而是縱身一跳，在幾英呎外落地站穩。

我緊閉雙眼深吸一口氣，等著尖銳的牙齒爆出牙床，結果沒有動靜。我的身體緊繃，預期猛烈的怒火上湧，但竟然無聲無息。

「妳沒事吧？」他那曖昧的語氣讓我頭昏腦脹，似曾相識的感覺再次湧上心頭。

「我不認識你，只知道如果你繼續靠過來，我很可能無法控制自己。」我悄悄地退後防備。

「我們其實很熟悉，難道妳一點都不好奇？」

「貓本來很長命，最後就是被好奇心害死的。」我直視他的眼睛說。

他睜大眼睛，探索我的反應，往前靠近一步，我開始焦慮，不是出於恐懼，而是擔心自己的反應，我的直覺是掉頭就跑，打算衝進樹林。我邁開腳步，身體像在滑行，不到幾秒鐘就跟喬納撞在一起，他竟然跑在前面。

撞擊力把我往後彈開，飛向樹幹，我用雙手抱住樹幹，這才避免跌坐在地。

「剛剛說過，我們需要聊一聊。」他綳緊下頦，姿態淡定，不爲所動。「妳記得加百列，記得其他人，獨獨忘了我。」他雙眉深鎖，似乎備感屈辱。

「昨天發生的事情你忘了嗎？你在拿自己的生命開玩笑，這樣很危險，吸血鬼。」我語氣鄙夷的提醒他。

「我的名字叫喬納，妳知道的，對吧？」

知道名字與否沒有差別，重點是我不了解這個人，我百般不情願地點點頭。

「那就拜託妳稱名道姓，不要用那種語氣喊人，再者，別忘了妳自己也是吸血鬼。」他以牙還牙，語氣輕蔑。

我轉身背對他，皮膚開始有酥酥麻麻的感覺，對比之下，這種反應還算溫和——算是認可了這個人的存在。

「妳要跟加百列一起逃走，對吧？這就是你們偉大的計畫？」他對著我的背大吼大叫。

我停住腳步，爲什麼要踟躕？「對，如果你想討論的話題和疑問就是這件事，那你得到答案了。請別再煩我。」我雙腳一跳，順著樹幹爬到樹頂，站在上面，專心觀察相鄰的枝幹，從這邊跳到另一邊。

不過跳了兩次，就被一隻手扣住腳踝，飛快地用力一扯，我直墜而下，摔向地面，喬納張開手臂預備接人，但我直接盪開身體，著地時膝蓋彎曲。

「你開始激怒我了。」我大聲咆哮。

「好極了，」他答道。「眞高興我能影響到妳，終於恢復老樣子了。」他嘴角一彎，露出傲慢的笑臉。

我怒目以對。

他嘆了一口氣。「妳是吸血鬼，萊拉，一如妳也是天使，我懷疑加百列能夠接受這一面，他會扼殺妳的天賦，更慘的還在後面，他會讓妳變得脆弱易受傷害。」我遲疑著，喬納認爲加百列難以接受我黑暗的一面，這個看法和我私底下的憂慮不謀而合，但我信任加百列，相信他和漢諾拉會面的背後必定有一個合理的解釋：那是公事，沒有不可告人的。

我把喬納抛在腦後，腳跟一轉，回頭往森林的方向走去，即將接近空地時，手指關節劈啪的聲響讓我停住腳步，抬頭一看，喬納好整以暇地坐在倒塌的樹幹上，手指一張一闔。

「眞正說起來，妳應該跑得比我快，可是妳沒有……這就是問題所在。」他起身、施施然走過來。「我不是來找妳討論加百列。」

這個傢伙傲慢無禮——對我的要求置之不理，愚蠢地一再挑釁，甚至不知死活、一心一意想要挑起我的怒火——但他身上隱然有某種東西讓我不想再逃避下去。

他開始動手動腳，我沒有制止，任由他的手滑到我的頭髮底下，我轉頭偏向一邊，他接著用拇指輕輕撫摸我的臉頰。

我過了半晌才找到聲音。「那你來做什麼？」

他笑得別有深意。「啊……五分鐘前，妳關注答案的程度遠不如鞋貓劍客的命運。」（注）

我懊惱地拍掉他的手，被他反手一抓，整個將我的手包住。

他彎著腰湊近過來，眼睛跟我齊平高度，不給我閃躲的機會。

「我回來找妳討論未來的對策，妳不可能永遠跑在牠們前面。」

我垂眼看著地面，但他勾起我的下巴，再次目光相對。

他捏捏手指頭，笑得很溫柔，試著安撫我的情緒。「我回來的目的是要確保妳接納了自己的全部，」他停頓了一下，「擁抱眞實的妳——是這個世界上最致命的武力。」

「爲什麼？你也把我當成救世主看待？能夠爲民除害、釋放人類得到自由？」我語帶挑釁，羅德韓的期待頓時在耳際響起。

「有誰提到那個？我只關心妳的自由，妳的生命，不忍心再看妳……倒地不起。」他猶豫著。「不能，絕不可以。」喬納手勁抓得很緊。

對我來說，跟喬納的關係撲朔迷離，非常神秘，爲什麼只有他不在我的記憶裡？

「我知道妳忘記的原因，」喬納低語。「我了解妳。」他的鼻尖在我耳際磨蹭。「沒有我，妳當不成救世主，只會變砲灰。」他轉而直視我的眼眸。「將會提早走到生命盡頭。」

喬納的獠牙倏地出現，才一眨眼，手掌貼住後腰把我壓緊，尖銳的牙齒咬住自己手腕肌膚，稍稍一扯，劃出血淋淋的傷口。

他吐出帶血的唾沫。「也該恢復記憶了，美女。」

注《Puss in Boots》，二〇一一年推出的3D動畫冒險喜劇片，可以算是「史史瑞」系列的前傳。

我正要張嘴抗議，雙手握拳，預備掙脫他的掌控時，那股肉桂般的氣味先行漫入鼻腔，宛如炙熱的皮鞭一次次揮向身體，腥紅血霧當頭罩下，遮蔽我的視線。

喬納的存在喚醒我體內的飢餓感，千鈞一髮之間，我終於領悟自己失控的原因是他的血。

他不只知情，更重要的是他還了解背後的原因。

齒尖突破牙床，不顧我的意願，隱隱作痛卻逕自就位，我哀怨地呻吟，直撲而上對準他的咽喉，不過這一回我堅決抗拒自己的本能——對抗那股強烈的渴望、想要吞噬他的衝動。我箍緊他的手腕，試著阻止血液流出。他掙扎抵抗，我察覺自己喉嚨好乾好乾，只要接受邀請，馬上可以得到紓解，但我執意嘗試壓抑身體的反應。

「沒關係，美女，喝吧。」他搧風點火，一把攫住後腦勺，手腕距離飢渴的嘴唇不到幾吋。

我把他推倒在地，跨坐在他身上，周遭的空氣似乎扭曲變形，再也擋不住慾望的催促，抓起他的手臂，鼻尖在傷口游移輕嗅，徘徊在讓他稱心如意的邊緣，這時喬納突然捧腹大笑，笑聲充滿嘲弄的意味，大拇指貼著我的臉頰，越笑越大聲。

世界駐足不動。

我再一次聽見他的笑聲——笑得無比開懷、真心誠意——聲音的來源不是底下的他，而是我的腦海深處，聽起來很熟悉，是我認得的嗓音。肉桂的香氣不再攪擾感官的知覺，依稀聞到溫暖的水果派和香料酒，香氣撲鼻，聖誕節的滋味繚繞在舌尖上。這時候彷彿有一桶冰水當頭澆下，撲滅體內炙熱的火焰，引燃的怒火如潮水褪去。

我從他腿上爬起來，退到一邊，獠牙縮回原位，腥紅的霧氣逐漸消散。

他看著我，一臉茫然。

我或許不知道他是誰，但是無論如何，永遠不會遺忘曾經在夢中聽見他口裡溢出的笑聲。

漫步往空地走去，步履平穩，不疾不徐，他沒有立刻跟上，但願這傢伙知道好歹，別再糾纏不放。

走到中途，我匆忙加快腳步，差點失足滑倒，血紅的淚珠滑下臉頰——那是內在烈焰的最後一點火星，還來不及伸手擦拭，喬納就從樹林裡竄了出來，自頭頂俯衝而下，把我釘在霜凍的地面，本來淡褐色的眼珠逐步被危險的紅色漩渦併吞，他把我的手臂固定在頭頂上方，我氣憤地咆哮，他扣住我的大腿環上他的腰，但又極度克制自己，僅僅抹掉我的血淚。

他的笑聲不住地在腦海中迴響，幾乎讓人發狂。

「妳必須喝我的血。」他苦苦哀求。

我可以一把推開他，卻若有所失地呆呆凝視著從記憶中一閃而過的笑臉，進入意識層——「對你那部分的聖誕樹是有改善。」我嘟噥地說。

他結實的手臂摟住我的腰，鼻尖對鼻尖，流連再流連。

悅耳甜蜜的笑聲讓我神魂顛倒，連槍聲響起都渾然不覺。

喬納的身體鬆脫，不再於我的嘴唇上留戀徘徊，他撲倒前，腫脹、充血的眼睛盯著我看。

「萊拉……」他皺眉警告。「快跑！」

7

我反應得太慢，簡直是遲鈍。

喬納被人抓住腳踝，頭下腳上硬從空地上拖開，他手揮腳踢，不停掙扎，一面咳血，還試圖站起來，年輕的男孩嘗試用鐵鍊綑住他的腳，但功虧一簣。看到他的血，體內的火焰來不及復燃，就被人拖著越過潮濕的草地，朝反方向而去，麻木感籠罩全身，四肢都使不上力，彷彿脫臼一般。

本來可以移動的身體，想要挺身奮戰，卻變得虛弱無力，綁架的人一手拖著我走，另一隻手抓著銀製的鐵鍊，長長的鍊子在地面拖行，發出噹啷的噪音。我的身體像鉛一樣沉。

「放開我！」我大叫大嚷，想要往前跑，遠處的喬納抱住小腿試著止血，鮮血從斜紋長褲的破洞裡湧出來。

「用銀鍊把他綁住！」背後傳來怒吼指揮的聲音，年輕的男孩笨手笨腳，試著捆住喬納，不停地圍著他兜圈子，似乎不知道該從哪裡下手。「卡麥倫！」那人再次大吼。

一直把我往後拖的手最終被我甩開，我手掌著地趴在地上，綁匪丟下我疾步上前，衝向喬納和年輕的男孩。喬納已經站了起來，但重心不穩、腳步踉蹌，嘴裡不停發出低沉咆哮和尖銳嘶吼，兇惡的嗓音充滿威脅性，希望那樣的警告足以嚇退攻擊者。

另一雙結實粗壯的胳膊拉著我站起來，銀製的鐵鍊從他的手臂繚繞到指縫之間，摩擦到我身上的羊毛衫，衣服底下的肌膚因爲炙人的熱氣開始融化，讓我痛得大叫。旁邊的傢伙似乎沒有發現異狀，顯然無意像他的同伴攻擊喬納那般對付我。

他們大概以爲我是人類……

思緒一片混亂，銀鍊宛如磁鐵產生牽引的作用，把我從核心往外吸去，大腦一分爲二、無法兼顧兩個方向。身體越靠近銀鍊，後果越慘，最後我失去意識，一頭栽進黑暗裡。

眼皮沉重無比，附近有含糊不清的聲音，菸味繚繞在周遭，我勉強睜開眼睛，臉頰貼著老舊的塑膠，身體沉甸甸的，根本爬不起來。

我心慌意亂地猛眨眼睛，發現自己在車廂裡，路面崎嶇不平，身體隨之上下震動，眼角撇見那銀製的鐵鍊隨意纏在一起，就放在我身邊。

我兼具吸血鬼和天使的特質，而此時銀鍊離我太近。

車廂裡只有我一個人，不知身在何處，也不曉得在哪種交通工具中，不過附近應該還有其他人。銀製品讓我頭暈目眩、腦波扭曲變形，只要鍊子一直放在身邊，我大概會起不了身。

我慢慢調適自己的狀態，等待下一次路面顛簸和震動。時機一到，身體立刻彈起，試著拉開自己跟鍊子的距離，不過完全沒用，銀鍊跟著滑過來，其中一環還觸及臉頰，我的皮膚立刻被燙得嘶嘶作響。

車子又再一次的顛簸震動，這回我純粹出於本能行動而不是依靠理智來判斷，身體趁機往後彈開，遠離銀鍊。

終於可以好好喘口氣，就算意識還有一點模糊，至少重新找回身體的掌控權，兩腳剛恢復反應，我立刻站起來，匆忙走到最遠的角落，盡量避開綑綁的工具，原來自己在溫納貝戈露營車裡面，本來躺在沙發上，旁邊暗橘色的絨面窗簾從欄杆甩到另外一邊，另一頭擺了桌椅，煙灰缸裡面的菸屁股幾乎要滿溢而出，還有一疊撲克牌和幾盒火柴。一塊當初應該很醒目的藍色幾何圖案的地毯橫跨整個空間，現在卻被汙穢的泥巴和汙漬遮蓋得幾乎看不見原來的樣貌。

我和隔壁房間只隔了門口那一道珠簾，從晃動的玻璃珠中間，可以看到前方開車的駕駛，還有幾個同伴坐在旁邊，此外就是漆黑的路面。在車燈照耀下，一路綿延向前。

不知道他們把我抓來的原因，以及喬納後來如何了。雖然還是不清楚喬納跟我的關係，但記憶中他的笑聲是那樣的歡樂喜悅，緩和了我撕裂他的衝動，這是否意味著他對我有某種重要性，不是我想置之死地的對象。

我低頭思索著，考慮扯開窗簾，爆出獠牙，強迫他們說清楚綁走我的原因和喬納的下落。

「我已經說了對不起，佛格。」前面傳來不安嚅嚅的嗓音，充滿濃濃的愛爾蘭口音。

「不，這樣不夠，是你讓他跑了。」旁邊的乘客就是男孩稱作佛格的那一位，他語氣氣憤地回應。

他們說的是喬納？但願是他。

氣氛沉默膠著，看到車子開始轉彎，我伸手扶著露營車的牆壁穩住身體。

司機一言不發，逕自搖下車窗，窗戶吱吱嘎嘎響，才下降到一半就卡住不動。當新鮮空氣吹進車子裡，綁匪的氣味撲鼻而來。

他們是人類。

不是吸血鬼、不是天使，而是平凡無奇的人類，不管我的意願就挾持我上車，旁邊有另一扇車門，只要拉開就可以跳車逃生，應該不難，甚至可以靠著集中意念、瞬間移位……，或者先問清楚意圖，離開前順便給他們一點教訓，讓他們知道對人要有禮貌。

司機點了一支香菸，「卡麥倫，你說那個吸血鬼跟帶走女孩的是同一組人馬，看來我們是瞎貓碰上死耗子，幸運得很，他們回來這裡，如果她還活著的話，或許也在附近。」

我正慢慢摸向門口，一聽到這件事倏地好奇心大起，他們知道喬納的身分，並早就在黑澤雷小屋附近窺探監視，等著我們回來，等著我出現，這是爲什麼？

「我沒那麼走運，菲南，這一切要歸功於這個白癡的傢伙，讓惡魔負傷逃走，他們肯定不高興，你應該用銀鍊捆住他的腳踝——卻讓他溜了！」佛格對著卡麥倫大吼。

「我不是故意的，反正無所謂，他們要花費一番功夫才能把那丫頭救回去。」卡麥倫說。

丫頭？我氣得咬牙切齒，什麼鬼東西敢喊我「丫頭」？我不需要別人來拯救。

菲南咬著香菸，再次吞雲吐霧後才開口。「你爲什麼吩咐卡麥倫射他的腳？何不開槍打胸口？直接殺掉，還留他一口氣做什麼？」

「我不必向你報告，」佛格反唇相譏。「這裡由我指揮，記得吧？」

「是，那就當成給我面子。」菲南回應。

「我想審問她，或許能夠快點找到那個女孩。」佛格說。「你忘了天使安姬兒說的話……知道吧，我們必須找到她。」

我心跳漏了一拍。

天使安姬兒。

我的母親。

「你在急什麼，佛格？」菲南的語氣充滿自信和克制力，沒聽到回應，他繼續說下去。「如果你父親還活著，肯定會提醒你龜兔賽跑的真諦。」

佛格大吼一聲，同時給了菲南肩膀一拳，害得方向盤急轉，車子差點失控。「去死吧，那是小孩聽的童話故事。」

「對極了。」菲南咕噥。

我不曉得這幾個膽大妄爲的男孩從那裡蹦出來，但他們知道吸血鬼的存在，且到處尋找一個女孩，殊不知那個女孩就在他們的露營車裡頭。剛才的對話顯示他們不知道我就是他們要找的人，更沒發現銀製品對我的影響力。至少這次我占了上風。

聽到母親的名字，讓我打消跳車的念頭，如果他們知道母親的下落，或許對我有極大幫助。天曉得這幾位流浪者怎麼會遇上我的母親，再者，不知道他們眞正的動機是什麼？不久前，麥可才教了我寶貴的一課，被騙上當是何其容易的事情。當時我忽略了心底的第六感，差點害死大家。

不，任何人都休想再愚弄我，我不是笨蛋。

霎時露營車突然改變方向，方向盤急速右轉，引擎隨即熄火。

我坐在桌子上，躲開銀鍊，靜心等待。男孩們自前座一躍而下，依然爭論不休，他們繞到露營車旁邊。我把頭髮撥到耳朵後面，心裡納悶著在近看之下他們是否會認出我的臉。門把晃了一下，顯然外面有人正在扳動它，然後，門開了。

燈光一亮，負責開車的菲南站在門口，視線先落在沙發上，旋即轉向我所在的角落。

「啊，妳醒了。」

「你們是誰？」我反問。

菲南搔著脖子，施施然地走過來，長袖襯衫的布料緊貼著二頭肌，黑色刺青圖案沿著脖子往上延伸，直到方正的下顎底部。他頭上戴著毛線帽，剃過的鬢角留下灰色陰影，模樣看起來有些像軍人。

他仔細打量了我一番，撈出椅子反轉跨坐在上面，手臂橫放在椅背上。「無名小卒，朋友和我正好經過，看妳遭到攻擊，就出手救了妳。」他看似不以為意地聳聳肩膀，眼神卻十分專注，把我從頭到腳打量一遍。

「當時印象有點模糊，」我將錯就錯地問。「是誰攻擊我？」

「某個傢伙。」他說。

「是喔。」我雙手抱胸，翹起二郎腿。

「妳獨自一個人在樹林裡做什麼？」

「清晨出來散散步。」

「妳要去哪裡？應該問妳從哪裡來才對？」他不停追問，重心放在前面的椅腳，木頭摩擦吱嘎有聲。

「從我住宿的旅館，要去商店買牛奶。」

「眞的？」

「是。」他爲什麼對我如此感興趣？

他不甚自在地動了動身體，我們相互打量著對方，他正要開口說話時，另一個男孩突然闖了進來。

「妳醒啦，還好嗎？」他笑嘻嘻地邊問邊穿過凌亂的房間，站在審訊我的軍人旁邊。

「聽說你們從某個無賴手裡救了我，看來我應該說謝謝才對？」我靦腆地微笑，從桌子後面走出來。

「是的，我叫佛格。」他伸手過來。

他的體格和高度似乎都比審問者小一號，後者依然警覺地盯著我。佛格身著寬鬆灰色運動褲、帆布鞋、長袖襯衫，外加米白色背心，然而身上最醒目的是胸前那條金色十字架項鍊，在燈光底下，射出閃爍的白光。我的目光重新移到佛格臉上，他掛著大大的笑容，不時撥弄濃密的金髮，青澀的模樣宛如青少年樂團的成員——不像舞槍弄劍的吸血鬼殺手。

我靠過去跟他握手，就在握手的時候，一股奇特平靜的感覺流入體內。

「我的兄弟應該沒有想到要自我介紹，對吧？」佛格戲謔地用手肘頂向另一個傢伙的肩膀。

「我是菲南，請問妳怎麼稱呼？」他訕訕地站起來。

我一時有些猶豫，不確定要選哪個名字，指尖在掌心畫圓，呆呆看著佛格幾秒後才開口。

「布魯克。」

決定報上第一個閃過腦海的名字，好吧，應該是第二，「漢諾拉」絕對不可能。

「對，呃，今晚我們在這裡露營，如果可以，明天再送妳回家，或者先打電話通知妳父親，請他來接妳？」佛格顯得親切體貼。

我在外逗留了好一段時間，加百列肯定會擔心我的去向，呃，假設他和漢諾拉會面結束已經回民宿的話。當然啦，我也可以敞開心房和他聯繫，但是一聯繫上，他會馬上趕來帶我回去。萬一他認定這幾個小鬼知道我母親的下落，更會毫不猶豫地避免讓我跟他們接觸，確保我不會找到她。因此我需要時間，小心周旋，消除他們的防衛，試探他們究竟知道多少內幕，更讓自己有足夠的時間想清楚接下來該怎麼做。

「事實上，我有點像孤鳥，方便跟你們窩幾天嗎？」我問。

「可能有點困難。」佛格低頭看地板。

「不會。」菲南回答得很乾脆，但從頭到尾還是盯著我看。

佛格錯愕地抬起頭，怒目看向他，然後轉向我，抬了抬眉毛。「妳會下廚嗎？」

「以前曾經在B&B民宿打工，英式早餐最拿手。」我極力推銷自己。

「好極了，那麼妳去廚房當艾歐娜的助手吧。」佛格說。

菲南張開嘴巴正想反對，佛格已伸手搭著我的背，搶在他抗議之前，踩著滑步帶我離開。

8

漫步走過空蕩蕩的野地，暮色籠罩下來，仰觀天空，這裡遠在城市之外，沒有空氣汙染的掩蔽，星星充滿活力與生機——一閃一閃，亮極了。

放眼望去，附近有一輛摩托車、一輛大型的露營車屋，還有一個拖車屋勾在卡車後面，對比之下，剛才那輛溫納貝戈露營車顯得很破舊，大部分的藍色油漆都已剝落。

露營車屋的大門突然開了，音樂震天嘎響，不只破壞周遭的寧靜，也讓我無法觀星。有幾個人衝出來歡迎菲南和佛格，嘻嘻哈哈地勾肩搭背。我放慢腳步，觀察眼前這一幕。

「卡麥倫說他射中對方的腿！」正嚷嚷著的少年體格強壯結實，話還沒說完，就被菲南推倒在地上。

「嘿！」少年瞪向菲南。

「我們有客人。」菲南說完回頭瞥了我一眼，觀察我的反應。

我聳聳肩膀，希望消除他的疑慮，暗示自己沒把他們的對話放在心上，他拉拉嘴角，似笑非笑，有些虛偽、矯情。

一個嬌小的身影夾雜在男孩中間，撲進佛格的懷裡，給他一個熊抱，他安撫似地揉搓她的背部。

「謝天謝地，你們安然無恙。」她喃喃低語。

布魯克說吸血鬼有夜視能力，果然不是胡說八道，女孩的五官在夜色中依然清晰，從反應判斷，會以爲她是佛格的女朋友，但是看那相似鼻樑的弧度，豐滿的唇形和灰藍色的眼珠，在在意味著他們兩個有血緣關係。

「我燉了雞肉鍋，他們要求先開飯，我堅持等你們回來一起吃晚餐，就跟以前一樣。」她眉開眼笑、得意洋洋地說。

佛格親暱地用大手揉亂她淺金色的長髮。

「走吧，各位，我餓壞了，開飯囉。」他發號施令，大家前呼後擁地往車屋走。我猶豫不前，懷疑這是否是正確的決定。仿效他們對喬納地作爲——直接抓一個來逼問，就可能查出母親的下落和他們的意圖，比起隻身涉險更容易。不過尋求答案有很多方法——更勝一籌的是滲透其中、騙取情報，這樣的回饋絕對眞實。

「來不來？」菲南催促我往前。

相較於老舊的溫納貝戈休旅車，這輛車屋大很多，菲南帶著我進入寬敞的空間，顯然是起居室兼做廚房，中央是大圓桌，順著走廊進去有好幾扇門，我猜是臥室。

菲南顯然不願意讓我離開視線，邀我坐在他旁邊，我低聲道謝，拉出椅子就座。

起居室顯得一般般，有塑膠百葉窗、平面電視，靠近角落有幾張皮沙發，室內沒有嗆人的煙味，反而瀰漫著食物的香氣，讓人暖到心裡。

桌上擺了八份餐具，女孩匆忙拿了另一張桌墊和餐具過來給我，再轉身關掉音響，匆匆回到廚房。

手腳俐落的她隨即端出一大鍋燉雞肉，放在白色桌巾上，另外還有一籃新鮮麵包、一大碗醬汁，外加幾罐啤酒。

「開飯！」她跟我相對而坐，大聲宣布。

菲南和佛格已經就座，把我夾在中間，等我坐好，佛格便低頭禱告。

「上主，感謝祢賜給我們飲食餵養身體的需要；祈求祢的恩典同在，保守我們持續爲祢做工；上主，也求祢保護住在盧坎鎮的會眾。謝謝祢的看顧，那些離開的都與祢同在樂園裡面，因他們爲祢的名而犧牲。阿們。」

謝飯禱告中，在座的唯有我沒有低頭，但有低聲說阿們，隨後就有好幾雙手迫不及待地伸向麵包籃，開瓶環的聲音此起彼落，嘶嘶好幾聲、泡沫飛濺。

「嘿，各位，注意禮貌，我們有客人。」菲南提醒，餐桌立刻安靜下來。

佛格飛快地瞥了一眼，菲南微微點頭，若不是擁有超能力，我大概不會發現這些表情。

佛格遞來一罐啤酒，礙於禮貌不得不接受。

「她叫布魯克，」佛格指著我說。「我們，呃，幫了她一把。她想留下來住一兩天，順便在廚房幫忙。」

「她要住下來？」女孩問。

菲南嘴角揚起，笑得沾沾自喜，似乎相當得意，即便連她都認爲這個主意荒謬無比。

「對，嗯，」佛格怒目看向菲南。「神的工作不也包含幫助鄰居嗎？」

我自然懷疑這是他們答應的理由，問題關鍵應該是佛格不爽菲南試圖掌控大局。

「幫助迷失的靈魂，我們的確責無旁貸。」另一個男孩欣然同意。

桌上其他人交頭接耳地竊竊私語，女孩熱烈歡迎般地點頭。

「當然要這樣才對，」她說得眉飛色舞。「妳好，我是佛格的妹妹艾歐娜，這位是卡麥倫。」

「路，」艾歐娜旁邊的男孩幾乎頭也不抬地自我介紹，耐心等待拿取餐桌上的麵包。我認得他——是因爲他那還沒有變聲的聲音——當時他也在露營車裡面，塊頭很小，就像膽怯的小老鼠，應該是這群人裡面最年輕的一位，頂多十四歲，小臉胖嘟嘟的，鼻子滿是雀斑，紅髮凌亂不堪。

「妳已經見過菲南，這是狄倫和傑克。」艾歐娜指著坐在她左手邊的兩名男子，看起來約莫二十幾歲。「接著是雷利和克萊兒，他們剛結婚。」這一對年輕夫婦大約十幾歲而已，擠在卡麥倫和菲南中間，不用看就知道他們在桌子底下相互挑逗調情。「雷利是狄倫的表弟。」

「只要咕嚕灌個幾大口——不管今天發生什麼，感覺都會好很多。」佛格鼓勵地說，對著我手中的健力士黑啤酒努努嘴。

「嗯，布魯克，卡麥倫說他們在野外發現妳遭遇攻擊，對方是……」艾歐娜好奇地發問。

「咳——嗯——」菲南清清喉嚨，用嚴厲的眼神瞥了艾歐娜一眼。

「是啊，一個怪胎。」我淺啜一小口苦澀的液體，「事情發生得太快，等我回過神來，已經被他們救出來了。」我斜睨菲南，窺探他的反應。「不知道你們爲什麼把我五花大綁丟在露營車的後車廂……。」

「噢，露營車被我們暱稱『小藍』，」艾歐娜莞爾一笑。「因爲藍色代表天堂，而且，它——」

「那是因爲妳當時失去知覺，怕妳受傷，才覺得最好把妳帶到安全的地方，」菲南不想搭理艾歐娜努力閒話家常的用心，咬了一大口雞肉繼續說。「再者，妳沒帶皮包、沒電話、沒證件，身無分文，遑論買牛奶……」他瞇起眼睛揣測我的反應。

從剛才對話中我了解到菲南的疑心病很重，但他卻沒有把疑慮透露給其他人——至少目前看來是這樣。總而言之，他似乎偷偷在餐桌上大玩攻擊戰艦(注)的遊戲，我當然奉陪到底。

「嗯，你們怎麼會跑來黑澤雷村這一帶？我們還在鎮上吧？」我問。

「我們來度假。」菲南答得很快。

「相距不過幾英哩，我們暫時不會離開……」艾歐娜補上一句，她望向哥哥尋求印證，佛沒中。

「妳幾歲？」菲南迅速開砲。

「菲南！」克萊兒開口斥責。「別理他，女生不必回答，年齡不過是數字而已。」她搖搖頭，捲髮在纖細的肩膀上跳躍舞動。雷尼停止咀嚼，親熱地吻了她的臉頰，克萊兒笑得幸福洋溢。

「沒關係，我十七歲。」我特意轉動啤酒罐，假裝研究上面的標籤。

「這種年齡在民宿打工似乎太年輕了，不是嗎？」菲南說。

爲了拖延時間，我伸手拿了一片麵包慢慢剝。

「在皇室不列顛尼亞只要滿十六歲就可以打工。」

沒中。

好問題，菲南。

我繼續提問。「你們提到盧坎——」

「沒人說那裡。」我話都還沒說完，就被菲南喝斥。

「有，佛格禱告的時候提到的，你們都來自於盧坎鎮嗎？」我再喝了一口噁心、黑麻麻的液體。

「噢，是的，」艾歐娜說。「我們都來自於那裡，呃，唯有狄倫例外，他是南部人。嗯，我沒其他意思，因爲我們人數不夠，所以雷尼……」艾歐娜赧然地閉上嘴巴，白皙的臉頰脹成玫瑰紅。

正中紅心。

餐桌的氣氛突然尷尬起來，我跟菲南的戰爭遊戲還沒眞正開始就宣告結束。有艾歐娜，他的戰艦肯定被我炸得沉進水底。

我特意背對他，轉向佛格問，「漫長的一天讓人非常疲憊，請問哪裡方便躺下歇息呢？」

「妳還沒吃東西。」菲南說。

注 雙人猜謎遊戲，也稱爲海戰棋，透過猜謎方式攻擊對方部屬的軍艦，可能發源於第一次世界大戰期間。

不確定他有什麼用意，是有意見或是不想就此罷休，所以繼續找我麻煩。

「佛格？」我面帶笑容地看著他。

「嗯，跟我來。」

跟著佛格穿過長長的走廊直到盡頭，右手邊有個小房間，裡面是兩張單人床，但他強調今晚只有我睡在這裡。

「除非有更多親人加入，不然這間臥室就妳一個人使用，歡迎妳留下來，艾歐娜最近很難過，如果有人陪伴艾歐娜也不錯，克萊兒實在不是好聽眾。」

「喔？」

佛格很快就信任我了，一提到妹妹的名字，他的表情變得極其溫柔，顯然他答應讓我留下來不只爲了刺激菲南，相較之下他更關心艾歐娜，認爲我能夠幫她度過目前的傷心時刻。

「我們的父親最近剛辭世，聽起來妳也失去了父母，對吧？」他說。

我不想說謊。或許是新的超能力使然，讓我得以偵測出光明的靈魂，他的存在讓我覺得平靜安心。「是的，你可以說我是孤兒。你們來這裡度假很久了嗎？」我邊問邊跳到上鋪，發現旁邊有個小窗戶。我脫掉外套，剩下牛仔褲和襯衫。

「有些人待得比較久。」佛格硬是不露口風。

我拉起毛毯裹住身體，枕頭舒適蓬鬆。

「艾歐娜七點半來叫醒妳，剩下的人會晚點起床，八點半吃早餐。晚安，布魯克。」佛格朝我眨眼睛，反手關上房門。

我深深吸口氣，這些人聲稱曾經跟母親見過面、談過話。她在哪裡？人平安嗎？我的手不由自主地捏緊胸前的水晶。母親於我而言就像是陌生人，至今生死未卜，但她犧牲一切，給了我生存機會。我必須找出她跟這些人接觸的原因——包括何時見面和談話內容。

在胡思亂想時，我猛然憶起喬納眨眼睛的模樣幾乎是佛格的翻版，就在城堡那，他被擄走之前。一想到他，手邊的任務立即被拋到腦後。

但願他順利地挖出小腿的子彈，躲在安全的地方休養，他說他知道我忘記他的原因，還因此認定只要讓他置身險境，就會勾出我朦朧的記憶。偏偏我對他的印象宛如一面破碎的鏡子，明顯可見的裂痕蓋住他的影像。

還是喚不回跟他有關的記憶。我依然忍不住想，如果有更多時間專注在他的笑聲上，我腦中模糊的影像是否就能夠恢復清晰。

現在看起來機會渺茫，而我也得不到解答。

他說我跑得再快，都贏不過敵人的追殺，這句話言猶在耳。不需思考，就知道他的話一針見血。想到未來的生活——如果採用逃避的策略——我和加百列將會一起亡命天涯。

羅德韓認識我的時間雖然不久，但他說對了一件事——我不確定自己能夠把世界上發生的一切都拋在腦後，無動於衷。但是話說回來，他究竟認爲我能夠做些什麼，畢竟我赤手空拳，只能孤軍奮戰。而大天使和純種吸血鬼，他們都有各自的人馬，情勢對我極度不利。與其去想要如何幫忙對付惡魔，還是先決定下一步是要奮戰或是逃亡。

加百列看來已準備帶我遠走高飛，現實狀況不容我再蹉跎時間，必須速戰速決。

9

我整夜輾轉反側，完全沒有睡意，即便佛格證實他們一群人不打算繼續前進，但我無法相信菲南會按兵不動。這兩個傢伙似乎暗自角力、爭奪權力，有關菲南的一切最讓人不安，他小心護衛這群人的秘密，卻又不是他發號施令，佛格才是帶頭的人，單是這一點感覺就不太對，姑且不論佛格在主導什麼事情，橫豎看起來他都不是最適任的人選。再則，以菲南如軍人般的外表、冷靜自恃、不輕易信任我的說辭——在在指向他是「領袖」的材料，但也可能是「恐怖份子」，他究竟是哪一種，我目前還無法確定。

從小窗戶望出去，黑夜的面紗逐漸被掀起，天色露白，晨曦即將升起，我的胸口突然有一股莫名的刺痛，不知道是否因爲和加百列分隔兩地，或是我需要陽光的能量加持。我盡可能壓低聲響，手指撥開窗框的塑膠栓，緩緩將玻璃推出去。雖然空隙不是很大，只要巧妙地彎曲身體，應該鑽得出去。

雙手扶著窗框外緣，往上拱起身體鑽了出去，距離地面不算太高，至少就人類而言，對我來說更是易如反掌。當我雙腳一著地，立刻拔腿狂奔，希望旁邊沒人看見。

當我快速穿越野地，即使無風無雨，早晨冰冷乾燥的空氣迎面而來，前方的高速公路傳來轟隆的噪音，我慌忙剎車，停得有點笨手笨腳，腳跟踩進泥巴裡，帶出部分的泥土。我彎腰抓了一把土放到鼻子前嗅聞，感受大地的氣息，深深慶幸自己能夠活到現在，活在地球上。然而還能夠持續多久？拔腿狂奔和瞬間移位的超能力或許對逃避敵人的追殺有所幫助，卻不能用來打敗他們。

夜襲黑澤雷那棟房子的吸血鬼力量之強，簡直不可思議，但我應該也不弱才對，我開始搜索空曠的野地，終於找到區隔野地和高速公路的林線。

我挑了最大的那棵樹，閉上雙眼想像自己靠著樹幹，試圖瞬間移位，然而睜開眼睛時，我依然還在原地，什麼事都沒發生。太陽即將昇起，沒有時間再蘑菇了，我拔腿準備離開，隨後又停下腳步，強烈的刺痛從小腿肚往上蔓延，痛得我彎腰抱住膝蓋。爲什麼每次運用超能力都這麼痛？我搖搖頭，暫時甩掉心底的憂慮，以後再問加百列吧。

想起他，我立即制止思緒外傳，我必須避開聯繫，萬一他在等我訊號，一旦敞開頻道，他就可以趁虛而入和我連線，那樣我就無法隱瞞自己所在位置。現在還不想讓加百列知道我在哪裡，只想報平安，看來只好另外找別的方法送出信息。

太陽剛甦醒，我還有一點時間，走向紫杉樹，敞開手臂抱住樹幹，使勁一拉，它動了一下，我把全身重量壓上去，竟然沒有動靜，襯衫因爲使力拉提至腰部，冰冷的露珠沾濕了皮膚。我懊惱地再試了一次，巨大的樹還是無動於衷。

「想得美，妳根本在白費功夫！」熟悉的嗓音忽然傳來。

我被嚇得立刻鬆開手臂，差點被自己絆倒。

「喬納？」

「只此一位，別無分身。」他懶洋洋地靠在另一棵樹幹上說。

看到他，我的身體自動產生緊繃收縮的反應，就像事先預設了警報系統。

他氣宇軒昂的姿態中卻有些腳步微跛，在橫紋棉布長褲的遮蓋下，小腿部位鼓起一大塊，顯然纏了繃帶。

「你還好吧？」我問。「是小腿中槍？」

他撓撓頭，黑髮更加凌亂。「妳的天使幫我包紮了，只是還沒痊癒。」

我將襯衫下擺拉好、蓋住露出來的腰。「加百列？他知道你在英國？」

喬納舉步走來，我下意識後退。

「妳還在擔心自己會有反應？」他氣憤地翻了白眼。

「是的。」我低著頭說。

「嘿，不用羞愧，女人對我的魅力無法擋。」他語帶驕傲。

這句話惹來我的怒目以對。

喬納咬住嘴唇，圍著我兜了一圈。「有感覺嗎？當我……靠近的時候？」

「問這幹嘛？」

「我想了解。」他潤潤嘴唇。

我會有什麼反應，他其實心知肚明，爲何還要多此一舉詢問。我忍不住嘆了口氣，決定實話實說。

「全身肌肉忍不住收縮。」

「每一處嗎？」

我一把抓起斷落的樹枝，朝他腦袋揮過去，他低頭閃避往臉上招呼的枝枒。

「呃，不要惱怒，我會解釋為什麼妳會這樣，但這之前，妳有權知道第二件事——只要我不流血，妳是安全的。」

「我擔心的不是自己。」

「嗯，即便妳一口咬定已經完全忘記我的存在，但是這樣的關懷還是讓我很窩心。」喬納忘情地將身體重心移到傷腿，立刻疼得忍不住皺眉。

「你沒——」

他搖搖頭，截斷我關懷的問候，我只好繼續剛才的話題。

「不是一口咬定，而是已經忘記，剛好證明你給別人的印象不夠深，轉頭就忘。」

喬納再次變換身體重心，試著舒緩痛苦。「在森林裡時似乎不是這樣，當時，我本來想找捷徑幫妳，但又想知道沒有我的幫忙，妳是否會自行恢復記憶。」

「意思是不需要你的血？」

「對，妳的大腦或許忘記了我，但是身體卻記得一清二楚。我只希望在妳把我吸乾抹淨之前，妳會找到妳的理智來停止。」他說。

「你可以解釋一下，為什麼認為吸你的血可以開啟我對你的記憶之門？」我挑釁地問。

「不，現在的時機和地點都不適合討論。加百列派我們出來搜尋妳的下落，應該是感應不到妳——我假設那是天使間某種特殊的親密通訊方式，」他諷刺地補了一句。「但我在附近嗅到那個開槍的男孩身上的氣味，要找妳就輕而易舉。但我不懂妳待在這裡原因。」

「他們有我想要的東西。」

「例如？」

「資訊。我還需要再停留幾天來調查。」不確定喬納是否會同意，但我別無選擇，只能繼續說。「你可以轉告加百列，請他不要操心，我很快就會回去。」

「如果妳還不知不覺，請容我提醒一下——那些傢伙是吸血鬼殺手，魔鬼獵人，說得更精確一點，是扛著銀製乾草叉的小農。妳已經闖入危險區域，如果被加百列知道，肯定不願意讓妳留下來，這回我完全贊同他的看法，因此必須帶妳回去。」喬納挺起胸膛，大步朝我走來。

「我一回去，加百列就會帶我遠走高飛。我需要時間，就這幾天，拜託，喬納。」我不想賒欠人情，但現在迫於無奈還是得求情。「別把我的下落告訴他。」

他停下腳步，在外套口袋撈了半天，掏出一盒菸和打火機。「妳認爲我反對你們遠走高飛的想法會比妳的安危更重要？」

「可是我在這裡平安無虞，他們不曉得我的身分，此外，你自己也認爲我是地球上最致命的力量，應該沒有安危的問題。」希望這套說法有說服力，雖然我自己是沒有這樣的信心。

他掏了一根香菸銜在嘴裡，點燃打火機。「地球上最致命的力量，連一棵小小的紫杉樹都無法連根拔起？好，我等著看好戲。」

他的話很像在挑釁，我突然信心滿滿，欣然接下戰帖，走回樹幹旁邊，彎腰半蹲，雙手環抱靠近樹根的地方，用盡全力使勁地拽，但連樹根處的小石頭都沒蹦起來。

我不死心地想要再試一遍，一縷煙霧突然進入眼簾，菸草燃燒的強勁氣味漫入舌尖，讓我激烈地咳嗽。喬納站在我背後，右手溜進我的襯衫底下，掌心貼緊著我的肚臍，剎那，酥麻的感覺隨著他的碰觸擴及全身。

他的膝蓋擠進我的大腿內側，逼迫我兩腳岔開，接著左手拿掉叼在嘴角的香菸，夾在手指間，手裡依舊握住那包香菸，身體微微退後。他的手碰到我的臀部，正想賞他一拳，卻突然領悟，原來他是把菸盒塞進我褲子後面的口袋。

「你幹什麼？」我怒不可遏。

「幫妳調整姿勢。」

他繼續動手動腳，將瀏海塞到耳朵後面，下顎抵住我的頸窩。

「用力。」他說。

刺激糾結的感受盤據在體內，讓我倒抽一口氣。我知道接下來的行動足以左右喬納，決定是否出賣我的行蹤，因此我暫時撇開焦慮、紮穩馬步，不顧一切地試圖將樹幹連根拔起。喬納使力按住我的肚子，壓向他的身體，我們幾乎平貼在一起。我告訴自己他只是想助我一臂之力才這麼做。

樹幹稍微晃了晃。

顯然他的助力沒什麼用。

我拍掉喬納貼著腹部的手，他鬆開。「抱歉，看來妳得跟我一起走，甚至要比妳預定的時間更早開啓尷尬的對話。」

我轉過身看向他。「什麼尷尬的對話?」

「承認妳還沒預備好要跟加百列一起亡命天涯，」喬納再抽了一口菸，煙霧從鼻孔呼出，他直接把菸蒂丟向背後。

「那不是我逗留的原因，剛剛說了，他們有我想要的資訊。」

「是，妳一直這麼說，」他盯著我，淡褐色的眼珠充滿揶揄。「談定的交易不得反悔，走吧——失物招領的時間到了。」

我懊惱不已，狠踢一腳讓我失望透頂的樹幹。

這時旭日東昇，暖洋洋的陽光照在我的手臂上。吸血鬼的超能力或許讓我顏面盡失，可是如果……

我從樹梢到樹根把那棵紫杉打量了一遍，閉上雙眼，無論如何都得移動這棵該死的樹木。既然透過意念就能夠瞬間移位，那麼同理可證，同一種方法使力也應該有效才對吧?

我想像腳下的地面裂開，逐漸狂風大作，橫掃樹木的根部，想像它倒下來。世界似乎上下震動搖晃。我猛然睜開眼睛，不可思議的事情發生了——樹幹呈九十度彎曲，幾乎連根拔起，空氣膨脹鼓起，我伸出手臂，跟樹木平行。

「倒下。」我懇求著，手臂無力地擺向身體旁邊。

喬納尖銳地倒抽一口氣，目睹樹幹應聲倒地，撞到旁邊的樹，產生骨牌效應，一株撞一株，充滿節奏感，接連倒了六棵樹，發出震耳欲聾的聲響，飛揚的塵土幾乎讓我們窒息。

喬納難以置信地睜大眼睛，表情困惑至極，他這回變成啞巴，目瞪口呆。

我拍掉雙手的塵土，「沒錯，嗯，我想表達的都說了。」

喬納沒有反駁，一眨眼間他整個人變得有些模糊，他閃電般退後好幾英呎，然後再次現身，我大惑不解地歪著頭看他，半晌才明白他急速閃躲的理由。

在晨曦的照耀下，我開始發光。

我吸收著神奇的光輝，感覺熱氣在全身擴散，水晶的光暈籠罩四周。我舉起雙手，燈泡般的光芒竟然從手心透射而出，嘆爲觀止的景象讓我開心地笑了。

我捧住燦爛晶瑩的白色流光，對著它吹氣，光華流向前方，一分爲二，纏繞著被我連根拔起的樹幹。

「起來。」我呢喃。

樹幹微微震動，隨即從地面彈起，光輝在樹根處繚繞。

「起來。」我說，這回提高了音量。

彷彿被施了魔法，倒塌的樹一棵接一棵的豎起朝向天空，樹根重新扎進土壤裡。

剛剛吸收的能量從我體內擴散出去，飄向周遭的樹木，等我停止發光，喬納才回到原地。

我不知道要如何命令、掌控光，只見星星般的光輝凝聚於樹木頂端、形成悸動的光球，我緊張地轉動手指頭，膨脹的球體似乎有所回應，分裂成叉狀環繞周圍的樹。

樹旁憑空多了一條銀色裂縫，自上而下，空氣如布料般一剪爲二，朝兩端扯開，燦爛的金光從縫隙裡輻射而出。

第一度空間在我們眼前開啓一道裂縫，但那並不是我造成的。

我驚慌失措、手指不由自主地收縮，璀璨的大球不再旋轉。光芒接二連三的垂直墜落，像瀑布般傾瀉而下，湧向喬納和我佇立的位置。他大聲詛咒，變化來得太快，我還來不及眨眼，就被喬納扛在肩膀上，拔地而起，竄向田間。

喬納停在水井旁邊，將我放在地上，遠離剛剛的地方。兩地相隔好幾英哩，但我屏氣凝神，用心中的眼睛專注看向先前的地點，聚焦於再次豎立的樹幹，一切看起來一如往常，沒有受到影響。

兩地的距離增加了操作的難度，影像搖搖晃晃、前後震盪，焦距時而模糊、時而清楚，然後那道銀光揮灑而出的縫隙出現在眼前，背景是荒涼野地，這次影像無比清晰，一身白衣的高大身影懸浮在空中，背上有一對巨型的白色翅膀，突出於肩胛骨中間，正在上下拍動，他的形體微微搖晃，最後化成微小的顆粒，重新竄進裂口，隨即掩蓋封閉。

如同橡皮筋一般，影像彈了回去。

我轉而面對喬納，他正皺著眉頭，試著平衡身體的重心。

「傷口很痛嗎？」我問。

「萊拉，妳急於認識的那些獵人送了一顆銀彈給我，雖然事後被加百列挖了出來，卻已對我造成傷害。」

我搖頭提醒。「不，你是吸血鬼，槍傷應該痊癒了才對。」

「銀會反射光，在我找到加百列之前，銀已經溶入血液裡。」

「要怎樣治療才會痊癒？」我邊問邊掃視周遭環境，確保我們的安全。

他看著我的眼神彷彿我是明知故問一樣，接著搖搖頭。

「沒關係，那個不重要，剛才的聲光秀簡直蔚為奇觀，甚至引來大天使關注——實在不是明智之舉。」他說。

「沒事，他並沒有看到我們，我剛才看到他反身回去，封鎖縫隙。」我猶豫了一下才接下去。「看起來屬於天使那一面似乎沒啥大問題，除了學習掌控之外。」

「妳不能這樣。」

「怎麼說？」

「把自己說得好像人格分裂，似乎連靈魂都被分割成兩邊。」

「本來就是這樣啊，一半光明、一半黑暗。」

喬納的嘴唇緊緊抿成一條線。「不，那個傢伙扛著妳離開時，妳當時昏迷不醒，他身上都是銀製品，銀會影響吸血鬼。」

「你的論點是什麼？」

「當時妳並沒有爆出獠牙攻擊，妳就是妳，既不像天使般發光，也不是饑渴噬飲的吸血鬼，」喬納整理思緒，繼續說。「記不記得我在山上餵妳吸血，就在妳……死去之前？這件事妳有印象嗎？」

在那模模糊糊之時，只記得一對黝黑的眼珠俯瞰著我，就在那一剎那看見自身的光芒從那漆黑的深處反射回來。那是喬納的眼睛？

「我說過，我不記得你，對不起。」

「在妳死亡之前，妳已經打從心裡接納自己的一切，一定是這樣，不然妳回不來。發生前的一瞬間，真正的感覺是什麼？」

我眺望地平線，當時的感覺倒是記得很清楚。

「就像大爆炸，光明與黑暗同時一擁而上，膨脹到極致——互相撞擊，然後融合爲一。」

喬納伸手搭著我的肩膀。「妳不是一半白、一半黑，而是完整的個體，由深淺不同的灰色構成一個整體。」

「這是什麼意思？」我下唇不安地顫抖。

「不知道，我並不是這方面的專家，但它讓妳與眾不同，使妳大有能力，話說回來，妳既然擁有雙方的能力，可能也同時具備兩者的弱點。」

「對，我猜也是……對我而言這是好消息，對嗎？只要有吸血鬼或大天使近在咫尺，我應該撐不過五秒鐘。」

「不，擁抱自己的全部，妳將會所向無敵，」喬納的語氣溫柔下來。「忘掉妳的新朋友，我們走吧，告訴加百列妳想要再多留一陣子，要我留下來陪妳。」

看我額頭三條線，他有些遲疑。「瞧，妳需要我，即便想要跟妳的天使連夜逃走也沒關係，至少先留下來讓我幫助妳，萬一日後被他們追上，才有活命的機會。」

看我依然靜默不語，他猶不死心、再試一遍。「妳跑得不如我快，就算用盡蠻力也無法連根拔起那棵樹，剛才那一切，妳自己都無法控制，本來應該是輕而易舉的事情，妳卻左支右絀，無所適從，所以我想幫妳。」

「讓我再想想……但我必須先解開問題，答案就在我來的地方。」我一邊豎起耳朵聆聽高速公路那邊的噪音，一邊了解所在的方位。還來不及走，就被喬納一把扣住胳膊，硬拉過去。

「給妳兩個小時。」

「什麼?不行，至少給一天!」突然拉近距離害我心臟怦怦跳。

「頂多半天，我就會回來接妳，明白了嗎?」

我皺皺鼻子，決定讓步。「好，但不許告訴加百列我的下落，聽懂了嗎?」我惱羞成怒地甩開他的手，不過是簡單的碰觸，身體反應竟然深受影響，輕易背叛我的掌控。

喬納似笑非笑，伸手揉亂我的頭髮。「妳依舊固執，看來某些事情永遠不會改變。」

這句話很刺耳，我不喜歡他近乎熟悉的親暱和說話的語氣，彷彿比我還要了解自己，令人神經緊張，焦躁失常。

我不想刻薄無禮，盡可能溫柔地強調。

「是，有些事不會改變，例如我對加百列的愛，」我停頓半晌。「在地球上活了近乎兩百年，生生死死、不管輪迴過幾次，絕不曾忘記他的臉。」

喬納面無表情，但身體僵硬，右手緊握拳頭。

「我的確拜託你跟加百列隱瞞我的下落，請不要讓這件事影響判斷，誤會我對他的感覺有變。」我以為這樣說已經夠直白，但那抹自以為是的傲慢笑容竟然又爬回他的臉。

「提醒一下，你之前喊我什麼？」

他的舌尖舔過牙齒，咬咬牙，終於回答。「茜希，妳說自己的名字是茜希。」

「很抱歉，喬納，以防你沒有意會過來，茜希是一副面具——現在被我摘下來了。容我說得清楚一點，無論此後發生什麼事，我是萊拉，打算跟加百列共度一生，此情不渝。」

他垮下臉，如喪考妣。我轉過身去，正預備跑開，又被他揪住襯衫拉過去面對面。

「茜希、萊拉、辛德瑞拉、睡美人……，妳有很多名字，再加我額外給的，那個花美男怎麼說來著？『玫瑰不叫玫瑰，香氣依舊一樣甜美。』（注）無論變換多少稱呼，都不會改變妳是誰，當時不變，現在依然。」

我們四目相對好半晌，最後我決定讓步。

「好吧，你的觀點表達過了。順便補充一下，那位花美男的名字叫莎士比亞。」

「好極了，妳倒記得他。」他鬆手放開。

「你就是嘴賤，非要辯贏不可，對吧？為什麼我有一種感覺，還有其他事情也不會改變？」我氣得翻白眼，邁步走開。

喬納似乎鬆懈下來，對我眨眼睛。「回營地去，跟妳那些揮舞乾草叉的小農攪和在一起，但要小心留意。」

我用嘴型說「謝謝」，飛快地奔回露營車營地。

10

我一路狂奔，直到巨型拖車屋就在前方才放慢腳步，看到東方漸白，讓我有點擔心跟喬納糾纏的時間太久，即使感覺時間應該沒超過七點半，但我沒手錶又沒手機，難以確認。我溜到營車後面，正好看到窗戶砰地關上。

見鬼。

我左右徘徊，斟酌眼前的選項，最後走到另一邊，希望可以從大門進去。

菲南驀然出現，擋在門口，雙手撐著左右兩側的門框，目光炯炯地看著我，搶先開口。

「沒錯，妳該走了。」

「嗄？爲什麼？」我盡可能裝傻。

我慢吞吞地走過去，他從車子一躍而下朝我走來。

「我不信任從窗戶偷偷摸摸進出的人，這就是原因，」他說。「妳究竟在搞什麼鬼？」

他身上只有汗衫和鬆垮的睡褲，手臂跟胸口有諸多刺青，看得我提心吊膽，提高警覺。

注 這是英國劇作家莎士比亞的名句，源於羅密歐與茱麗葉一劇。

我腦筋轉得飛快。「只是因爲不想吵醒別人。我才出來兩分鐘，我只是需要，你也知道……出去。」

「出去做什麼？」他按住我的胳膊把我釘在原地。

「呃，需要出去……」我把重心轉移到另一腳，突然想起喬納的香菸還塞在後面口袋。「抽菸，透氣。」

菲南瞇起眼睛，彷彿測謊專家一般仔細檢視我的表情，希望從中找出眞相與端倪。我先舉手示意，再探進口袋掏出菸盒給他查看。

他不情不願地收回手，示意我坐在草地上，他坐對面，拿走那包菸，逕自抽了兩根，一根給我，再從睡褲口袋拿出打火機。我將濾嘴塞進嘴裡，在他點菸時用力一吸，被煙霧嗆得咳嗽不已。在我點菸之前，菲南歪著頭看著我，再次露出他最擅長的「我不相信妳」的神情。

「妳的足跡很廣，對吧？這包是法國菸。」他來來回回地把玩那包菸。

這句話實在出人意料，我忍不住在心裡暗罵喬納爲什麼不在這邊的免稅商店買菸就好。

我不予置評，再抽一口噁心的致癌物質，試著趕在煙霧進入肺泡之前吐出去，我不想跟他的目光對峙，轉而研究他脖子上的黑色圖案與十字架，剛好遮住一路延伸到下顎的長條疤痕。

「會痛嗎？」我搧動睫毛，盯著他咖啡色眼珠問。

菲南用拇指和食指夾著菸，謹愼地看了胸口一眼，煙灰已然燒掉一半，他沒有撥開，繼續吞雲吐霧，撓撓戴著帽子的後腦。「不痛，就是黑色刺青。」

我擠出笑臉。「不是那個。」

菲南似乎怔了怔，隨即掩飾過來，表情恢復冷冽，波瀾不興。

「菲南，布魯克跟你在一起嗎？」艾歐娜甜美的嗓音從屋內傳出來。

「是的。」他回應，依舊目不轉睛地盯著我看，文風不動。

「請她來廚房幫忙可以嗎？」她提高嗓門詢問。

菲南捻熄香菸，潤潤嘴唇，起身拍掉屁股的灰塵，抓著我的手用力一拉，讓我跟著站起來。

他收緊手臂，將我拉過去。「我知道昨天妳身上沒帶香菸，因爲我搜過證件，東西不會憑空出現，究竟從哪裡冒出來的？」

我清清喉嚨。「是我的，來了之後我都沒有離開。」再怎麼努力僞裝，都掩不住沙啞的嗓音。

菲南故意幫我把頭髮塞到耳朵後面，彎著腰，和我臉貼臉、低聲呢喃。

「所以一夜之間妳身上平白無故沾了那麼多灰塵？妳在變魔術？」

我張開嘴巴，一時詞窮，無話可答。

他咂嘴，勾起我的下巴，跟我四目相對看了半晌才鬆開手，轉身走進屋內。

我花了幾秒鐘調整心情，振作精神。我根本沒想到衣服上那一層厚厚的泥土和灰塵。

艾歐娜探出頭來，本來滿臉笑容，看我一身髒兮兮，臉色大變。「噢，天哪，沒想到妳昨天弄得那麼髒，進來吧，我借妳衣服，換好以後趕快來廚房幫我預備早餐，已經接近九點，他們大概餓壞了。」

艾歐娜已經換好衣服，米色毛料洋裝配上針織外套和緊身褲，看起來中規中矩，呃，只是那保守的穿著加上卡通史酷比超大號絨毛拖鞋，馬上讓她從「打扮優雅的淑女」變成「可愛的

鮮花。

小姊姊」。

艾歐娜帶我到她的臥室，空間比我住的大了許多，雙人床上鋪著粉紅色羽絨被，桌上還有鮮花。

「鬱金香？愛慕者送的嗎，艾歐娜？」我順手關上房門。

她格格笑。「不，是佛格買的，以前爹地在的時候，我房裡天天都有鮮花，他對母親也是這樣，在她過世之前……」

「對不起。」我說。

「我快滿十七歲了，佛格提早送了我生日禮物，是一條項鍊。」她從枕頭底下掏出銀製的鎖盒。「讓我可以把他們擺在心上，永遠紀念。」

她把玩了一下才遞過來給我看。

我往後退。「不，我不能……還是妳打開吧？」

我特意保持距離，凝視艾歐娜手心裡橢圓形的純銀墜匣，鎖盒外面刻著辮辮兩個字。

「以前爹地喊我瓣瓣。」她回憶。「他也這樣喊我母親。」

「跟花有關？」我禮貌地詢問。

「對，他說我們都是他的天使，唯有美麗的鮮花才配得上我們。」

我想了一下。「天使是他給的另一種暱稱？」

「嗯。」她笑容可掬地點頭承認。

她小心翼翼地撥開鉤子，打開鎖盒，裡面有兩張照片，一邊一張：右側是文質彬彬的長輩——艾歐娜的父親，左邊是相貌堂堂的黑髮青年。

「這個是我父親，」她驕傲地說。

「很漂亮的照片，我還以爲是妳父母親的照片。另外那位是誰？」

「這是我另一個哥哥皮德雷，他走得比我父親更早。」艾歐娜的表情充滿感傷，眼睛蒙了一層水霧。她輕輕咳了兩聲，試著壓抑悲戚，不讓淚水湧出眼眶。

艾歐娜的遭遇讓人深表同情，失去摯親是莫大的打擊，但我隨即領悟背後的原因——他們獵殺吸血鬼，想當然耳，吸血鬼也會反擊。

「妳大哥的長相酷似妳父親。」我說。

「他跟我同父異母，爹地的第一任妻子生下他以後就過世了，過了兩三年，就在父親二十歲的時候，認識我母親，後來生了佛格和我。」她解釋。

「我以爲佛格送妳項鍊是爲了裝父母親的照片，貼身陪伴當紀念。」

艾歐娜闔上墜匣，塞回枕頭底下。「不，是爹地和哥哥一起陪我，有一次我問過父親關於母親的往事，他說媽媽不喜歡照相，如果要看她的臉，我只要照鏡子就看見了。」她嘴角彎起，緬懷從前。

艾歐娜個性溫柔，像孩子一樣天眞可愛，如果可以把她加進茶水，肯定能夠除去茶葉的苦澀，她有如醇郁的蜂蜜，帶出最甜蜜的滋味。

她拉開衣櫃抽屜，開始東翻西找，最後撈出一件長裙。

「有牛仔褲嗎？」我迅速提問。

她扭頭瞥了一眼，嘟著嘴唇。「妳確定？我有一些漂亮的裙子，呃，男生才穿牛仔褲……」

「對，我確定，如果妳有的話。」看起來這群人傳統又保守。

艾歐娜點點頭，拉開另一個抽屜搜尋牛仔褲，應該是絕無僅有的一件，我抓住機會研究房內的牆壁，整整齊齊地貼滿一張又一張的海報，右邊的角落是不同的男子樂團，左側是史酷比、綠野仙蹤、跟哈利．波特。

「妳喜歡哈利．波特？」我很好奇。

「對，我喜歡魔法！可是第三集以後爹地就不許我看下去，他說內容太過陰暗。」她拿了一小堆衣服給我。

「妳快滿十七歲了，不是嗎？」還獵殺吸血鬼……

她點頭如搗蒜，白皙的皮膚羞出粉紅光澤。「我會嚇到，我喜歡愉悅的事，例如聽音樂等等，還有跳舞和唱歌，常常一邊下廚一邊欣賞音樂，樂趣無窮，難怪人們常說音樂是靈魂的食物。」

「的確，」我拎起衣服。「謝謝妳的慷慨。」

艾歐娜輕按住我握住門把的手。「等等！天氣有點冷。」她拉開床頭櫃最下層的抽屜。這時明朗的陽光剛好從窗戶斜射進來，光芒從抽屜反射出來，我踮起腳尖從她肩膀看過去，是銀製的匕首插在皮套裡。

想到這麼純真善良的女孩是吸血鬼獵人，感覺詭異又突兀，難道她是真人版的巴菲．薩莫斯（注）？

「找到了！」她興奮地歡呼，身體一躍而起，一雙卡通拖鞋放在衣服最上方。

應該不像。

「謝謝。」我轉身回房換衣服。

我站在小房間裡面，依序脫掉髒兮兮的襯衫和牛仔褲，盡量輕手輕腳，免得手肘撞到單人床。除了貼身衣物，我幾乎一絲不掛，可惜沒時間淋浴，雖然我也不敢確定車屋是否有淋浴設備。

我拿起乾淨的牛仔褲，蠕動地套上髖骨，拉起拉鍊，運氣眞好，艾歐娜的身材和我差不多，套上細肩帶背心，下擺塞進褲腰裡面。低胸背心掩不住胸前的疤痕，我皺起眉頭。「玫瑰不叫玫瑰，香氣依然甜美」，是嗎？喬納對我的看法——就像玫瑰？就算是的話，應該也看不出來，因爲早在很久以前，柔嫩的花瓣都被摘光了，只留下細細的花莖以及那滿滿的螫人的刺。

沒有梳子，我只能用手梳理頭髮，隨興地撥一撥，再用橡皮筋綁起來。正要伸手去拿床尾的針織外套，門被推開，我轉過身去，以爲是艾歐娜，結果是佛格斜倚在門上。

「噢，對不起，艾歐娜叫我送過來，說妳或許用得上。」是一件合身的喀什米爾毛衣。

「謝謝。」我微笑地接受，以示禮貌。

佛格上下打量了我一番，最後直視我的眼睛，笑著說。

「衣服一換，整個人看起來神清氣爽。」

毛衣比針織外套保暖，我直接套上，剛剛整理好的頭髮又亂掉。

注 一九九七年上映的美國電視影集「魔法奇兵」中的主人翁，故事主軸集中在巴菲與吸血鬼、惡魔和黑暗勢力對抗的過程。

「啊，就像可愛的娃娃，不是嗎？」佛格說，出奇不意地走進了房間，讓我有點驚訝。

「不過缺了一樣東西。」

他脫掉毛線帽，金髮如飛瀑洩下，遮住了他的太陽穴和耳朵，轉而把帽子蓋住我的後腦勺，再幫我把長度及腰的捲髮通通撥到肩膀後面。

「好了。」他微微一笑，又有些猶豫，我們四目相對，他似乎無法挪開目光。

「呃。」

「怎樣？」我問。

「妳的眼睛很像七星瓢蟲，嗯，假如有藍色的品種。」

七星瓢蟲？那是瓢蟲的學名，連這種艱澀的名稱都知道，或許他們不是喬納誤以爲的鄉巴佬，只會耍弄乾草叉。

我尷尬地眨眼睛，對相貌的改變不甚滿意，感覺就像被烙下標籤，警告世人注意我的與眾不同——具有致命的危險性，不得小覷。

「大概是基因突變……」

「對，很酷，」佛格說。「帽子留著吧，妳戴起來比較漂亮。」

他大步離去，順手帶上房門，我套上毛茸茸的拖鞋，既然婉拒艾歐娜的好意，堅持要穿牛仔褲，而不是打扮成溫柔婉約的家庭主婦，現在加一雙拖鞋不算什麼，再者，卡通圖案讓人莞爾一笑，這不是我平常會做的事情，未來再有的機會大概也不多。

11

艾歐娜和我開始忙著幫男孩們預備豐盛的早餐，我負責煎蛋跟培根，她管燒烤，包括香腸和薯餅。她動作流暢，一氣呵成，就像上過油的機器，運轉順暢，讓我回想起在蘇格蘭民宿打工的時期。

「這些男生都不下廚？或者至少到廚房幫忙？」我問。

艾歐娜格格笑，「不，很少，我們有點傳統，男主外、女主內，各自分工。」她猶豫了一下，或許突然明白在外人看來，這樣的分工與安排過於落伍。「總之，我樂意爲他們下廚，感覺自己大有用處，偶爾克萊兒會幫忙，如果她跟雷利沒事的話！」她笑嘻嘻地補充。

我跟著大笑，不時將煎蛋翻面，無論落伍與否，我都不想挑戰艾歐娜的觀點，眼前更需要她把我當朋友看待，以建立足夠的信任感，才能打聽出我想知道的事情。

廚房已經有好幾壺熱茶，還有咖啡和新鮮果汁，桌上也預備了開水，供應源源不絕，男孩們站在屋外邊喝飲料、抽手捲菸，一邊等待食物上桌，唯有菲南端坐在沙發上，盯著我的一舉一動，他的動作間接提醒我更要小心謹慎，以免露出馬腳。

培根煎得吱吱作響，香氣瀰漫在起居間，車屋霎時變成供餐的咖啡館，早餐一上桌，飢腸轆轆的男孩們湧了過來，爭先恐後把費心準備的食物裝滿自己的盤子，再到外面用餐，唯有雷利稍微逗留，看了一眼走道的方向，才轉身離開。顯然大家都到齊了，獨缺卡麥倫。

「他們去哪裡？」我問艾歐娜。

「今天早上他們在小藍用餐。」她說。

菲南拖到最後才走，應該是不想被我聽見他們的交談，我倒無所謂，反而更高興和艾歐娜在一起。

我對眼前的食物興趣缺缺，加百列好像也不吃東西，食物並非吸血鬼賴以爲生的必需品；一想到血，喉嚨就開始發癢，一股熱流湧上頸部，以爲是廚房的爐火和烤箱的熱氣使然。

「是我自己的問題，還是屋裡眞的很暖？」我一邊脫毛衣，一邊詢問艾歐娜。

「不，窗戶都開著，屋裡很冷，妳沒事吧？會不會是感冒了？」

「不，應該不至於，這裡有洗手間嗎？」

艾歐娜慢條斯理地走向餐桌，拿著抹布的手指著走廊。「走過去第四道門。」

我摺好脫下的毛衣和毛線帽，特意整理頭髮，確保最猙獰的疤痕不致顯露，它橫跨整個背部，只穿背心根本遮不住，烙印從頸背往下延伸，一眼就可以看見。我走向洗手間，關上房門，用冷水潑臉，降溫的效果很有限。我拿毛巾擦乾水珠，對著鏡子查看，臉龐脹得通紅，而且視線模糊，我試著利用眨眼的動作重新對焦，突然有一股極其熟悉的紅色薄霧籠罩下來，眼珠變紅，我開始恐慌，試探地觸摸牙齒，沒有獠牙突起的跡象，我再次打開水龍頭，這次是洗眼睛，過了一會兒，藍色眼珠裡重新出現黑色斑點。今天早晨的確有空腹的飢餓感，即使吸收了陽光的能量，依然有一股渴望沒有滿足，我很擔心是因爲血的緣故。

我把自己整理好之後回到廚房，艾歐娜正要倒水進水槽裡面浸泡骯髒的碗盤。克萊兒走了進來，正把最後一撮造型慕絲揉進捲髮。「都好了嗎，小姐們？」她眞是絕色美女：身材嬌小，打扮得粉雕細琢，焦糖色的肌膚完美無瑕，簡單的彩妝卻有畫龍點睛的效果。

「早安！他們在隔壁。」艾歐娜開了冰箱，取出一大碗新鮮水果和瓶裝水。「這裡。」

「謝謝。」克萊兒接過早餐，從抽屜裡拿了刀叉，才往屋外去。

「克萊兒跟男生一起用餐？」我問，忙著剝掉烤盤的錫箔紙。

「對，她跟他們一起——」艾歐娜說到一半、突然停住。「她跟我不一樣，她是已婚婦女，可以陪在雷利身邊，確保他一無所缺。」

「嗯。」我順手將錫箔紙丟入垃圾桶。「她已經結婚了，年齡未免太輕了，不是嗎？」

艾歐娜戴上黃色塑膠手套，站在水槽前方。「克萊兒十六歲，和雷利深深相愛，等到這一切結束，他們或許會生很多小孩。」她格格笑。

「等到什麼結束，艾歐娜？」我得小心翼翼，一大早和菲南的交手，讓我忍不住擔心可能還來不及收集跟母親相關的資訊就被踢出大門。

艾歐娜停住洗刷鍋子的動作，認眞想了一下，過了半晌才回答。「沒什麼，我是說等到假期結束，啓程回家以後，他們會在盧坎鎭定居。」

「你們不是到處爲家？」我問。

「噢，不，我們不是旅人，家鄉那裡有房子、有家庭、還有教會，平常我們很少離開盧坎鎮，單在那裡執行上主的工作就已經手忙腳亂。」她的注意力重新回到鍋子上，低聲唸了一句。「眞希望可以早點回去。」

還沒機會再挖下去，車屋就開始震動，佛格從門口衝進來。「艾歐娜！我們要出發了，卡麥倫打電話來了。」

艾歐娜猛然轉過身來，雙手抓住工作臺。「噢。」她輕聲說。

他們動作很快，鍊子和其他物件碰撞的響聲叮叮咚咚的，通通被收集起來丟進小藍，槍枝也都裝上子彈。

「布魯克，妳留下來跟艾歐娜作伴。」佛格說。

我點點頭，他又從來時的路匆匆跑離，顯然出了某些狀況，我想追根究底，不過話說回來，男孩們離開以後，我就有機會跟艾歐娜單獨談一談，好好挖掘內幕再離開，這是我一直夢寐以求的機會。

「等等！」艾歐娜嚷嚷地追到外面，速度太急，差點被自己的腳絆倒。

菲南陡然出現，好像憑空冒出來一樣，他揪住我的頭髮往後拉向自己胸前，「我不知道妳是誰，也不信任妳。」他扯得很用力，我的脖子發出劈啪的聲響。

我用力吞嚥口水，試圖掙脫他。「你搞什——」

他猛力把我拉近，貼著我的耳朵低語。「等我回來的時候，艾歐娜最好平安無事，否則妳會很淒慘。」他的話就像烈焰，吸光周遭所有的空氣，讓人感到窒息。

看到艾歐娜垂頭喪氣走了進來，他把我推向前。

「小心，我是說，祝你們玩得愉快。」她語氣哽咽地告訴菲南，卡在眞實和謊言之間進退兩難，又得隱瞞他們眞實的身分，我可以體諒她的艱難。

艾歐娜急急躲進浴室，這種時候眞希望自己的聽力不是如此敏銳，她掩面啜泣的哭聲讓人跟著心碎，顯然很擔心佛格的安危，不希望他離開，究竟有多少人曾經跟她告別過，然後再也沒回來？

我轉身面對菲南，肌膚微微發光，採取反擊的準備——又及時打住，他一臉錯愕的表情，睜大眼睛，屏息以對，胸膛不再劇烈的起伏，眉頭深鎖，光滑的肌膚露出深深的紋路，眉尾下垂。見到他這樣的反應，我腦中的第一個念頭就是自己的眼珠又射出駭人的紅光，然而他沒有伸手去拿木樁或手槍。

他喉結鼓起，用力吞嚥了一下，徐徐靠近一步。「對不起——會痛嗎？」

「呃，粗暴的對待的確讓人不舒服，但是不痛。」我回答，不確定他要做什麼。

他顫巍巍地杵在那裡——困惑不解的情緒無聲地傳遞出來。

「我不是那個意思。」他終於開口，重複我剛才說過的話，這時我才領悟他指的是背部那道醜陋猙獰的傷疤——也是佛瑞德在人間時，在我身上留下的最後記號。

菲南上前一步。「那道疤痕是什麼時候造成的？」

我疾步退後，他停在原處，給我足夠的空間。

「好幾年以前。」我誠實以對。

菲南緊盯不放，似乎再次開啓人類的謊言偵測器，屋外傳來引擎啓動的轟隆聲，獵人們依序出發，他不甘心地眯起眼睛，猶豫了一下。「妳母親過世了，對吧？」

「是。」我低語。

「妳敢指著對母親的回憶發誓自己說的是實話，那道疤痕眞的是幾年前造成的？」

他爲什麼要求這種事？我背後的疤痕與他何干？

「布魯克？」

「是，我以自己對母親的記憶發誓。」

菲南吐了一口大氣，然後大步邁向門口，臨到門口時又回頭撂下警告。

「別忘了我剛說的話，她要安然無恙，否則妳會有大麻煩。」他繃緊下顎，終於離去。

屋外再次傳來啓動摩托車引擎的轟隆聲，刺耳的呼嘯而去，追逐已經出發的同伴。反正我也不打算再逗留下去，只想找到答案，就是現在——搶在菲南回來以前。

艾歐娜仍然躲在浴室裡不出來，我信步走到屋外，打量那個活動式的貨櫃屋，我的直覺知道他們蒐集的武器都放在什麼地方。

閂門的鎖也是純銀製造，讓我不能靠著蠻力破壞，如果皮膚受到重創，屆時很難找到解釋的理由，若要進去一探究竟，只能想其他辦法。

加百列曾經用手指碰觸點火器就啓動汽車，或許同樣的招數也能用來開鎖，我閉上眼睛，想像鎖頭自動打開，睜開眼睛，沒有任何變化，或許要碰觸才行？我不想冒險，但又找不到其他管道。

我用力地深吸一口氣，鼓起勇氣用指尖輕觸鎖孔，想像器械正在轉動。指尖射出火星，隨即喀的一聲，皮膚發出燙傷的嘶嘶聲，我大叫一聲猛然往後跳。我疾步跑回拖車屋，到廚房拿了木製湯匙，順道探頭看了一眼，確定艾歐娜仍舊在浴室裡面。

我回到貨櫃屋前面，鎖已經開了，只需要撥到旁邊，我用湯匙當槓桿，用它挑起門閂，咚一聲掉在地上。

大功告成。

貨櫃屋裡面的收藏品簡直是阿拉丁的寶藏，呃，如果阿拉丁要的是純銀打造的武器，專攻吸血鬼要害，而不是黃金和珠寶的話。

我不敢貿然踏進去，僅僅從立足點往裡看，尖銳的木樁、長茅，和類似火焰噴射器的東西鍊在最後方的牆壁；各式各樣的手槍收在槍套裡，散放在木架上——旁邊有好些掛勾，有的從天花板垂落——掛著錐茅和十字弓，還有大小不一的桶子並排放在那裡，有一桶裝滿子彈，一桶是帶著鋸齒的星形飛鏢，最後一桶是銀製的長鏈條，讓我頓時領悟或許這幫傢伙不是莽撞的年輕小夥子，而是獵殺吸血鬼的專家，他們完全清楚自己在做什麼，更有豐厚的金援，才能精確地收集這麼多精心打造的武器，順利殲滅敵人。

「布魯克？」艾歐娜甜美的嗓音忽然傳入耳際。

我過於專注，完全沒留意旁邊站了一個人。

「艾歐娜，對不起，我，呃，只是出來閒晃，看到大門半掩露出空隙，」我信口雌黃，慢慢往後退，躲開貨櫃屋和她。

「我們專門獵殺魔鬼。」她語氣淡定冷靜。

「原來如此。」她如此的坦白反倒讓我吃了一驚。

「妳似乎不太驚訝？」

「最近以來，讓我詫異的事情已經不多了。」我回答，持續觀察她的舉動。

她聳聳肩膀。「如果我告訴妳所有事情，菲南知道了肯定發脾氣，不過進來吧，我幫妳泡杯茶，邊喝邊聊。」

或許她是在請君入甕，打算先把我誘進拖車屋再下手，然而她的表情異常眞誠，彷彿只是需要一個能夠傾聽的朋友，所以我跟著她走回屋內，坐下來看她泡茶。

一開始我們默默坐著，一聲不吭，她在熱水中加糖，不停地攪動，最後她打破沉默。

「布魯克，惡魔在世界上橫行無阻，我的家人、菲南的家庭，和其他人一起挺身保護我們居住的社區——就在盧坎鎭——阻止魔鬼的侵襲，這樣的任務代代相傳，後來卻發生極可怕的事情。」艾歐娜敘述的時候，眼睛一直盯著茶杯，過了許久才擱下湯匙，抬頭看我。

「出了什麼事？」我催促。

「妳相信我的話？相信世上有魔鬼存在？」她難以置信。

「是的，如果那間寶藏般的車庫也算證據的話。」

「噢，是的，魔鬼侵入我的家鄉，偷竊並謀殺那裡的居民，爹地一直搞不懂牠們如何對付那些被劫走的人，至今都找不到屍體的下落。」她說得很急。「我父親是主教，他說地獄的入口就位於盧坎鎭的郊區，我們所獵殺的吸血鬼就來自於地獄，卻僞裝成人類的模樣。」

艾歐娜認爲第二代吸血鬼來自於地獄，顯然不明白牠們一度也是人類，不幸遇上更邪惡的生物——純種吸血鬼，就此面臨巨大的轉變。

我用雙手包住茶杯舉向唇邊，彷彿慢慢啜飲一樣。「艾歐娜，那些看起來人模人樣的吸血鬼一度也是人類，後來才變成吸血鬼，牠們不是天生的吧？」

「那是電視演的劇情，爹地說牠們來自於地獄。魔鬼的爪牙絕對不會露出他們的角。」

我點點頭。

「不過，有一位天使現身盧坎鎮，交付一項新任務，由爹地負責指揮，因此我們才離鄉背井。不過後來出了意外，我父親……」她呼吸急促、聲音變得尖銳。「他們全軍覆沒，慘死在魔鬼手下，幾乎沒留活口，所以現在由佛格指揮大局。」她解釋。

「妳說有天使現身，艾歐娜，那個天使究竟說了什麼？」

賓果，這就是我在尋尋覓覓的答案。

「她找上父親和叔叔，要求尋找女孩的下落，還說我們必須趕在他們發現之前先找到她。」

「他們是誰？」我追問。

「不確定，爹——爹地只說天使要我們搜尋女孩的下落，還說她需要被拯救。」她說得結結巴巴，似乎有點受到驚嚇。

「拯救什麼？誰要害她，艾歐娜？」我的雙手緊握住茶杯，臉頰發燙。

她要保護我躲開誰的迫害？是純種吸血鬼？還是大天使？

艾歐娜扭捏不安地坐在那裡。「好像是那女孩自己。」

什麼？我的思緒一團混亂，難道母親想要找人救我脫離自己現在的這副德性？

「這個天使在哪裡，艾歐娜？哪裡可以找到她？」我的問題像連珠炮一樣，快得連我自己都懷疑她是否能夠聽得清楚。

「我不知道。」

「我必須找到她，妳父親有告訴佛格嗎？現在由他發號施令，對吧？他知道天使的下落嗎？」

「布魯克！妳的手！」艾歐娜從座位上一躍而起，跑進廚房，拿了毛巾又急急忙忙跑回來，放在我手上，因爲瓷杯被我捏碎，熱水流過皮膚，我卻毫無所覺。

她細心地幫忙一一挑掉我掌心的瓷器碎片，一不小心，她的手指頭劃過碎片尖銳的邊緣，纖細的肌膚立刻裂開，她抽回手，鮮紅的血滴在地板上。

我的目光射向她泛紅的傷口，還沒回過神來，便一手揪住她頸背上的外套猛然拉了過來。艾歐娜嚇了一跳，驚呼出聲。

我的獠牙發出喀的響聲，嘴唇碰觸到她頸項柔軟的肌膚，吸入她的氣息，但因某種不明的原因，感覺不對勁，我霎時失去胃口。

「嗯，抱歉打岔了，我想說句話。」門口傳來尖銳的嗓音，突破遮住眼簾的腥紅血霧，我猶豫了一下，鬆手放開艾歐娜。

我深深吸了一口氣，終於恢復理性，抬頭一看，艾歐娜突然睜大眼睛，讓我擔心她已經瞥見我眼珠顏色的瞬間變化。

突如其來的尖叫聲意味著她看到太多。

艾歐娜的目光從我臉上轉向站在門口的陌生人，她充滿戒備的眼神最終又回到我身上，我一言不發，按兵不動，直到獠牙褪去、眼神柔和下來。

艾歐娜疾步退後，從沙發後面掏出銀製的匕首，彷彿剎那間不太確定哪一邊的威脅性更大：是不久前才交的朋友但剛剛抓住她後頸的女孩；或是那個突然憑空冒出來、闖進家門的不速之客。

「布魯克，她是誰？」艾歐娜口齒不清、聲音含糊地問，眼神緊盯門口的動靜，卻對著我揮舞手中的匕首。

「別擔心，我認識她。」我恢復鎮定，試著安撫艾歐娜。

「啊，妳是布魯克？」女孩挑起眉毛。「那我就是萊拉。」

12

艾歐娜對「萊拉」這個名字沒啥反應，我緊接著說下去。「沒事，別擔心，我可以解釋——只要讓我先跟……她聊幾句話就好，請妳留在這裡。」

我小心翼翼地繞過艾歐娜，走向布魯克，然後拉住她的手臂，推向屋外，走到離跟拖車屋有一段距離才停下。

「妳來做什麼？」我問。「妳怎麼知道我在這裡？」

布魯克頂著全新的髮型，伸手撥了撥黑色長髮，雙手插腰。

「今天早上跟蹤喬納來的，妳必須跟我回去，現在就走。」她把我從上到下打量一遍，一臉鄙夷地指著我的腳。「難道我沒教妳嗎？這種卡通絨毛拖鞋？真的嗎？」

「這年頭還接髮？真的嗎？」我不甘示弱地回問。

「時光凍結、青春永駐，記得吧，我的頭髮不會再長了。」她嘲諷地回答，邊玩弄著垂到腰際、如波浪般起伏的捲髮。

「隨便，反正我不在乎，妳必須快點離開，妳知不知道這些傢伙是何方神聖？他們都在做些什麼？」我把她轉了一個方向，推著她、催促她離去。

她猛然轉了回來，撥撥上手臂，彷彿在撣灰塵一樣。「好，第一，不要推我，沒有必要動手動腳的。第二，我知道他們的身分，喬納說過了。他們在黑澤雷的房子附近監視我們的一舉一動，甚至派了一個小傢伙躲在花園裡，感覺好滑稽！我在屋裡摔門關窗，弄得震天嘎響，妳應該看看他的表情——實在很有趣！」她咧著嘴笑。

「他有看到妳？」我問，可憐的卡麥倫，我替他委屈。

「沒有。」她調整掛在頭頂的太陽眼鏡。「就是製造噪音把他們引開，好讓我來找妳，那個小妞遲早會發現我是吸血鬼，我寧願在中途解釋自己來找妳的原因，這樣比較節省時間。」她扣住我的手臂，要我跟著回去。

我全神貫注、專心聆聽艾歐娜的動靜，她正在講電話。「不曉得，她就突然出現，還說名字是萊拉，可是布魯克……噢，佛格，我……我想她很可能是其中之一，不是很確定……」

電話彼端佛格吼叫的嗓門大得連我都聽得一清二楚。「開什麼玩笑！」他說。「妳確定那是她的名字？算了，仔細聽好，妳要躲開布魯克，保護萊拉。」

佛格掛斷電話，我的注意力回到布魯克本尊身上，她站穩腳跟硬是不肯移動。

「幹嘛用我的名字？妳瘋了不成？」我極力壓抑伸手賞她一巴掌的衝動。

「那妳冒名又是爲什麼？」她說。

「噢，主要是因爲這些傢伙在搜尋一個女孩的下落——對方恰巧也叫萊拉，爲了防範萬一，心想最好不要報出那個名字，當時腦海中第一個浮現的就是妳的名字。」我無奈的雙手一攤，露出輕蔑的表情。

「現在可好啦，這都是妳的功勞，艾歐娜打電話通知她哥哥，對方恰巧是這幫吸血鬼獵人的頭頭，說有個萊拉自投羅網——妳猜怎樣？他似乎知道我的名字，更慘的還在後面，艾歐娜把我當成惡魔一族了。」

「那就走吧。」布魯克拉拉外套的下襬，然後豎起兩根大拇指指向肩膀後面。

我猶豫了一下。「不行，不到離開的時候。」

我必須知道母親的下落，即便她介入我生命的時間很短很短，但我相信如果有人可以幫助我釐清人生方向，指出正確的道路，那人非她莫屬。加百列說不要相信任何人，包括母親，然而她卻指派這幫人出來找我、拯救我。如果她心存歹念，意圖傷害我，那又何必這麼做？我想找她問個清楚，但這件事只能靠自己處理，不能仰賴加百列的協助。

看來艾歐娜的父親把她裹在舒適安全的棉花球裡面，隱瞞跟天使的對話內容，但是基於佛格對我名字的反應，他顯然很有概念。

他一定知道母親的下落。

布魯克搖頭以對。「如果他們認爲妳是魔鬼，妳只會惹禍上身，爲什麼還要留下來？」

「純屬個人理由，我來尋找答案，沒有得到解答之前，我不想離開。」

「什麼問題如此重要——」

「我……我的母親，天使媽媽……這些人很可能知道她的下落，」我仔細考慮目前面對的處境。「嗯，他們來這裡尋找那個女孩，並且救她，救萊拉。所以從現在開始，無論發生什麼事，妳得繼續頂替我，只要他們把妳當成我，就不會傷害妳，明白嗎？」

「既然他們是來救人，而不是追殺妳，那妳爲什麼不表明身分？直接問妳該死的問題，問完就可以離開。」

「妳忘了還有純種吸血鬼和大天使？萬一他們發現我還活著，肯定找上門，我不能洩露身分。」布魯克冷漠的態度讓人懊惱。

「妳的疑心病也太重了。現在，我不想管妳愚蠢的問題，妳想拿命去冒險，可以，先等妳……」她忽然停頓。

「等我什麼？」

布魯克扣住我的手肘，嘴巴抿成一條線，直視我的眼眸。「妳顯然忘記了喬納的存在，讓我提醒妳，你們曾經是朋友，」她停頓半晌，敲打我的額頭。「或許他不在妳的記憶深處，但他救過妳的命，而且不只一次，當妳不知死活地狂奔上山，跟純血當中最致命、最凶狠的任尼波面對面的時候，妳猜是誰趕過去幫妳？」

「喬納。」我靜靜地回答，他說自己也在場，但我就是想不起來他在那一夜發生的事情裡扮演什麼角色。

布魯克瞇起眼睛，撇撇嘴唇。

「妳爲什麼提這些事？這與我要不要跟妳回去有什麼相干？」我質問她，察覺艾歐娜已講完手機，開始翻抽屜找東西。

她湊近我的耳朵低語。「因爲喬納快死了，只有妳能幫他。」

她退後一步，這時我才發現她神色緊繃、焦躁不安。

回想起今天早上喬納似乎腳步蹣跚。「是因爲子彈？」

布魯克點點頭。「他耗了些許時間才找到加百列，銀已經融化，部分滲入血管，光慢慢進入他的循環系統，一旦……」她哽咽地說不下去。

我困惑地搖頭。「我能做什麼？」

「他需要妳的血，在你們初次認識的時候，喬納受了傷，傷勢嚴重，是因爲啜飲妳的血才得以痊癒。」她著急地說。

我讓喬納痊癒？有這種事？我怎麼會毫無印象？爲什麼單單忘記他？我想幫忙，但隨即想起另一件事。

「我跟以前大不相同，」我說。「不確定是否還有用。」

「妳一定要試試看，求求妳，我不確定他還剩多少時間。」布魯克抓著我的手，輕聲哀求。

當我毅然決然，準備跟她走的時候，艾歐娜在背後呼喚。「布魯克，等一等……」

她快步跑過來，我急忙對她說。「我必須離開。」

接下來連解釋的機會都沒有，菲南已經騎著摩托車風馳電掣地趕到，轟隆的引擎聲就是警告。

艾歐娜飛身撞向布魯克胸前，顯然嘗試要拉開我跟她之間的距離，布魯克詛咒了一句，當我發現菲南從摩托車上面一躍而下，身體半蹲，握緊手中的十字弓時，跟著恍然大悟。

布魯克下顎發出喀的聲響，預備用獠牙攻擊艾歐娜，爲了布魯克的安危，我必須幫她隱瞞眞實身分——附帶救艾歐娜一命。

「萊拉！」我大叫。「無論發生什麼事——拜託妳！」

布魯克迎向我急切的眼神，獠牙隱而未現，隨後就有一張銀網朝我漫天撒下，像石頭般重的網子砸在我的腳上，不管怎麼做都無法移開它。

我尖叫地摔在地上，眼珠燃起熊熊紅光，皮膚微微發亮，銀網的經緯線立刻腐蝕衣服的布料，炙痛皮膚，我的大腦宛如受到靜電干擾，周遭的一切變得模糊不清，視線根本看不清楚。

我費力地舉手摸眼睛，感覺有一根尖刺灼痛眼皮，指尖一碰到純銀，就像著火一般，我痛得大叫。

一切陷入黑暗。

腦海中響起溫柔的旋律，加百列輕聲吟唱：

輕柔的豎琴，再次將我喚醒，
如夢似幻的旋律，何等甜蜜。

漆黑的邊緣出現一線光，形成髮絲般的縫隙，講話聲滲透進來，我豎起耳朵聆聽，他一遍一遍地重複，我變得極其專注，緊接著下一句歌詞，我聽見自己的嗓音加入：

上一次我們在淚眼婆娑中告別，
而今又於淚光中重逢。

加百列的聲音隱隱約約，顯得無比溫柔，僅僅是聲波的震動就在我體內挑起跟肌膚相親一樣的感受，黑暗處的裂縫拓寬擴張，似乎在回應我加速的心跳。

我們一遍又一遍地對唱，重複著歌詞，明光悸動、增長，光芒一閃一閃，炫目而耀眼，我們突然又回到那棵老橡樹底下，同一段記憶再次於夢境中浮現，就像兩天前一樣，我彈奏豎琴，加百列躺臥在旁邊，和著琴聲，悠揚地唱出下一句。

即便當時，和平的好消息翩然降臨，
美妙動聽的歌聲響徹大地與海濱。

我面帶微笑，哼出下一句。

別人得著希望與歡欣，
唯獨你淚水盈盈。

接著屏息等待，不確定那可怕的一幕是否會跟上次一樣舊事重演，但影像扭曲變形，陡然一分爲二，破碎的畫面閃過眼前，立刻被新的一幕取代。

加百列和我一起坐在馬背上，那是我最愛的白駒烏麗，他摟著我的腰，馳騁在森林裡的小徑，滿地落葉繽紛，兩旁的樹木高聳入雲，枝枒在頭頂交織纏繞、遠望之下很像心型。

當時的我看起來天眞無邪，容光煥發，雙頰染上淡淡的粉紅，加百列攬住我的臂側，隨著烏麗的節奏移動，畫面停格在那裡——靜得好怪異，繽紛的秋季色彩鮮明，燃燒般的橘紅和黯沉的黃色跟加百列翡翠綠的天鵝絨外套形成強烈對比。

隨著馬蹄的移動，小徑似乎沒有盡頭，放眼望去，前方一片空靈，什麼都沒有，就是永恆無盡的綿延，任由我們攜手向前。

我再次聽見自己的聲音，接續在老橡樹樹蔭下的歌詞。

誰還忍心求取歡樂的音符，
豎琴無力的垂落，回應你的心弦。

加百列撩起垂在我肩膀上的金髮，下顎抵在我的頸窩，接棒唱出下一句，接下來的歌詞對我們別具意義：

唉——

瞬間歌聲停頓，影像凍結，加百列的嗓音傳入耳中，卻不是他當年的聲音，而是現在——感覺嚴厲、直接，不容推卻。

「萊拉，萊拉。」

我跟加百列同在一處，我搞不清楚是怎麼知道，就是感覺到他的氣息拂過脖子的肌膚，我不管怎麼用力，眼睛都睜不開，彷彿眼皮被人黏住。

我又回到過去，影像仍在，維持暫停的狀態，我試著運用腦力破除凍結的封鎖，用意志力去融冰，好讓自己繼續看下去，接著又有聲音傳過來——多方攪和在一起，引開我的注意力。

「她還沒預備好，暫時醒不過來，反正沒差，妳應該先去道別才對。」

他的聲音慢慢淡去，我想留在這裡，抓住眼前的影像，於是又輕飄飄地回到夢裡。

畫面終於脫離障礙物繼續播出，我看到自己有點手足無措，卻又眉開眼笑，他正對著我引吭高歌。

……清晨的百靈鳥兀自歡欣雀躍，殊不知厄運臨到，將如垂死的天鵝。

「拜託，加百列，已經過了兩天，求你叫醒她，再拖下去就太遲了。」布魯克粗嘎的語氣充滿急切，彷彿老唱片受到刮痕磨損，不時地跳針、停頓。

「昨天就說過了，她不會幫他的。」

「求求你！」她哀嚎。

這回我試著理解他們在討論的話題，有什麼事如此緊急，以致他們要擾亂這奇妙的時刻？

我試著去回想，加百列和我一起坐在烏麗的背上，迎風馳騁——現在成了靜止的畫面，宛如光面照片襯著黑色布景，漂浮在半空中，下緣似乎著火燃燒，我越是努力要搞清楚是怎麼一回事，照片卻逐漸陷入火海，慢慢被火勢吞滅。

他的名字陡然進入意識層，影像全然融化，一點一滴的墜落，我和加百列並騎的畫面整個不見了，取而代之的是他的名字襯著全黑的布幕，字體醒目，周遭燃燒著琥珀色的火焰。

喬納

13

我用力閉緊腫脹的眼睛，再強迫自己睜開，視線模糊不清，彷彿隔著照相機鏡頭，因為沒有對焦、成像糊成一團。

「萊拉，沒事了，妳很安全，能坐得起來嗎？」加百列的語氣充滿焦慮，我看著他就像置身在雲霧裡。

「是的，應該可以。」我呢喃，感覺聲音沙啞，特意咳了幾下清清喉嚨。

「起來——妳必須跟我走！」布魯克從屋裡某處大聲嚷嚷。

「妳出去。」加百列命令。

「不，她必須現在就過去。」她執拗得很。

「請妳給我一分鐘，拜託，」我虛弱地說。

我終於找到力氣坐了起來，看到旁邊的窗戶往外推開，迎向冬天夕陽的餘暉，一股冷風灌了進來，寒氣逼向自己裸露的四肢，迷茫中低頭一看，發現身上只有睡覺穿的短褲和T恤，但我心存感激，慶幸沒有太多布料觸及皮膚，雖然睜著眼睛，卻得非常專注才能制止左邊的眼皮闔起——那種皮膚被烤焦的劇痛揮之不去。

「妳還沒有完全痊癒，」加百列說。「一部分的網子勾到睫毛，整個燒焦，不過還好，會恢復的。」

我躺在床上，加百列坐在旁邊，即使呼吸困難，硬是開口說。「是銀。」

「對。」加百列證實。

「多久……我躺了幾天？」我喃喃地詢問。

「就一兩天，不是很久，不用太擔心，任何吸血——若是布魯克或羅德韓遭遇同樣的事情，一樣需要類似的恢復期。」他還沒有克服心理障礙，依舊無法把吸血鬼跟我畫上等號。

「我是怎麼回來的？」

「是我，我救了妳的命，該死，妳趕快給我爬起來！」布魯克繼續鬼吼鬼叫。

「妳需要休息，再過一天就會完全復原了。」加百列對布魯克視若無睹，用指背輕輕撫摸我的臉頰，我用眼神跟隨著他的動作，看他掌心貼在我胸前。

我尖銳地倒抽一口氣。「加百列，你的手！」我不假思索地握住他的手，因爲動作太快、有點暈眩，但我不顧一切地把他的衣袖捲到手肘，他的手臂看起來斑斑點點——就像黑痣或深色的雀斑——表皮底下的血管顏色很深，接近鐵灰色。

他縮手，拉下袖子遮掩，不肯直視我的眼睛。

「你的膚色怎麼變了？」我提問。「我不在的時候出了什麼事？」

「沒事，該發生的自然會發生。」他神情鬱悶。

加百列逕自起身，床墊的彈簧跟著震動，他轉身朝位於最遠處的門口走去，經過時伸手攬住布魯克的肩膀，預備帶她出去，她卻試著甩開他的手臂，尖叫地呼喚我的名字，加百列沒有鬆手，反而想要強迫她離開，布魯克大聲嚷嚷，顯然被抓得很痛。

「加百列，住手！」我翻身下床，小心地保持平衡，抬頭挺胸，試著跨出腳步，但是雙腳發軟、支撐不住。

加百列及時衝過來，將我攙扶站穩，我對著他的耳朵呢喃，「請你告訴我，究竟發生什麼事。」

他扶我站好，這才直視我的眼睛，他下巴繃緊，毅然決然地說。「我之前就說過，妳有妳的傷痕，這些是我的烙印。」

「萊拉，拜託，喬納需要妳！」布魯克跑到我身旁，緊緊抓住我的手，這回加百列沒有制止，任由她把我拉向門口。

「就算萊拉想幫他，喬納也不可能接受。」加百列說。

「爲什麼？」布魯克問。「他幫萊拉那麼多，她能夠站在這裡——至少有部分原因要歸功於他。」

加百列面無表情，不置可否，金髮塞到耳後，這時我才發現他臉色憔悴，或許這要怪我，可能是我的失蹤害他擔驚受怕，而且回來時還身受重傷。即便現在我仍然頭昏腦脹，精神恍惚，但是布魯克堅持要找我的理由突然勾起我的回憶。

「沒關係，加百列，」我說。「有你守在旁邊，應該安全無虞，萬一喬納不肯鬆手，你可以介入。但布魯克，我無法保證……」

「我知道。」她雙手緊握我的手，彷彿我們是多年深交的好朋友。

我點頭同意，用力吞嚥著，爲了她和喬納的緣故，但願我眞的能夠救他。我們一起往外走，我愕然地停住腳步。

「怎麼了？」布魯克問。

我猛然轉身，正要走向加百列時，差點被自己的腳絆倒。他站在床尾，背對著我眺望窗外、不發一語。

「你極度不願意他吸我的血，對嗎？」我提問，隱藏在他想法背後的理由像鬼魅似地悄悄浮上心頭。

「是的，我不樂見。」加百列回應。「更不允許它發生，但是如我所說，其實無所謂，反正他也不會願意。」

他語氣空洞，毫無感情，彷彿這些都是芝麻小事，不具意義，似乎喬納走向生命終點已成定局。

我索盡枯腸，努力回想，抬頭望著天花板，再看看兩側的白色牆壁，試著勾起跟喬納有關的記憶，但是徒勞無功。隨後突然靈光一閃，陡然明白加百列不同意的原因……至少這是其中之一。

「是因爲如果喬納啜飲我的血，他的主人就會察覺我的存在，因爲他和純血之間的連結永遠不會消滅。」我忍不住倒抽一口氣。「他們會知道我還活在人間。」

我望向布魯克，她垂頭不語。

室內籠罩著沉默的氣氛，加百列低著頭，認定喬納已經回天乏術。就算不願意這麼想，然而那一瞬間，我禁不住懷疑加百列根本不關心喬納的死活。

截至目前爲止，我都還沒有做好面對可怕敵人的心理準備——依舊捉襟見肘，想不出對策，但我更不能坐視不管，任由喬納步向死亡。或許記憶深處對他一片空白，但就某方面而言，他是這個家庭的一份子，曾幾何時，我們可以袖手旁觀、輕易放棄對方？如果在這個安全的環境裡都不肯救他，一旦到了外面，大敵當前，我們能夠自救嗎？

不，我不容許恐懼剝奪自己嘗試救人的勇氣。

「帶我去看他。」我毅然決然地告訴布魯克。

「萊拉，等等，」加百列驀地擋在前方，阻止我們走向樓梯，伸手按著我的上手臂，神色緊繃，嘴角露出悲傷的笑容，同情我的處境。「妳不記得他，我希望妳恰如其分、好好地道別——」

「什麼叫做恰如其分、好好地道別？你在說什麼？」

「嗯，先聽我說，我不明白妳對他的記憶一片空白的原因，但是爲了妳自己，萬一有一天眞的想起來……或許會因爲沒有用正確的方式跟他說再見，留下無法挽回的遺憾。」他的嘴角肌肉微微地抽搐。

我不懂加百列的言下之意，什麼正確的方式？我推開他，示意布魯克帶我去找喬納。

原來我們不在民宿裡，而是另一棟屋子，布魯克匆匆走下樓梯，沿著走廊到位於最底端的書房。

我站在門外，剛抓住門把，就被布魯克伸手按住。「他的氣色很不好，如果妳露出驚惶或沮喪的反應，很可能讓他不高興，還有，萊拉，他有點神智不清。」

「怎樣神智不清？」

「他似乎認不出我是誰，接連提到好些莫名其妙的事情，最近兩天還喊我睡美人。」

噢，不，布魯克一無所知，這是喬納給我的暱稱，回到拖車屋之前，還喊了我好幾次，他顯然把布魯克誤認是我了，最近這樣的誤解未免太頻繁。

我迅速露出笑容安撫她的憂心，隨即發現布魯克竟然破天荒的素臉見人，她將多此一舉的接髮夾在耳後，露出憂傷的五官，頭髮亂七八糟，沒有整理，太陽眼鏡架在頭頂，一身黑色的運動服，彷彿已經在哀悼，這時我才領悟她顯然不想浪費一分一秒，只想多跟喬納在一起，即便將最後的希望寄託在我身上，心裡仍然認定喬納的生命即將結束。

「妳在這裡留守、看住門口，」我說。「不許任何人進入，如果有人硬闖，不管是加百列或羅德韓，妳就猛力拍門，懂嗎？」我轉動門把。

喬納坐在大型皮椅，腳板靠著絨布凳，腿上蓋著毛毯保暖，座位面向大窗戶，眺望屋外的花園，雙手緊緊抓著一把致命的匕首，套著刀鞘，屋裡光線昏暗，只在後方點了一盞檯燈，夜色沒入書房，只能看見大致的輪廓。

我的腳步戰戰兢兢，經過一面擺滿書籍的牆壁，書架高到天花板，一面走一面維持平穩的步伐，不希望被他發現自己受傷。

我拉出一張凳子坐在旁邊，他毫無反應，靜靜地坐在陰影裡面。

「喬納。」

「忙得很。」他說。

「忙什麼？」我問。

他指著窗戶，目不轉睛。「守望……讓自己派上用場。」只是說話的語氣疲憊乏力。

「喬納，我想跟你談一談。」我用手包著他的手。

他陡然轉過身體面對我，毛毯掉在地板上，嚇了我一跳，他反手握住我，手握拳頭放在我的手上，手上的刀鞘摩擦我指關節的皮膚，靜靜地打量著我。

我錯愕地倒抽一口氣——喬納臉色慘白，猶如槁木死灰，凌亂的頭髮被汗水浸溼，黏著額頭慢慢滴落汗水，手如同枯骨，彷彿皮膚都要被骨頭磨損。

「喬納，是我，萊拉。」

他鬆開手勁，輕輕撫摸我的長髮，露出笑臉。「對不起，美女，我的視力……」他停下來喘口氣，「所有的感官，呃，似乎都在罷工，請把伏特加遞給我，好嗎？」

我轉頭搜索。

「就在底下。」他朝腳下點頭示意。

我往後挪動板凳，摩擦硬木地板發出喀吱的響聲，終於發現酒瓶——旁邊還有平底酒杯——我直接幫他倒了一杯。

「我已經必死無疑，乾脆喝個痛快。」他朝我眨眼睛。好奇怪，我的心在顫抖。

我把杯子倒滿遞給他，他將刀子丟在地上，接過酒杯、奮力地舉向嘴唇，手指抖得很厲害，杯子似乎要掉下來，好半晌才勉強把酒倒進嘴裡。

布魯克說的對，他的時間所剩無幾，已經油盡燈枯。

他需要我的血，就是現在。「喬納，我要坐在你腿上，好嗎？」

他一臉詫異。「非常歡迎，美女，但我或許應該問一下原因？」

「因爲我要你握住我的手腕啜飲，你就可以恢復生氣。」我站起身，雙腳放在他腰部兩側，彎曲膝蓋卡住椅子的縫隙，攫住兩邊的扶手。

他遲鈍地回應，慢慢挺直背脊，在椅子上坐直身體，想抓我的手卻沒抓到。

「影像重疊看不清楚？」我問。

「對，兩個妳，平常這樣是艷福不淺，可惜兩個都很模糊。」他轉而攫住我的髖骨，頭頂著肚臍，我們肌膚碰觸在一起，他的臉頰像石頭般冰冷。利用我阻止身體搖晃，他重重地吸了一口氣，又把我推開。

「我知道妳想跟我吵，但我實在不想把最後一次見面浪費在爭執上。」他清清喉嚨，費力說下去。「我不想喝妳的血，假若那麼做，他們就知道妳還活著，大敵當前，妳根本沒有活命的機會。」他撫摸我赤裸的小腹，指尖擦到被銀網灼傷、尚未痊癒的傷口，我極力克制避免發出呻吟。

他彎腰去拿被丟在地板的酒瓶和杯子，再次坐直身體，手指從我腰部移開，轉開瓶蓋，仰頭喝了一大口，但泰半的酒都流到地上。

「他們終究會找上門，只是時間遲早的問題。」我堅持己意。

「妳要盡量拖延，我不想剝奪妳的機會。」

他再度仰頭灌酒，身體卻無法接受，整個吐出來，喬納不停地咳嗽、喘氣，他連拿著酒瓶的力氣都沒有，酒瓶摔在地上，發出框啷的聲音，酒灑在地板上。

「喬納！」

我驚慌地舉起手腕，生平第一次主動想像獠牙浮現，咬出一道傷口，使勁擠壓，把血擠出來，但願他還有嗅覺存在，希望鮮血的氣味能勾起他的本能反應，勝過想要保護我的慾望。

我依舊跨坐在他身上，手腕湊向嘴唇，感覺他全身的肌肉繃緊，一開始他沒有其他反應，靜止不動，宛如沒有氣息一樣。接著他突然扣住我的手腕，死命抓緊，找到剩餘的體力，把我拉了過去，鼻尖對鼻尖，我鼓勵地點頭示意，看著他舉起我的手腕。

「我不能拿妳冒險，絕不可以。」他慢條斯理，一根一根鬆開手指頭，拉著我的手貼向自己的臉頰，慢慢磨蹭，努力吸入我的氣息。「我只有一個遺願，萊拉……」

我突然說不出話來，巨大的硬塊堵住喉嚨。

「讓我死在妳的唇邊。」

他吻住我的唇。

這是最甜蜜的折磨：吻得難分難捨，璀璨的瞬間，注定訣別和死亡。

喬納是如何看我，甚至願意爲我奉獻生命？我試著用這條線連上記憶裡的點點滴滴，勾勒出完整的影像，結果只造成更多隱蔽的摺痕，直到他顫抖的身體緊緊貼著我的時候，撫平了一切困惑。

我停止苦苦的思索，開始用心去感受。

我們四唇相貼，呼吸喘急，強烈的情感狂湧而起，感覺如果我割捨呼吸，或許可以把空氣灌輸進去，使他活下去。

湧流的淚水漫過被遺忘的回憶，彷彿他是一首美麗的旋律，在我腦海深處徐徐響起，貼在一起的雙唇形成我一直想不起來的字句。

他爽朗的笑聲從深處浮現，還有那滋味甜蜜的親吻，即便沒灑古龍水，我依然聞得到夏季時他濃郁如林間芬多精的香氣，他的臉龐陡然浮現，浪蕩男孩的面具粉碎，嘴角一彎，露出平常少見、又極其眞摯的笑容，目光炯炯的眼神似乎射出一道光芒，照亮黑暗，讓我清楚看見對我而言他眞正的意義是什麼。

當我認出他的時候，他卻預備再次化成遙遠的回憶。

我不容許這種事情發生。

「不，你不能死，至少今天誰都不許死。」

14

我從喬納腿上爬起來，過去打開窗戶旁邊的檯燈。我必須說服他。

「喬納，你只管呼吸。」我哀求。

「辯到最後總是我贏，妳別浪費力氣。」他咬著牙，揪住短褲的鬆緊帶，意圖把我的嘴唇當白旗，表示他向死亡心悅臣服，接著突然怔住。他歪著頭，凝視我在燈光照耀下的側面輪廓。

「妳──妳──妳的眼睛怎麼了？」他連講話都不斷喘氣。

喬納掙扎地坐起身體，他用拇指溫柔地撫摸我的眼睫毛，然後用食指勾起我的下巴，轉動臉龐檢視著。

「什麼時候發生的？」他近乎耳語，我知道他說的每一個字都在浪費體力。

我不想回答，思緒飛快地轉動，明白不管用什麼藉口都無法逼他心甘情願地啜飲我的血液，我輸了，被絕望的情緒打敗，這時房門突然砰砰響。

布魯克。

喬納警覺地繃緊身體，伸手拿刀，被我搶先一步。

我緊接著靈機一動，想到辦法了。

「屋外有狀況，有人攻擊我，」我信口雌黃，看著他的眼睛撒謊。「我猜是牠們闖進來了，我要出去奮戰，保護你平安。」

我轉身走向門口，他虛弱地倒在地板上。

「不——不——不可以。」他結結巴巴，幾乎是在地上匍匐前進，我快速退開。

接下來我幾乎是奪門而出，再用力關上，布魯克單獨站在外面，沒有別人的蹤影。

「誰來了？」我問。

「沒有人來，只是擔心他，我想知道目前的狀況。」

我想起喬納造了布魯克，彼此之間透過他的血相互連結，也靠他的血維持生命。

「加百列在哪裡？」我氣急敗壞，因此講話速度太快，別人很難聽得清楚。

我一把摘下布魯克頭上的太陽眼鏡，丟進角落。

「妳幹什麼？」她問。

我飛快地幫她抽出髮夾，任由一頭捲髮垂在她肩膀上。「我問妳有沒有看到加百列？」

「加百列跟羅德韓一起出去巡邏，還說要給妳私下告別的時間。妳究竟在幹什麼，他快死了！」

「噓……」我用手指按住她的唇，示意她脫掉上衣。

我在內心感應加百列的存在，他果然豎起光牆，眼前最好的方式就是有樣學樣，我接下來要採用的策略，最好不要讓他感應得到。

「我要跟妳調換衣服，一分鐘後，妳衝進那個房間，我會追上去攻擊妳，明白嗎？」

「不懂，妳解釋清楚。」

「沒時間了，妳希望他活下去嗎？」

她果然不再追問。

我們以飛快的速度互換衣物。

「頭髮，剪到脖子以上的長度，快，現在就動手。」我從刀鞘裡拔出匕首。

布魯克發覺那是銀製的刀，嚇得往後跳開，我小心翼翼地遞過去，讓她只接觸鋼製的刀柄，少了刀鞘的隔絕，單是靠近就覺得頭有點暈。

她遵照我的要求，割斷我濃密的長髮，看著波浪般的捲髮飄然落在地板上，我忍不住皺眉，明知道沒時間爲這種愚蠢的小事哀傷沮喪，就是頭髮而已，但我清楚的知道，自己在當時那一刻跨出那一步，現在連鏡中的自己，模樣都不再一樣。

我換上布魯克的帽T，順手將水晶塞進領口，然後朝她點點頭。

她穿著單薄的睡衣，站在前面，烏溜溜的長髮幾乎到肚臍的長度。

只要布魯克跑得夠快，喬納很難分辨差異，只會錯認她是我。

「別讓他看到妳的臉。」

布魯克遵照命令，直接跑向門口衝了進去，一大塊木板掉在地上，我急起直追，在房間裡追逐，爲了製造效果還故意撞倒書架，搞得亂七八糟。

就在這時候，我撞向骨董寫字桌，桌子斷成兩塊，陡然看見棋盤就擺在角落的桌上，沉甸甸的象牙棋子佇立在那裡，預備展開新一輪的賽局。

那一瞬間一個突如其來的念頭閃過腦際，讓我幾乎喘不過氣：曾經有那麼短暫的一剎那，加百列和我處於同樣的空間，同樣的時間，我們其中一位曾經取走另一個人某件東西。

喬納嗚咽地呼喚我的名字，他的聲音重新凝聚我的注意力，他在房間中央，費力地想要從地板上爬起來站穩，卻又虛弱得跪了下去。

我大聲咆哮、齜牙咧嘴，故意發出尖銳的叫聲。

但願這樣的演技足以說服他認定我是入侵的吸血鬼，希望他受損的知覺系統對我的騙術有所助益——讓他相信「我」企圖殺死「萊拉」。

我一把揪住布魯克的頭髮，把她摔向門口，喬納的刀子從她手中滑落，匡噹一聲掉在地板上，這個畫面在喬納看來，等同證明她是我。

我跨過門檻，故意慢條斯理地彎下腰，伸手去撿木頭碎片，背對他跪在地上，製造出一種假象：彷彿即將一躍而起，衝向布魯克，拿木樁刺入她的胸口。

我慢呑呑地撿起那塊木頭，仔細聆聽他是否還有呼吸——祈禱他還有一口氣。

當我感覺喬納的手臂從背後箍住我的身體、把我拉近他胸前時，我大大地鬆了一口氣，慶幸他終於找到剩餘的力氣，能用他的利牙咬開我的血管，汲取我的血。

不過卻萬萬沒有預料他會撿起銀製的匕首，從我腰部側邊刺入，那一瞬間我眞希望自己有更多時間仔細思考這場戲。

他攫住我的肩膀，把我當支柱撐起身體，重複刺了好幾刀，我身體不斷抽搐，隨著每一次的拔刀而顫動，膽汁湧入喉嚨，每一次的攻擊他都緊緊扣住我的身體，酸水在全身流竄，我不敢尖叫、不敢哀號，不能讓他認出是我。

自己彷彿變成一個管道，讓他宣洩積壓在心底、無處可去的怒火，他滿懷怨恨地不斷攻擊，他嘶啞地吼叫著，凶狠的語氣充滿憎恨，應該是針對害他淪落到這一步的純種吸血鬼，也放任自己內在蠢蠢欲動的惡魔大肆咆哮。在他有生之年，極力壓抑讓它總是沉默。

然而不管他做了什麼，任何痛楚都比不上要我親眼目睹他生命結束。

應該就在這一刻，我才眞正的領悟。這不只是挽救家庭的一份子，是保護我的……我最好的朋友。

唯有愛可以讓人哀痛到這種程度。

即使內臟翻攪，皮膚泛黑，身體貼在他胸前抽搐著，我仍然緊緊抓住這個念頭。

喬納終於停手，再沒有憤恨和怒火，預備結束我的生命。

刀子落地，他轉而去抓被我勉強握在手裡的木樁，用力搶走時擦到我的皮膚，我情不自禁地去捉他的手，他把我甩開。

他高舉木樁，對準我的胸口，緊接著咬住我的喉嚨，獠牙撕裂脆弱的皮膚，我咳嗽吐沫，鮮血從嘴角流出，順著下顎滴落，然而就在那電光火石的瞬間，我聽見堪稱是世界上最美妙的聲音：喬納咕嚕地嚥下我的血液。

不確定是他終於認出我的味道，或是當他抬起頭，準備將木樁刺入心臟的同時，他瞥見我受傷的眼皮，總而言之，他緊繃的手指鬆開，尖銳的木頭咚的掉在地板上。

他欲鬆開獠牙，似乎想撤退，我猛地伸手按住他的後腦勺，鼓起剩餘的力氣挺高身體，仰起臉龐，讓自由湧流的鮮血持續灌入他的喉嚨。

現在他停不了，回頭已經太遲了，我很高興。這時我才敢發出微小的呻吟，我的臉頰被鮮紅的血淚沾染。

我的血液跟他的融合在一起，進入循環系統，他在我的耳朵邊呻吟，我知道不是因爲渴望被滿足，而是悲痛而泣。他察覺坐在腿上的人竟然是我，知道自己做了什麼——被我欺騙而做出他寧死都不願意傷害我的行爲。

我的雙腳逐漸變得麻木無力、胸口緊窒，周遭的世界緩緩陷入漆黑，然後有一股強勁的電流驀地從我身上竄向喬納體內，耀眼的白光一閃而過，他鬆手放開我。

這不是我第一次經歷那種感受，喬納需要汲取我血液中黑暗的能量去療癒自己，但是莫名地，他就是可以只吸取需要的部分後，就立刻停止。

在我們初次相遇的時候，那一閃而逝的白光讓他適時停住，不致讓我血液枯竭而死，現在又發生一次。我不明白那道光是怎麼產生的，但深深感激它的存在，然而這一回我是迥然不同的心境，拯救喬納的代價很可能會高出我最狂野的想像。

我側身倒下、臉頰碰到地板，雖然角度很怪異，卻得以看到布魯克窩角落裡，整個人僵住不動，就像一尊美麗的雕像。

萬籟俱寂，安靜無聲，沒有人尖叫求救，沒有人移動，我趴在地上，只聽見喬納在我身後，隨著喘氣的聲音，感受到他胸膛的起伏。

我感到心滿意足，既平靜又安詳，唯有我能救他，我也做到了。他無力與死亡奮戰，我就爲他代勞，親自告訴死亡：「休想在今天帶走他，絕不可以。」

這一次，死亡遵從命令、空手離去。

❦

不知加百列陪了多久，但我曉得自己在他懷抱裡。

我可以瞭解天使的形象總是以瓷器般完美的臉龐籠罩在潔白的光中現身，引導死者靈魂的原因，我們現在的模樣就像那樣一幅畫，他的光芒環繞，舒緩地滑過我疼痛的軀體。

不過並沒有完全將我治癒。

銀造成的傷害，使他沒有辦法滌淨那灼燒般劇烈的疼痛在我體內上下竄動，沒辦法藉由他的光縫綴修補，他只能抱著我的身體，任由我的手臂無力垂落。

天地都在旋轉，強烈的痛楚和噁心反胃的感覺讓我無力抗拒，再次墜入黑暗的深淵。

靜止不動，意識模糊，一片漆黑。

陷入無夢的昏睡。

❦

黝黑的簾幕遮蔽我的心靈，在虛無的中心有某種物體悄然成形：一個黑暗混濁的漩渦。

一隻白鴿在中間穿梭飛翔，在我面前拍動脆弱的翅膀，如水晶般清澈湛藍的眼睛睜得很大，搜尋內在深處，尋找著我的存在。

鴿子迴旋徘徊，彷彿想要運用牠的美麗蠱惑我的心，接著急速地拍動羽翼朝我而來，沒有任何警告，就用羽毛裹住我，將我完全包覆。

一聲讓人震顫、出於異種生物的吶喊迴盪在四周，死亡的聲音朝我狂奔，我陰暗黝黑的髮色染上白鴿的羽毛，一丁一點將之墨化，純白被染污，直到只剩一雙眼珠在有如夜色般烏黑難以辨認的羽毛當中凝視著我，黑墨滲入鴿子的眼睛，彷彿黑色染料滴入藍色的漩渦裡，牠眼珠緩緩闔起，再度睜開時竟變成令人驚詫的鮮紅。

忽地鴿子消失無蹤，原地出現一隻貪婪的大烏鴉，翱翔在高空，當牠終於停駐時，左眼上方鼓起一處爛瘡。

烏鴉俯衝而下，朝我飛撲。

牠隨即撞上一堵隱形的力量，把牠震向後方。這時我看見一塊凝霜的灰布，困住大鳥，像是在守護我的心靈。

大烏鴉嘎嘎地叫，翅膀突然變成披風，腳爪化成刀刃般的利爪。

純種吸血鬼展現了牠的眞面目。

在詭異的訕笑下是致命的獠牙，牠張開下顎，喉嚨深處溢出超音波的嗥叫。

牠豎起食指，慢慢舉起手臂，停在我的視線正中央。

目光爍爍，極其兇惡地瞪著我。

任尼波。

15

我猛然坐直身體，卻扯動了肚子的皮膚，痛得我倒抽一口氣。

加百列坐在旁邊的椅子上，抓住我濕冷冰涼的雙手。

我呼吸急促，過了半晌才有力氣低聲說。「牠發現了，牠們都知道。」

加百列握緊拳頭，眼中流露出恐懼，沉默背後的含意盡在不言中，我們彼此心知肚明，清楚知道是我違背了加百列的意願。

氣憤懊惱的情緒湧過他體內，接著把我淹沒。

「萊拉，妳怎麼可以這樣？」他氣得跳起來，一腳把椅子踢向對面的壁爐。

他的舉動出乎我意料之外，我左右看了一眼，發現羅德韓就站在加百列背後，宛如立正警戒的士兵，想想也是，我們都知道大戰一觸即發——因為我的緣故。

「對不起。」我真心感到抱歉，因自己所作所為害他如此擔憂，我真的不願意成為加百列痛苦的原因，但也不會為了選擇拯救喬納而道歉。

「妳的記憶裡甚至沒有他的存在，」加百列氣急敗壞地強調。「他並不會為此感謝妳。」

我已記起喬納，我知道在決戰之時已經對他產生異樣的情愫，只是不願意進一步探索確認自己的內心，更不想承認。我要將對他的記憶隱藏在內心深處，這麼做比較好，比較單純，最好不要讓任何人發現我其實記得他。

「無論他感激與否，我都不能袖手旁觀，看他死掉。」我說。

加百列伸手抓頭髮，回到我的身旁，「妳這種飛蛾撲火、不肯躲避麻煩的個性終究會害慘自己，萊拉。」他撇了撇嘴唇。「假若妳不能理解自己的生命價值高於其他人，恐怕我會很難保護妳。」

羅德韓杵在原地，不發一語。

加百列的態度令人生厭。「我是誰——你又是誰——有什麼權利決定我存在的價值高於別人？我們既不是大天使，也不是純種吸血鬼。任尼波現在知道我活著，遲早都會找上門，只要我還活著，牠就會窮追不捨。」

「妳在說什麼？」加百列迅速回應。

我朝他揚起下巴，加百列坐下來，讓我得以吻一下他豐潤的嘴唇。

「我是全心全意的愛你，」我說。「但我不想再逃避。」

他不可置信地倒抽一口氣，瞪大眼睛，彷彿我剛剛簽下自己的死刑令。

「不，萊拉，不可以，我不能讓妳跟牠們宣戰。」

羅德韓按住加百列的肩膀。「小可愛說的對，加百列，讓她勇敢地表明立場，別再退縮。」

加百列聳肩甩掉羅德韓的手，起身說。「我眞不敢相信自己的耳朵，原本妳應該有全新的開始，但妳現在決定採取這樣的行動只會導致一種後果——就是死亡。還有你！」他猛然轉向羅德韓。「你希望她走向那一步嗎？」

「發動戰爭不是我的本意，」我盡可能保持冷靜的語氣。「但我不能把生命虛擲在一味的逃避上，我們必須找出方法。只要任尼波不消失，我們就無法自由。」

「自由？要自由做什麼，萊拉？」加百列睜大眼睛反問。

「永遠廝守在一起，」我迅速回答。「我必須學習如何應用和掌控自己的能力，並且發揮到極致。」我猛然想起附近還有一群人，他們或許知道母親的下落。「我想留在這裡，至少再逗留一陣子，你願意幫我嗎？」我輕聲懇求。

加百列考慮了一下。「這是妳自找的，明知如果讓喬納吸血，任尼波就會找上門，但妳不顧後果硬要這麼做，」他停頓半晌，眉頭皺成深深的紋路。「妳也拋開羅德韓的保護，讓自己置身險地，還說要永遠跟我在一起，」他再次停頓，聲音變得很低沉。「妳只要一逮著機會，就從我身邊逃開。」他氣得渾身顫抖，充滿恐懼，大步朝門口走去，跟羅德韓擦身而過，把他當成透明人。

「加百列……」我的心揪在一起。

加百列在門口踟躕了一會兒，伸出手臂抓住門框，他沒有回頭，逕自說下去。「日子一天天過去，我卻越來越不認識妳。」丟下這一句他轉頭就走。

他尖銳的言語刺得我瞠目結舌。對加百列而言，我拯救喬納的行動等同將自己拋向狼群，他因爲愛我，連帶被我拖累。

羅德韓坐在我身旁，揉搓我的背。「沒關係，親愛的。」

「我必須跟他談一談。」

「不，甜心，先讓他冷靜，他一直試著保護妳，妳反而增加他的困難，然而妳說的對，拯救喬納是出於仁慈和愛心，這是妳的特質，不必因此而羞愧。」

我了解羅德韓的想法。「我救不了全部，羅德韓，但是若要救自己和加百列，就必須面對任尼波，無法逃避。」

他眼睛發亮，捏捏我的手。「慢慢來，親愛的，對付惡魔就是好的開始。」

縱然腦袋裡千頭萬緒，當前立即需要照顧的是我的身體，我喉嚨乾燥，腹內空虛，但我害怕那個能夠增添體力的東西。

「我想，我需要，你知道……」垂頭說不下去。

「是，加百列還要處理一些事——原先的安排必須調整——我們還會再逗留幾天，然後他想帶妳離開，這段期間，妳需要血。」羅德韓挑了挑濃眉，知道我很排斥。

「先前喬納提議要幫忙——」

看到喬納的反撲留下恐怖的疤痕，羅德韓滿臉不忍。

「我很懷疑喬納會願意，親愛的，他幾乎不發一語，自從……」

「我去找他談。」

「可以試試看，效果如何不知道。妳現在感覺如何？」

「不太好，不過視力還算清楚。」

羅德韓點點頭。「那就算痊癒了。妳昏迷了一星期，但是皮膚所受到的刀傷……」羅德韓說到一半停住，小心斟酌字句。「已經修復，只怕疤痕很難消除。」

我再次低頭，疤痕看起來很醜陋，奇怪的是，肚臍附近瘀青的腫塊並未給我尷尬的感受，這些痕跡跟之前的那些有所不同，它們是愛的印記，怎麼會醜陋？

我將雙腳挪到沙發邊緣，羅德韓攙扶我站起來，我把短髮撥到耳朵後面。「我必須剪掉長髮，讓他不知道那是我。」

「妳適合短髮，親愛的，看起來更有戰士的味道。」

他的笑容舒緩人心，我再次慶幸自己是這個家的一份子，感謝有羅德韓的陪伴。

我的睡褲上面沾滿了自己的血跡。

「還有乾淨的衣服可以借我嗎？」我問。

「就在樓上布魯克的房間，來吧，我帶妳上去。」

他伸出手臂，但我搖頭婉拒。

「不，我希望你去找加百列，拜託，試著讓他了解，我的確愛他，羅德韓。」

「對，如我所說，他從美國回來以後就變了樣，行為舉止，嗯……表現出更多的人性。」

羅德韓說的對，加百列的態度的確跟以往迥然不同，然而我也沒有讓他的生活更好過。

「我去找他談，同時也需要幫妳找……飲品，妳得補充更多的能量才行，我敢打賭喬納汲取了很多黑暗的能量。」羅德韓說。

羅德韓這番話讓我喉嚨緊繃，彷彿有一雙手悄悄爬上脖子，預備掐死我。

我跛著腳走出客廳，找到樓梯，雙手扶著腰部的傷口，小心翼翼一步一步爬上去，走進布魯克房裡，打開角落的立燈。

喬納坐在床腳，聽見我倒抽一口氣的呼吸聲，猛然抬起頭來，從床上一躍而起。

「妳來這裡做什麼？」他語氣冷淡，把我全身上下——包含疤痕——打量了一遍。

看見他已恢復記憶中的模樣，著實讓我鬆了一口氣，安心許多。

「你看起來好多了，氣色不錯。」我舉步朝他走去，他卻舉手制止。

「怎麼了？」

「怎麼了？」他怒目相向，眼神滿是輕蔑。

「妳還問我怎麼了？妳看看妳自己。」他大聲咆哮，火冒三丈，眼睛射出悲憤的紅光。

「我來找衣服。」我稍稍整理頭上的短髮，然後一跛一跛地走向角落的衣櫥，打開櫃子，佯裝搜尋乾淨的牛仔褲。喬納猛地將我轉過身體，一把拉到檯燈旁邊，任由衣服掉在地上。

「看看妳自己。」他說。

「看看你自己。」我重複他的話，指控他粗暴的態度和對待，但他沒有鬆手。

我並不需要低頭查看自己的外貌，這不是羞愧的記號。

「我必須那麼做。」我說。

他氣得嘴唇發抖，獠牙露了出來，繼續扣住我的手臂不放，肌肉收縮，胸膛上下起伏，彷彿極力克制怒火。

「就算再來一次，我還是會這麼做。」我咬著牙關。

這句話讓他爆發了。

他一把將我推倒在床上，我用手肘撐起上半身，但是喬納快了一步，直接跨坐到我身上，把我推回棉被、用拇指壓住我的髖骨，將我固定在他身體下。他雙眼射出火紅的光芒，凝視我的臉龐，打算讓我懊悔自己所做的事、所說的話。

看我沒反應，他終於開口。

「我鄙視妳所做的一切，更厭惡妳讓我做出那種事情。」

他伸手撫摸才剛結痂的疤痕，觸摸最嚴重的部位，我忍不住呻吟。

「絕不後悔。」我輕聲說。

他低頭，側臉貼向我裸露的腰，閉上雙眼。

「眞不後悔讓我……在身上留下這些記號？」他貼著肌膚吸氣。

「不會。」我哽咽，只覺得口乾舌燥。

他持續不動再逗留了一會兒，才挺起身體，用膝蓋撥開我的雙腿、環住他的腰。

「妳不後悔用血把自己跟我連結在一起？」他的手指沿著我的大腿外側游移。

「不會。」

他放低身體，嘴唇貼著我耳際：「他們知道妳還活著，不是嗎？」

我用力嚥下口水，輕輕點頭。

他遲疑一下，慢慢抬高身體，我本能地夾緊雙腿、環住他的腰，將他固定在原處。

他表情猶豫地看著我說：「妳不後悔替我下決定？也不後悔這件事對妳的意義？」

「不會。」

「請告訴我，妳記得我嗎？」

我東張西望就是不肯直視他的眼睛，想用謊言來打發。

「不記得。」

他稍作流連，然後堅定地用手抓住我的腿把我推開，逕自起身。

「所以妳究竟爲了什麼原因甘願冒這種風險？是罪惡感？是人情？還是出於同情？」

他不等我回應。「我恨妳！」他齜牙咧嘴，聲音沙啞。

我猶豫地坐起身。

「不，那不是恨，」我開始咳嗽。「是氣憤。」

「不是氣憤，是哀莫大於心死。」

我慢慢下床，伸手去碰他肩膀。「人們常說愛恨之間只有一條線，我可以理解。」

喬納渾身僵硬，最終轉過身來，用手指幫我梳理凌亂的頭髮，慢慢把我摟近懷裡，用指頭描畫著我背後那醜陋的疤痕，我畏縮地躲開，他才鬆手。

「或許只有一線之隔，但是踩線的人不是我，向來不是，而是因爲妳的血，從頭到尾都是妳的血，而今，不管是否連在一起，我怎麼會渴望妳？看妳現在這副德行。」他語氣冰冷，漠不關心，就像用刀凌遲一樣。我渾身顫抖，伸手抱住自己，聽他用十足傲慢的語氣吐出嫌惡至極的字眼。

「妳已經損毀到難以修復的程度，裡外皆然。」他又補上一句。

「這不是你的意思。」我不敢置信。

「或許以前美麗過，但現在已經完全不一樣了。」他的話像利箭般射出。

我不由自主地伸手摸索背部的長疤，醜陋的印記一直在那裡沒有變過。

「我……我不信，你寧願犧牲自己都要保護我免於傷害，甚至祈求死在我的唇邊，喬納。」

他的食指用力按住我的唇，讓我噤聲。「此一時彼一時，物換星移，人事物都會改變，妳也在變。」

我搖搖頭，拒絕接受。

他伸手捧住我的臉頰，頭髮纏住他的指尖，他傾身親吻。一開始溫柔輕盈，若有似無，輕輕摩擦上嘴唇，接著使勁輾壓，掐緊皮膚，力道大得近乎殘酷。

他抽身退開，雙眸緊閉，陷入自己的黑暗裡。或許對他而言，只要看不到，我就不存在。

他搖搖頭，再度睜開眼睛，我僵在原地，等他開口。

「妳以前的滋味有如蘋果，甜中帶酸，誘人可口，甜蜜得幾乎不像眞實存在。」

「現在呢？」

他用力嚥下喉嚨的硬塊。

「妳的滋味……感覺就像死亡。」

事實——眞相的殘酷——讓人難以承受，但他說的完全正確。

我受盡糟蹋，渾身汙泥，殘缺不整。

他殘酷無情的抨擊讓人窒息，淚水無聲地奪眶而出。

離開房間之前他嚴肅地補上一句。

「加百列會保護妳，萊拉，妳應該跟他一起離開，屆時我會忘記妳，如同妳忘了我一樣。」

16

布魯克回房的時候，我依舊神情恍惚。

「出了什麼事？」她問。

「喬納……」我喉嚨緊縮，聲音沙啞。

她摟住我，任我嚎啕大哭，我的悲傷既是爲了加百列，也爲了喬納，他們曾經關心過的女孩，現在就像陌生人，讓他們感到生分。我也爲自己而哭，正當需要堅強的時刻，卻是如此軟弱無助。

「哭夠了。」布魯克命令，鬆開雙手。

「他恨我，他們都恨我。」我喃喃自語。

「我不恨妳，」她說。「因爲妳，所以喬納還活著，那是我生平所見最勇敢——也最悲慘——的事情，當他……妳甚至不敢叫出聲。」她停頓了一下。「謝謝妳，萊拉。」

布魯克眞誠的感謝出人意料，卻是我所需要的安慰，我點點頭，接受她的感激。

「我來借牛仔褲，」我說。「他在妳房裡做什麼？」

布魯克走向衣櫥，掏出好幾堆不同的衣服。

「我溜了，他大概在等我回來，最近我常溜出去，妳昏迷不醒的時候比較容易，因爲加百列和羅德韓只注意妳，還有喬納，呃，他的關注都在心裡。」

布魯克放了一堆衣服在床上，挑挑揀揀，幫我選了黑色緊身牛仔褲和同色上衣。

「羅德韓說妳醒了以後需要進食，我敢打賭妳現在飢腸轆轆，相信我，生平第一回的經驗是血淋淋的一團混亂。」她猶豫半晌接下去。「最好摸黑進行，就算被人發現也是模糊的身影。」

我甚至不願意動腦思索她言下之意，逕自套上牛仔褲和背心，她幫我整理儀容，衣服有點緊，布料的摩擦讓尚未痊癒的傷口又癢又痛。

她撥弄我的頭髮，不滿地皺起鼻子。「明天再幫妳修剪髮型。」

我不以爲意，對另件事比較好奇，「妳溜出去哪裡？」一面將馬靴拉上小腿。

「請別生氣，可以嗎？我最近都跟佛格他們那群人膩在一起。」

「什麼？」我驚呼出聲。

布魯克聳聳肩膀，一臉無辜的模樣。

「這都要怪妳……看見妳爲喬納的付出，我很想回報，左思右想，如果跟他們混熟一點，他們或許會告訴我關於妳母親的去向。」她笑得很靦腆。

「瘋ㄚ頭，妳是吸血鬼，他們可能殺了妳。」我聲音沙啞，胃裡酸水翻攪。

我沒有心情和力氣去承受。

「他們把我當成妳，記得嗎？否則菲南用銀網罩住的時候，妳以爲自己是怎麼脫困、回到這裡的？我跟他們說自己就是他們要找的女孩，而妳雖然是……呃，某種惡魔，卻一直盡力幫助我。」布魯克重新摺疊剩餘的衣服。

「他們相信？」

「一開始當然不信，僅僅挪開網子，我只好演一場戲，稍微跑跑跳跳，讓他們開開眼界，認定我有……特異功能，這是他們的期待，總要讓他們滿意才行，幸好算妳走運，他們終於相信。」她走向衣櫥，把挑剩的衣服放回原處。

「佛格要我承諾再回去，才肯放妳走，本來打算哄哄他們就好，但是目睹了妳爲喬納、爲我所做的一切，我當下改變主意，想幫妳尋找答案。」

「找到了嗎？」

「還沒，不過我會找到的。」

失望澆熄了心裡那一小撮希望的火苗。

「不，妳不能回去，太危險了。」

「沒事的，萊拉，眞的，我覺得他們都很誠懇，再者，難道妳不想——」

「不能讓妳去冒險。」我眞心反對，總有其他辦法讓我自己去尋找答案。

「妳沒告訴加百列……關於我母親的事？」

「沒有，我想妳總有不說的原因。」

我很訝異布魯克竟會花腦筋思考當前的境況，還費心思量我是否願意分享這件事。

「此外，如我所說，大家只關心妳，似乎沒人在意我說的話。」她說。

嗯，她這樣說比較符合實際，因爲她很少動腦筋，總是表現得很幼稚，像小孩一樣發脾氣使性子，而不是運用智慧去解決問題。

「順便說一下，我是眞不知道妳如此關心我，」她語帶嘲諷，兩手交叉抱在胸前。「呃，我是很關心，此外，我和加百列只會再逗留一陣子，希望道別的時候，妳能夠安然無恙地陪在喬納身邊，免得他有更多憎恨我的理由。」

叩門聲在這時候響起，羅德韓站在門口。「妳準備好了嗎，親愛的？」

我點點頭，他示意我過去。

「祝好運！妳會很需要的，菜鳥。」布魯克在背後大聲嚷嚷。

經過陰暗的走廊和樓梯，屋外夜幕籠罩，我很慶幸還有夜色作掩飾，可怕的事情發生在黑夜當中，都因爲沒有人看到，或許事過境遷，我也能夠假裝沒有事情發生，說服自己相信這一切不過是夢境的一部份，我不是那種藉著漆黑夜色掩蓋、躲在暗處虎視眈眈的禍害。

轉動前門把手時，加百列出現在眼前，抓著我的手將我擁入懷中。

「對不起。」他嘟噥著說，光芒充滿在我體內。

我們額頭貼額頭，他的呼吸聽起來平穩，心臟卻怦怦跳得極快。

「萊拉，不要隔絕我好嗎？我需要知道妳很平安，只要妳豎起隔牆，萬一有事就無法呼喚我。」

看來加百列不跟我們同去。

我一顆心猛往下沉，隨即領悟加百列不願意目睹那件事，他永遠無法泰然自若地接受這種事情，只要我以血維生，就等於跨出一大步，距離他勉強接受的那個人更加遙遠。

「一言為定。」我說。

我們出門之後，回頭一望，果不其然，房子周圍的庭院寬闊開放，大得難以想像，至少有好幾英畝的空地，羅德韓提議去亨利小鎮，我沒有那種心情，彷彿喬納汲取我的血時，同時將我所有的能量都榨得一乾二淨，只留下疲憊和空虛。

「來吧，親愛的。」羅德韓一把背著我，快速穿梭在林線之間，不過幾分鐘而已，已經來到餐廳外面，我們躲在花園的樹叢裡面。

「謝謝你。」我從他背上一躍而下。「我們在這裡等待黑暗的靈魂？」我冷靜地問。

「是的，妳需要太陽的光能來增強天使的力量，也需要血液裡黑暗的物質讓吸血鬼的超能力順利運轉。」

羅德韓的說法印證了我心底的懷疑，下一個問題也要靠他回答。

「加百列還是沒辦法接受，對吧？」

「是，親愛的，不過他能夠諒解，明白妳需要其他能量來保護自己，這是為了大我的利益。」

又是這種理由——總是為了大我，為了多數人。歐利菲爾抱持這樣的想法，犧牲人類藉以維持水晶星際的運轉，讓它的居民得以存活；加百列預備讓喬納犧牲來保護我平安無虞，因為他認定我的生死遠比喬納的存活重要。現在連羅德韓都願意容忍我噬血，只因爲他有一個虛幻的夢想——我或許能夠讓多數人恢復自由，彌補少數人因我而死的犧牲。

「羅德韓，我不能——」

「噓——」

一個喝醉酒的女孩腳步蹣跚，從後門走了出來，她順手將皮包丟在圓形小桌上，在裡面掏了半天，終於翻出香菸跟打火機，一屁股坐在長板凳上，高跟鞋歪倒在地上，難以承擔左右不平衡的重量。

羅德韓專注地觀察她的行動，最後看著我搖搖頭，她不適合。

「你如何分辨？」我問。

還來不及回答，又有一個穿著牛仔褲、毛衣，戴圍巾的年輕男子走出來，砰地甩上後門，然後伸手去抓女孩。

「起來！我們要走了！」他試圖拖她離開，女孩不肯移動。

「不！要走你自己走。」女孩掙扎。

兩人開始大吵，氣氛火爆，女孩被拖向後門，被一把推了進去，還被男孩用力打屁股，氣得她大吼大叫。

羅德韓沒有任何警告，猛然攫住男子，摀住他的嘴巴，拖著他穿過院子進入花園。女孩喃喃詛咒地回頭，不知道朋友去哪裡，我仔細聆聽腳步聲——她機靈地抓住機會離開這家餐館。

我的注意力轉向羅德韓，男子被他制住無法動彈，羅德韓發出噓的聲音，盯著獵物的眼睛，不久他便停止掙扎。

「親愛的，妳預備好了嗎？」他幫忙捲起男子的衣袖。

我緩步向前，凝神思索，知道自己必須這麼做。

「抓手腕，對妳而言容易一點。」羅德韓舉起對方的手臂，我勉強握住。

「沒關係，他有黑暗的靈魂。」羅德韓繼續安撫我的情緒。

我心底有一股莫名的空虛，迫切需要填補，然而望著對方的臉龐，看到的不是他本人，而是加百列。如果這麼做——即便只有一次——恐怕就變成我和他走上結束的第一步。

我搖搖頭，轉身走開，羅德韓瞇起眼睛，接著我就聞到氣味——只有氣味而已，獠牙立刻從牙床處突起，新鮮熱血的氣味充滿誘惑力，讓我忍不住呻吟，猛然轉過身，羅德韓已撕開對方的皮膚，舉起手腕對著我。

朦朧的煙霧籠罩在四周——抽離所有的色彩，獨獨剩下一種——鮮血的紅。

「喝吧。」羅德韓在無助的犧牲者腕間再次撕開另一道傷口。

即便聞到血腥味讓我口水直流，依然不如喬納的誘惑人。

喬納的臉一浮現，迅速被加百列的取代。

不。

獠牙縮入牙床，我腳步踉蹌急忙退開，用手遮住眼睛、避開眼前的景象。

「萊拉？」羅德韓呼喚。

「不，我做不到，對不起，請你讓他離開。」我咬著牙關求他放手。

「親愛的，妳必須這麼做，否則很難對抗——」

「我說不要。」

羅德韓再次蠱惑男子的心神才放他離開，以免他存留任何記憶。羅德韓緊跟著我不放，堅持帶我進入餐廳買了一大瓶伏特加，侍者盡心地用紙袋包好，送我們離開。

到了戶外，他立刻轉開瓶塞，把瓶子遞過來，就在餐廳門外，我搖頭拒絕，漫步走向泰晤士河邊，在街燈照耀下，泛起漣漪的水波隱約可見。

羅德韓來到身邊，不死心地再把酒瓶遞過來。

「喝一些……至少會舒服一點。」

我不只口乾舌燥，感覺口腔上下好像在摩擦，無論說話、吞嚥都很痛苦。我接過紙袋，仰頭灌了一大口，羅德韓說的沒錯，酒精滑過扁桃腺之後，疼痛的程度改善很多。

「千萬不要跟加百列說我鼓勵妳喝酒，記住，酒類對我們的效果非常明顯，只能偶爾喝幾滴，直到妳預備好為止。」

我又灌了一口。

「你要怎樣分辨誰有黑暗的靈魂，羅德韓？」

「憑感覺，對我們、對吸血鬼而言，純潔的靈魂有微妙的光環，人體微微發亮，黑心的人完全不一樣，只要尋找微光，不發光的就是——」

「晚餐。」我接下去。

「是，以前我們是純血主人的奴隸，如果要偷竊光明的靈魂回去轉化，就要蒐尋有光環的人，我們曾經劫持那些人，萊拉，至今還是一樣的做法，只要受到毒液感染，他們就因此發生變化、直到永遠。」

我再次灌了一口伏特加，這次喝太多，開始咳嗽，吐了一些出來。

「我明白，羅德韓，」我伸手拿瓶塞蓋上，緊抓瓶子不放。「如果你不介意，這瓶就給我吧。」

我走上馬路，雙腳終於多了一絲力氣，羅德韓陪在旁邊，勾著我的手臂。

「人類藉著食物和飲水維生，妳需要血液轉化的黑暗能量，一如妳需要陽光，萊拉，兩者都是妳賴以維生的必要條件，相信妳很清楚這一點，再拖下去，時間對妳不利。」羅德韓抓緊我的手臂。

「要制服外在的敵人之前，必須先克服內心的魔障。」

「難道你不懂嗎？它們是一樣的，」我拍拍自己額頭。「它在這裡也在外面，我不能飲血，羅德韓，加百列說的話你應該有聽到才對——時間一天天過去，他卻越來越不認識我。」

這個話題到此爲止，多說無益。我堅持走路，靠著雙腳走回家，自己的決定自己承擔，與別人無關，我不想拖累他人，把重擔放在別人肩膀上。

絕對不可以。

17

進門時本來想直接回房間休息，但是剛在門口脫鞋，加百列就在廚房裡揚聲呼喚。羅德韓陪著我穿過走廊，一進房間，加百列緊張不安地瞅著我看，我疲憊地笑了笑。喬納站在角落，一手夾著香菸、一手端杯，看都不看我一眼，逕自去抓酒瓶。我想到自己還有伏特加，伸手將酒瓶放在桌子上。

加百列走了過來，但我筋疲力盡，虛弱地靠在他懷裡，連伸手環住他脖子的力氣都沒有。他輕輕幫我按摩背部，我從眼角瞄到羅德韓在搖頭，告訴加百列今晚進行得並不順利。

加百列將內在的光輝傳送給我，他的反應讓我知道自己做對了。

喬納遲疑了一下，抽出叼著的香菸，吞雲吐霧的時間似乎長了一點。

「怎麼一回事？有麻煩嗎，萊拉？我沒察覺有異狀……」加百列明亮的藍眸閃爍發光。

「呃——嗯。」我用力吞嚥著。

「等她迎過晨曦以後，明天晚上再試一遍。」羅德韓主動提議。

加百列大失所望，神情頹喪。

「不——不——」我掙扎地開口說話。「不必了，我——我不要。」

本來袖手旁觀、沉默不語的喬納突然踩熄菸頭，我隱約聽見他的杯子咻的一聲滑過桌面，我詫異地抬頭瞥了一眼，他一臉木然。

「萊拉，妳的臉色很蒼白。」加百列說，反手摸摸我的額頭，擔心我可能會發燒。

「我向來……」我中途停下來喘了一口氣才能接著說。「臉色蒼白。」

他們靜靜地看我抓起酒瓶轉身離去，沒人阻止我出去，羅德韓甚至幫我推開落地窗的玻璃門，還幫忙打開陽臺的電燈。黃光刺痛了我的眼睛，我朝羅德韓揮揮手，嫌他多此一舉。

「關掉，拜託。」我順手拉上玻璃門，不坐椅子，而是背部靠著磚牆往下滑，坐在冰冷的石板上，玩弄手裡的紙袋，喉嚨的刺痛感更加嚴重。我不信邪，咕嚕咕嚕地喝了一口伏特加，期待溫熱的液體鎖住那股刺痛感，可惜舒緩的效果只有短短幾秒鐘。

羅德韓與加百列在廚房裡的對話聽起來有些激動。

「我撕開對方的手腕，想要讓她省事一點，但她依舊抗拒。」羅德韓說。

「爲什麼抗拒？」喬納提問。

「我猜是因爲她心中的執念，這對她不利，加百列。她必須進食，從臉色就看得出來，她已經病懨懨了，再不汲取身體所需要的養分，她永遠好不起來。」羅德韓著急地說。

「那是你的假設，或許那不是她所需要的，或許單靠陽光就夠了，總不能強人所難吧，她不願意也沒辦法。」加百列冷靜地分析。

我把瓶子翻來轉去，對吸血的渴望強烈至極，無法用理性解釋，而是一種需要、一股難以抗拒的衝動，問題是加百列很難調適心態接受這樣的做法，因此爲了他、爲了我們的將來，我必須忍耐。

我感到頭重腳輕，不是喝醉酒，而是有點暈，但願加百列是對的，單靠陽光的能量已經足夠，不需要其他的能量攝取，但我心裡非常清楚，實際情況並非如此。

我不再分心去聽屋裡的交談聲，逕自抬頭望著天空，深藍的背景襯著滿月的光輝，卻有一朵烏雲在近處蠢蠢欲動，預備遮蓋它的光華。

「沒有用的，」羅德韓咆哮的聲音逼我聽下去。「你自己心知肚明，必須是新鮮的活體，直接從血管汲取，否則她就得不到屬於黑暗那端的能量。」

我無法再抵抗沉重的眼皮，我把酒瓶立在一旁，任由眼皮闔起，迷迷糊糊地昏睡過去，直到加百列把我搖醒，我才回到現實世界。他挪開酒瓶，伸手環住我的肩膀。

「妳應該好好睡一覺，來吧，我帶妳進去。」來自他身體的溫暖貼著皮膚感覺好舒服。

「不，我不想睡，」我在他胸前磨蹭。

「妳的身體顯然不同意。」

「我怕如果睡著……」

加百列沒問原因，深知我在怕什麼——除非任波尼死掉，否則我的恐懼很難消除。

「妳不能留在這裡，屋外冷得凍人，讓我送妳回房間。」

我伸手去拿伏特加，被加百列擋住。

「妳不需要喝酒，萊拉，黑夜即將過去，很快就能見到晨曦。」

我猶豫了一下，納悶加百列是否有過如此痛苦的經歷，經過廚房的時候，我甚至沒有抬頭的力氣，單憑香菸濃烈撲鼻的氣息，知道喬納還在屋裡。

「你要跟我一起來嗎？」我在樓梯底下詢問加百列。

「我跟羅德韓還有事情要討論，布魯克就在房間裡面，她想幫你剪頭髮——如果妳確定不想睡覺的話。」

「不，我不想睡。」我嘆了一口氣，拖著身體一步一步爬上去。

「萊拉，」加百列在背後呼喚。「我——，認爲妳這麼做是對的。明天太陽升起時，到時候看狀況再決定。」

我只能強顏歡笑。

換成生命中其他時刻，見他臉上那種充滿欣慰又引以爲傲的表情，我會高興得膝蓋發軟，雖然此時此刻我的膝蓋幾乎撐不住，這一回卻不是因爲加百列的緣故。

我勉強爬上樓梯，邊爬邊喊著布魯克，但她沒有回應，看來又抓到機會溜到外頭，我忍不住在心中暗罵她的愚蠢。

找不到髮型師，再上筋疲力竭，我直接走進了正對樓梯第一扇門，裡面有床鋪，不知是誰的房間，我撲向床鋪，翻身仰躺，算算時間至少應該是凌晨兩點了——距離日出頂多再四小時，只要躺在這裡稍微忍耐一下就過了。我闔上雙眼，隨後就聽見加百列的嗓音。

唉，清晨的百靈鳥兀自歡欣雀躍，

殊不知厄運臨到，將如垂死的天鵝。

接著是他的身影，雙手抱住我的腰，一起坐在烏麗背上、迎風馳騁的景象再度浮現在眼前。秋天的落葉在馬蹄踐踏下發出沙沙的聲響，蹄痕過後又恢復生機。這次側耳聆聽的時候，卻無法專心，我隨即領悟背後的原因。

血。

即便夢境裡的意識迷迷糊糊，我對血的饑渴並沒有消除。本來連續的影像一分爲二，形成兩顆大氣泡，相互反射，秋天繽紛的色彩攪在一起，變成濃縮狀態，氣泡被紅色充滿。兩顆圓球越飄越遠，突然在球心中央，形成膨脹的黑點，範圍逐漸擴大，不過片刻的時間，球體外圍就出現新的形狀。

喬納的臉。

下一幕是新的場景，我佇立在結冰的河邊，審視喬納的眼睛，氣急敗壞地抓住他血淋淋的手腕，舉向嘴邊，最後碰到的卻是他的嘴唇。

那一刻重新播放——喬納把我摟進懷裡，我的雙腿夾緊他的臀骨，彼此吻得激烈且用力，直到嘴角流出櫻桃色的液體，他回報般地把我推倒在地舔舐著，我發現自己意亂情迷、陶醉在他的懷抱裡。

鮮血。

我的嘴唇貼著喬納的頸項，低頭狂飲。

鮮血。

我嚇得睜開眼睛。

房門砰的撞向牆壁，喬納大步邁進房裡，停在床鋪的右邊，瞪著眼睛、面無表情。

我用手肘撐起上半身，剛才的回憶說明喬納慫恿我啜飲的原因，我們血液交流的過程連結起彼此，後來我沒了呼吸，即使黑暗與光明兩股力量把我喚回人間，依舊切斷原有的連結，而他肯定認爲只要再一次嘗過他的血，即可重建舊有的連結，幫我恢復……所有的記憶。

沒有血，失落的片段還是回來了，我還是記起倒斃在山頂之前，自己與喬納的關係……不，不能再想下去，這條路充滿危險與災難，破壞性太強。

喬納杵在那裡，兩隻腳像是生根一樣動也不動。

我看著他背後的窗戶，如釋重負——黎明將至，太陽快要升起。

「這是我的床，妳不該躺在這裡。」他終於說話，僵硬的姿態充滿防衛，儼然指控我是不速之客，並不受歡迎。

我費力地挪移身體，雙腳滑過床鋪，搖搖晃晃地站起來，隨即渾身癱軟、差點倒在地毯上，我艱難地找到說話的力氣。

「床單有香草的香氣，並不是你的氣味。」

喬納拱起左邊的眉毛，一言不發，目送我步履蹣跚地地走出房間。

加百列樓梯下等著，似乎預見我會下樓，唇形一彎，露出樂觀的笑容，眼睛炯炯發亮，朝我伸出手掌。

沒問題，我可以。

我決定忽略心底的渴望，決定單靠陽光的能量支撐。

我握住他的手，他用手指幫我梳理凌亂打結的頭髮，溫柔地親吻我的額頭，帶著我穿過走廊，從廚房的落地窗進入花園。

「太陽快要出來了。」他說。

屋外瀰漫著剛割過青草的清新香氣，空氣裡帶著一絲冰冷的涼意，我們慢慢走過花園小徑，最後加百列停住腳步，我轉頭探看，納悶羅德韓會不會站在窗戶那裡看著我們。

白雲逐漸散去，彷彿期待我的到來，日出的景色美得不可思議。

我摸摸脖子的水晶，將水晶舉到頭。加百列認為我不需要像他那樣借助水晶，自己的身體就能發光，表示我的超能力不需要透過轉換器才能施展，但是對我而言，水晶就像安慰劑，今天的我迫切需要它帶給我安定的力量。

晨曦的光輝凌駕灰色的天空，如瀑布般灑落在肌膚上，臉龐、脖子和手臂麻麻癢癢，新生的能量充滿全身，但是加百列身體周遭勉強發出微弱的光芒。一束白光射向他的頸項，勉強維持一下就停了，他皮膚底下的血管似乎要爆裂開來，眼睛周圍的紋路逐漸朝耳際蔓延，他靠頭髮蓋住這些跡象，但我還是看見了。

怎麼會這樣？

我的肌膚閃閃發光，盡情吸收陽光，將能量輸送到四肢百骸，宛如水晶突然爆開、往四面八方折射璀璨的光華——對比之下，星星很可能自慚形穢地躲回天上。

強烈悸動的光芒在體內澎湃洶湧，膝蓋虛脫的發軟。

我抬頭望向加百列，他的血管已經恢復成比較正常的顏色，眼角的紋路幾乎看不見，有點像皮膚經不起歲月的摧殘而龜裂一樣。他比我還早結束吸收太陽光線，怎麼會這樣？

他把我從地上拉起來，我靠著他站穩腳跟，深吸一口氣，喉嚨的刺痛感逐漸減輕，那一瞬間心裡有一股睽違已久的感受——滿懷希望。

加百列擁我入懷，深深吸入我的香氣，我想模仿他這麼做，但他柑橘的芳香只持續了短短一秒鐘，好像被稀釋了一樣，很快就聞不到了。

「感覺怎樣？」他輕聲問。

我退後一步，搜尋身上是否還有任何疼痛的跡象，什麼也沒有。

「感覺……很棒，眞的有陽光就夠了。」我如釋重負，卸下心底的重擔。

加百列再一次擁抱我，我的臉頰貼著他的胸口。

「妳能保證這是你眞實的感受嗎？妳不需要……血。」

「是的，我保證。」

我躊躇半晌，輕聲詢問。「加百列，你的光芒怎麼不見了？」

他收緊手臂力道。「說起來有點複雜，但妳無須擔心。」

「拜託不要隱瞞，」我稍作停頓。「至少說清楚你跟漢諾拉見面的原因。」

他低頭審視我的表情，拇指輕輕搓揉我的顴骨，看我臉色恢復正常，或許因此心滿意足，他終於鬆開手臂，回答我的疑問。

「這就是妳跑去荒郊野外的原因？妳不信任我，所以一路跟蹤我去小木屋？」

「我沒跟蹤，而是感覺不對勁才跑去找你。」

他深吸一口氣才回答我的問題。

「萊拉，我光芒比先前微弱的原因跟我與漢諾拉會面有關係。」

「我不明白……」

加百列幫我將凌亂的髮絲塞在耳後，侷促不安地動了動身體。

「漢諾拉跟我同行很長一段時間，萊拉，我去跟她見面，有一番長談，回憶歷年來的旅程，我跟她說了再見，就某種意義上，她了解這是最後一面，我希望她不要再跟著我，才能確保妳的平安。」他的表情充滿傷痛。

「遇到這種事，應該可以說我失去些許光芒。」

氣氛沉默下來，他安靜地等待著我的回應。

「說實話，你……她……，我的意思是……」我用力呑嚥著，加百列睜大眼睛，等待我的下一句。

「你有跟她在一起嗎？」

他一臉詫異，幾近錯愕的反應，搖頭否認。

「沒有，萊拉。」他緊緊地擁抱我。

加百列光芒的亮度不如以前，是因爲感傷自己失去一位摯友，爲了我，他不得不放棄對方。

「對不起，我很抱歉。」我感到歉咎地說。

他退後一步，低頭磨蹭我的鼻尖，柔情款款地吻著，但我感覺他渾身都在顫抖。

「走吧。」他再一次跟我十指交扣，帶著我離開。

就在加百列拉著我走開的那一瞬間，我的胸口似乎點燃一股火焰，隱隱約約有些東西在裡面醞釀，彷彿隨時會化成閃電交加的狂風暴雨，侵襲乾燥的沙地，分岔的電光在內在彈跳，只是少掉水氣的滋潤，無法順利地傳導出去。突然覺得心裡非常空虛，情況比先前更糟。

加百列立刻察覺我踟躕不定的反應。

「怎麼了？」

看著他憂心的眼神，我說不出口。

「沒事。」

他偏著頭，打量我臉部肌肉細微的變化，細細搜尋，過了半晌，他煩悶地嘆息，似乎已經有所領悟。加百列張開嘴巴，欲言又止，終究沒說什麼，垂頭看著地上，迅速眨眨眼睛，隨後才和我四目相對。

「加百列，我保證，眞的沒事。」

他支支吾吾，沒有開口，最後捏捏我的手指頭。

「我愛妳，萊拉。」聲音輕得就像呢喃的耳語。

我當下認定加百列相信我的承諾，即便我有問題，即便他心裡明白我靈魂的狀態，也沒有一語道破。我要求加百列一切坦誠，但他卻沒有要求我凡事坦率，或許對他來說，活在謊言裡遠比接受眞相要容易，如果與謊言爲伍，意味著他願意與我在一起，那我願意閉上嘴巴，一聲不吭。

18

還來不及跨進後門，就聽見煞風景的轟隆聲，打破了早晨的寧靜。

羅德韓和喬納在一眨眼間同時出現，加百列跟我站在原處，看著小藍拉著大型拖車屋，以及卡車拖引的貨櫃屋駛過屋旁的土地，車子猛然急轉彎越過草坪，撞倒部分的圍籬，並在泥巴裡留下深刻的輪胎軌跡。

「沒事，」我平靜地想。「是佛格他們。」

我突然領悟在自己休養期間，布魯克很可能已將我的去向告知加百列和羅德韓，這也表示他們或許知道這批人不只運用銀製的子彈射傷喬納的腳，還對我撒下銀網。他們唯一不曉得的是布魯克假冒我的身分，經常去拜訪那群人。

拖車屋的大門打開，布魯克走出來，我試著辨識她的表情——確信其中至少有些難爲情。

她動作輕快。「嗨。」順手撥開遮住視線的劉海。

「搞什麼鬼？」喬納赫然揪住布魯克的肩膀，她掙脫開來，逕自繞過他的身旁。

「嗯，呃，封印獵人（注）——」

「妳說誰？」喬納厲聲說。

「封印獵人，」她聳聳肩膀，「這是他們對自己的稱呼。」

加百列瞠目結舌、張著嘴巴，雖然這可能不是他第一次聽見這樣的稱呼，驚訝過後，他望著其他人幫忙用英文翻譯——「獵人」。

「對，如我所說，封印獵人——就是他們——來這裡救人。」她瞄了我一眼。「當我告訴他們，我們即將離開這裡時，他們執意要來幫忙……嗯，保護我的安全。」她不經意地撥弄外套的鈕扣。

在我看來，這番話聽起來就像無稽之談，荒謬到極點。

「他們怎麼會想要保護吸血鬼？」加百列陰沉的語氣近乎威嚇的程度。

我嘆了一口氣。「他們以爲布魯克就是我，是他們到處尋找的女孩。」

現在每一雙眼睛都盯在我身上，我實在不知道還能再說什麼。

「拜託你們其中哪一位，趕緊解釋清楚這是怎麼一回事。」羅德韓開口說，視線穿透我的肩膀，打量那群依序走下拖車屋的年輕人。

「早在我們出發去安列斯之前，他們已經追蹤到黑澤雷，就在距離這裡不遠的地方，他們看到喬納和我在一起，誤以爲是吸血鬼臨時起意、攻擊無辜的少女，因此射傷他的腳，把我帶離現場。」我停頓了一下，稍微整理思緒。

「後來他們問起我的名字，我隨口報上布魯克，隔天早上布魯克——眞正的布魯克——出

注 Sealgaire，愛爾蘭語的獵人。

現在小藍外面，然後自稱萊拉。」

「親愛的，爲什麼——」羅德韓開口問布魯克。

「我也沒多想，就隨口說了。」布魯克倉促解釋。

「問題在於，當她出現之後，他們便把我當成惡魔，因爲他們根本不相信吸血鬼一度也是人類，艾歐娜——其中一個女孩——說他們認爲吸血鬼來自地獄之門，那個裂縫顯然就在他們居住的地方附近，也就是盧坎鎮。」我解釋。

一陣風迎面而來，菲南騎著Yamaha機車加速向花園衝過來。

布魯克將太陽眼鏡架在頭頂。

「他們願意釋放萊拉，是因爲我說服他們相信我就是他們正在尋找的女孩。」

「我只知道妳在胡扯。」喬納說。

「錯，你什麼都不知道，因爲你們兩位只關心萊拉的狀況，甚至懶得多關心我一下。」布魯克一副嗤之以鼻的模樣，來回打量加百列和羅德韓。

「其實沒關係，他們來這裡只是要保護『那個女孩』。」我試著安撫加百列的情緒，可惜論點薄弱無力。

布魯克再次打岔。「最近我花了一些時間跟他們在一起……」

「妳在開玩笑嗎？」喬納火冒三丈，顯然是極力克制才沒有情緒爆發。

布魯克不予理會，逕自轉向加百列。

「加百列，他們沒問題，相信我，他們都有光明的靈魂，完全是出於善意想要幫忙，他們可以幫忙守護——拜託你答應，至少在你們離開之前。」

加百列將布魯克晾在一邊，目不轉睛盯著她後方的某一點。根據他注視的方向，應該是正看著菲南，對方靠著摩托車，跟佛格吵得不可開交，似乎在激辯什麼，接著突然停住，似乎被我們的眼神盯得無法專心。他轉身走過來，從這裡看過去，感覺他手裡抓著一把槍。

一閃神，加百列已經不見蹤影，然後隨即出現在菲南正前方，猛然奪過他手裡的槍，丟得老遠，兩人面面相覷，不肯示弱。

當下我毫不猶豫，試著跑過去勸阻，隨即發現速度遠遠比不上從前，身體似乎變成千斤重擔，好半晌我才停在他們兩個背後，相距還有兩三英呎左右，彎腰抓住雙腳。

喬納突然出現在旁邊。「單靠陽光還不夠，對嗎？」

我不予理會，過了一會兒他大步上前、站在加百列身旁。

佛格當然不容許菲南掌控大局，跟著走了過去，四個人同時採取防衛狀態，沉默地彼此打量。

「佛格！」艾歐娜的聲音清脆響亮。她走到哥哥身邊，握住他的手，不曾瞥我一眼。加百列的下巴微微揚起，表情有些驚訝，環繞的光暈滲出一抹微光、輕輕悸動。

「你。」艾歐娜的眼睛有如兩輪明月裹著藍色玻璃紙，根本遮不住那顯著的光輝，她驚訝地張大嘴巴，說了一句。

我跟過去站在加百列旁邊，他看著艾歐娜，一言不發。

「你們認識？」我呆呆地問。

「我記得你，那天晚上你也在場。」艾歐娜張口結舌，最後壯起膽子開口。

「我希望妳進去，在屋裡等我。」加百列輕觸我的肩膀，踟躕了一下，轉身對我說。

「可是——」

「沒有可是，喬納，帶布魯克回屋裡，我來跟他談。」加百列指著菲南。

「不，這裡是我說了算，你要跟我談。」佛格氣得冒煙。

加百列點點頭，於是喬納抓住我的胳膊護送我離開花園，我想掙脫卻甩不開，他的指頭掐得很緊。

喬納也發現了。「怎樣？沒有力氣擺脫我？這可是大問題。」

踩在濕滑的草地上，我幾乎是滑步前進。

「我可以，只是不想那麼做，我好得很，你幹嘛在意？」

「我才不關心。」他轉個方向，羅德韓扣住布魯克的手腕、她氣得大吼大叫，用力甩開對方的挾制，連環炮地對著喬納問了一連串問題，他卻當做沒聽見，把我丟給羅德韓後，大步走向後門的落地窗，任由布魯克繼續跟在後面追問。

我豎起耳朵偷聽屋裡的發展，喬納解開拉鍊，外套丟在工作臺上，頭也不回地穿過廚房，從布魯克鞋跟達達的聲響，顯然是跟著喬納在屋裡穿梭。我試著專注聆聽她說了些什麼，可是身體痛得厲害，我需要血，需要它隱含的黑暗能量。我身上的超能力逐漸褪去，可怕的口乾舌燥再一次侵襲喉嚨。

「親愛的，我要去陪加百列，妳在屋裡等好嗎？」羅德韓輕聲詢問，打斷了我的專注。

我點點頭，信步走開。「小心點，羅德韓，」我邊說邊關上後門。

放眼望去沒看到布魯克和喬納，我逕自坐在廚房裡，心中有諸多疑問找不到答案。艾歐娜認得加百列，她才十六歲，他們不可能很久以前就認識，再者她說的是哪一晚？我沒有答案，此時此刻渾身疼痛，根本沒辦法認眞思考。

伏特加仍然放在流理臺上，稍微喝一口或許有幫助，我左右張望確定附近沒人，慢吞吞地走了過去，扯開瓶塞，雙手抓緊玻璃瓶直接對嘴灌，烈酒如同填補空隙的水泥流入喉嚨，接著又喝一口，用手臂抹乾淨嘴巴，最後乾脆蹲下來，喝光所有的伏特加，讓酒精在體內流轉，產生舒緩的效果。我打開水龍頭，把瓶子灌滿，再把瓶塞塞回去，放回流理臺。

「嘿。」

我倏地轉過身。

「沒聽到我的腳步聲？」喬納問。

「當然有。」我上前一步，極力避免含糊的大舌頭。

「剛才怎麼找不到妳？」他說。

「不知道。」我喝茫了，開始不知所云，羅德韓的確沒誇張——酒精對吸血鬼具有更顯著的影響力，我雙眼發直，視力模糊，但是喬納身上鮮豔的橘色毛衣倒是很有幫助，這勾起那天我們去米雷普瓦市場時，我嘲弄這件衣服的回憶，忍不住咧開嘴巴哈哈笑。

「有什麼好笑的？」喬納疑惑地問。

我咳了咳、清清喉嚨。「你的毛衣。」

「妳說過這件毛衣很適合我。」他答得冷淡。

我點頭如搗蒜，開始打嗝。

「應該是調侃的反話，其實看起來像大南瓜。」我掩住嘴巴，笑得東倒西歪，一時失去平衡，栽進喬納的懷中，他自動伸手扶住我的腰站穩。

「以前妳也說過這句話，但妳不記得了，對嗎？」

他在下戰帖嗎？不對……他不可能發現我的秘密。

「是的。」我繼續說謊。

他瞇起眼睛，似乎打算要反駁，後來看向我肩膀後方。

「酒精對妳的效力遠比從前厲害，但是揮發的速度也快，很快就會恢復正常了。」

「我不懂你在說什麼。」我聲音微顫，但他已舉起酒瓶，狐疑地盯了半天，才一眨眼就到了水槽旁邊，隨即又回到流理臺，速度快得讓人眼花撩亂。

他旋緊瓶蓋，回頭瞄了我一眼，壓低聲音說：「今天早上還剩半瓶，妳裝得太滿了。」

「噢。」居然被識破。

好吧，那又怎樣？我安慰自己這有什麼了不起，沒有人知道陽光作用失效，只有我自己，或許還有喬納知道，但這件事到此爲止，將會繼續保密。

「妳預備什麼時候才讓他知道？」喬納提問，等我終於鼓起勇氣回答的時候，他已經走掉了。

19

我忸怩不安地坐在布魯克指定的椅子裡，讓她幫忙梳理凌亂潮濕的頭髮，梳子滑過糾結的髮絲，梳了好半晌才轉而拿起剪刀。

「他們談了好久！」她抱怨，我們坐在窗戶前面、遠眺外面的花園，拖車屋依然停在原處，毫無動靜。

「沒事，別擔心，如果有狀況我會知道。」喬納說的對，不過一個小時，伏特加的效用已經消耗完畢。

「我只想知道事情的進展，佛格想要留下來，直到我們離開爲止。」她勾起我的下巴微微向前，一綹綹的把頭髮分開，捲在一起，再用夾子固定。

「我想幫妳剪成赫本頭，髮尾很短，頭頂蓬鬆的那種。」

「不，要盡可能保留長度。」

我再也沒辦法留著頭髮長度及腰，如布魯克說的，時間凍結這件事顯然也適用在頭髮上，無法重新長出來。

「妳確定？我認爲赫本頭造型就像一種聲明，再者現在很流行，有頭有臉的名人都剪那種髮型。」她放鬆下來，等待我的回應。

「不用，謝謝，整齊就好。」我說。

布魯克失望又生氣地開始修剪，後來卻忽然咯咯笑了起來，我忍不住問：「什麼事那麼有趣？」

「噢，不，不，就是想到昨天佛格說的話，沒事——那個笑話超有梗——妳不會懂的。」

「佛格……難道妳都不花點心思去了解其他人嗎？艾歐娜待人非常親切。」我邊說邊撥弄頭髮，試著不要動得太厲害。

「艾歐娜？妳在開玩笑吧？她既無趣又枯燥，比我剛認識時的妳更糟糕！簡直無藥可救。」她鬆開髮夾，重新夾好。

「我大多數時間都跟佛格在一起，妳說他或許知道妳母親的下落，所以，妳知道吧，」她沒有明說，想了一會兒才繼續，「我其實不介意啦——他長得很帥，越看越順眼。」

布魯克終於開始撥鬆潮濕的頭髮，轉身去拿袋子裡的泡沫慕絲，而我忍不住納悶，幫我追查母親的下落眞是她經常造訪那群愛爾蘭人唯一的原因嗎？

「妳和喬納之間，還好嗎？」明知危險，還是裝腔作勢地問了。

她把白色泡沫擠在手掌心，稍微搓揉，順便幫我按摩頭皮。

「還可以，我想，感覺……最近他對我的牽引力小很多，我學著直接從人類身上吸飲，在妳……嗯……死後，他不便提供，是羅德韓幫我，他帶著我出去，教我控制自身的飢渴以免殺死別人，一切都很順利。」她顯然很高興可以獨立。

「我還以爲因爲不是純血轉化妳，必須透過喬納才能汲取妳需要的能量？」

布魯克移到我面前，用拇指壓壓額頭、審視我的瀏海。

「坐好別動，」她指示，拿起剪刀再一次修剪。「純血轉化光明的靈魂、汲取黑暗的部分，喬納說這是因爲血液裡蘊含黑暗的能量，第二代吸血鬼一樣汲取黑暗靈魂，因爲他們曾經是凡人，不只需要黑暗元素、也需要血液維持身體的功能。」

她調整我下頰的角度，再一次梳理瀏海。「喬納認定因爲自己不是純血卻造了我，所以我沒辦法單靠人類的血液存活，再者，他也不相信我可以只取血不殺人。」她再次撥弄瀏海，皺起眉頭。「事實證明他錯了。」

「好吧，但是妳與喬納還是以血連結，自妳存在以來都從另一位吸血鬼身上汲取所需，相較之下，這種關係沒有任何人事物能夠相提並論吧？」至少這是加百列說服我接受的。

布魯克繞到旁邊尋找吹風機和燙髮器。

「的確，除非他不存在，我們的連結不會改變，如果妳想貼標籤，那我就是第三代吸血鬼，或許連結的程度不如第二代強烈，」她停下來嘆了一口氣。「也可能是我失了興趣，實質的聯繫永遠存在，只是在情感上，我已心不在此。」她搔搔後腦杓，大步走過去解開我頭上纏繞的電線，開始幫我吹乾。

熱風吹在脖子上有一種全新的感受，吹乾之後，布魯克拔掉插頭，換上燙髮器，順道將自己的長髮扭成麻花盤在頭頂上，免得垂下來掉進眼裡，邊做邊抱怨：「哼，眞要感激妳是短頭髮。」

搞不懂她何必自找麻煩去接黑色長髮，眞是莫名其妙，然而這麼做的結果，讓她乍看之下有點像我，意外幫忙救回喬納的生命。會不會是她一開始就下意識地有想要模仿我的念頭？喬納在夜店看上的女孩也有一頭黑色長髮，難道布魯克嘗試把自己變成想像中喬納會喜歡的「菜」？雖然覺得這想法有點好笑，但接下來布魯克的話，幾乎證實了我的猜測。

「只要一有機會，我就要拿掉接髮，我不想要了。」她停頓了一下，拉長脖子從我肩膀上方往外瞥了一眼，「眞希望他們快點結束，我想去找——」布魯克及時勒住大嘴巴。

「呃，我必須去見他們，誰曉得距離妳要離開還剩多少時間？總要幫妳找到答案，時間不多了。」她辯解地說。

「聽起來妳似乎很想去找妳的新夥伴們。」但怎麼想都覺得奇怪，佛格擁有光明的靈魂，應該吸引不了布魯克。

「不能這麼說，」她開始幫我燙頭髮。「不過佛格眞的很帥，我有告訴妳嗎？」

「有，妳提過了……還說他們都有光明的靈魂，佛格也包含在內，對吧？」

「對，我可沒有強烈的衝動想要榨乾他或任何人的血。」她把捲起來的髮尾放在掌心細心整理，繼續說下去。「奇怪得很，每當靠近佛格的時候，都有一種特別的感覺，整個人平心靜氣，如沐春風。」

有意思，因爲我也有類似的感覺。

她沒有接續這個話題，擠了一些慕絲在我頭髮上搓揉，接著拔下燙髮器的插頭，心不在焉地望著屋子外面，似乎有狀況。

「加百列和羅德韓出來了！我要去看看！」她激動地嚷叫著。

布魯克匆匆往外跑，我則走向五斗櫃，對著鏡子檢查剛剪的髮型，注意力卻被眼睛吸走——眼珠渾濁不清——寶藍色的虹膜給人枯竭的錯覺。

加百列召集大家去廚房，我把新剪的瀏海塞到耳後，然後準備下樓，下樓梯的時候我幾乎是拖著步伐慢慢走，不確定自己是否依然擁有超能力，只知道少了它們，萬一有狀況發生，肯定會很淒慘。

進到廚房，我坐在桌子旁邊，分別打量加百列和羅德韓，喬納則是盤踞在廚房中間的吧檯上，我不想轉頭看他。

「嗯，他們可以留下嗎？」布魯克似乎心急如焚，馬上發問。

「萊拉和我預計兩天後離開，」加百列開口。「他們可以留到那時候。」

看來若要尋找母親的下落，所剩的時間實在不多，同時還得分神應付一個全新的問題：如何在缺乏鮮血和黑暗能量的狀態下存活下去。

「後天就走？未免太快了。」布魯克反對。

「你對他們了解多少？」我輕聲對加百列提問。

加百列稍有猶豫，最後拉了一張椅子坐下來，羅德韓走向後門，監看屋外的動靜。

「通往第一和第三度空間的固定門，都位於盧坎鎮的郊區，因此這群人應運而生，」加百列不看喬納或布魯，逕自對著我回答，「歷世歷代以來，歐希勒辛家族不只在當地擔任主教，更肩負起保護會眾的責任——抵禦魔鬼的攻擊，他們號召一群人組成封印獵人，專門獵殺吸血鬼。」

「固定門？」我搖搖頭提問。

「對，水晶星際有一道門無時無刻都開著，歐利菲爾第一次就從那裡通過，從此不曾關閉，出口位於地球的盧坎鎮，相隔不遠處是另一扇門——黑暗通道——固定存在，通往第三度空間。」

「既然這樣，天使爲什麼還需要水晶去啓動裂縫？」我又問。

「每當有光明的靈魂離開人體，不管在世界上哪一個角落，就可以隨時啓動縫隙。」加百列微微一笑，我確信那是他對自己家鄉、對水晶星際的回憶使然，可是無意間也提醒了我，針對歐利菲爾爲了維持水晶運轉的能量找到的解決方案，自己和加百列的看法不盡相同。

水晶運轉的能源來自於人類死去時釋放出的光明能量，但每一次天使開啓裂縫收取這些靈魂，第三度空間就跟著產生對應的裂縫，加百列似乎看不見這個現象背後的矛盾，換言之，天使前腳剛現身，純血後腳就跟著上門，掠奪凡人的生命。

大天使卻認定爲了維持他們世界的生存，人類的犧牲具有極其崇高的價值，但我認爲，他們沒有權力替人類決定。

「大約一百年前，我在盧坎鎮見過其中一位主教，純屬偶然的機會，歐希勒辛家族存在了很長、很長的時間。」他停頓半晌。「他們說旅行的目的是爲了尋找一位少女，並保護她的安全，而那人就是妳。」加百列雙手互扣，手勢很像在祈禱，我幾乎可以聽見他的思緒在翻攪。

「你怎麼看？他們沒問題嗎？對我沒有惡意？」我一邊詢問，一邊玩弄亂翹的瀏海。

「妳的頭髮，布魯克的傑作？」加百列注意到我的新髮型，看向布魯克。

「悲哀的很，」布魯克氣呼呼地說。「她不肯讓我再剪短。」

加百列再次望著我，臉上笑盈盈的，露出酒窩，眼睛發光。

喬納從吧檯一躍而下，不屑一顧地掏出後口袋的香菸，拍拍菸盒，抽出其中一根，開口說：「這時候剪頭髮？開什麼玩笑？加百列，屋外來了一群耍刀弄槍的小鬼，以殘害吸血鬼爲目標，或許不干你的事，我們這幾個卻是他們最想射殺的對象。」他點菸。

「這裡不全是吸血鬼。」加百列皺著眉。

「噢，對不起，差點忘記，截至目前爲止，銀製品對她不具殺傷力，是吧？」他說得口沫橫飛，暴怒憤慨的表情與他在臥室時如出一轍——那時候他握著銀製的刺刀，狠狠地在我身上留下諸多疤痕。

他迅速地恢復冷靜。「她有獠牙，需要喝血，爲了避免你沒發現，對，她是吸血鬼。」喬納從鼻孔噴出煙霧，指關節在工作臺上磨擦的嘎嘎響。

加百列猛然站了起來，跟喬納怒目相向，椅子被踢到旁邊。

「不，她不像你們，萊拉不必喝血，她跟你們不一樣——別忘了她跟我是同類。」他大聲咆哮。

「夠了，兩位，別鬧了，我們是同陣營的夥伴。」羅德韓迅速趕過去，擋在兩人中間，雙手分別按住他們的胸膛。

喬納繼續吞雲吐霧，過了一會兒，加百列先讓步，轉身面對我和布魯克。

「我說過，萊拉，舉凡跟妳有關的事情，我不信任任何人，但我寧願他們在這裡，跟我們在一起，這樣更方便監視他們的一舉一動。」他停頓半晌。「他們來拯救女孩，但我進一步同意讓他們保護她的人身安全。」

「這話是什麼意思？」我問。

「他們全副武裝，有戰鬥的萬全準備，四十八小時內我們就會離開這裡，遠走高飛，如果這段時間內純血或大天使得知妳的消息而過來找人，外面那群人正好能派上用場。」加百列說。

「你竟然允許那些莽撞的農夫荷著眞槍銀彈，還有天曉得是什麼武器，在屋裡進進出出的巡邏？開什麼鬼玩笑！」喬納大聲咆哮。

「放心，孩子，加百列說得十分清楚，不許他們攜帶銀製品或任何武器進入屋裡，他們只會留在屋外，保護庭院周圍。」羅德韓補充。

加百列對喬納視若無睹，伸手指著布魯克和我。

「他們認爲布魯克是妳，妳是布魯克，爲了自身的安全，就讓他們將錯就錯，繼續誤會下去，可以嗎？」

布魯克吁了一口氣，似乎如釋重負，我猜測是她不想讓這些新朋友發現自己說謊。

「布魯克的安危要怎麼辦？」我問。

她不給加百列應對的時間，逕自打岔。「不，不，我沒問題，他們是盟友，大家同一陣營，我一點都不擔心，我們可以繼續互換身分。」

「好個光明磊落的君子，加百列，一點都不擔心布魯克的安危，嗯？」喬納和我心有戚戚。

加百列再次無視於他的存在。

「萊拉，妳是對的，他們不相信吸血鬼一度是人類，卻知道我是天使，因爲他們的祖先曾經跟我的同類有過接觸，而對天使產生信任感，他們認爲我說的是事實——我以神之名救贖了羅德韓、喬納和妳，而今你們爲我工作。」加百列說明溝通結果。

「我們只會再留兩天，我不想把時間浪費在教育他們上面，你們只要配合演出、別跟他們起爭執、不要透露任何消息，這樣就行了，明白嗎？」加百列環顧了一圈，唯有喬納輕蔑地搖搖頭表達反對。

「艾歐娜認得你，」我說。「以前你們見過？」

「妳在克雷高鎮遇見喬納的那天晚上，他們也在那裡，我有看到，就這樣。」他回答。

我搔搔後腦：「我不記得有見過他們。」驀地我愣了一下，突然領悟他們在場的理由。

「他們是來找我的，對嗎？」

加百列走過來，伸手搭著我的肩膀。「對，那天晚上他們有好些人死於艾利歐那群人的毒手——包括佛格和艾歐娜的父親，以及菲南的父親，他們兩位都是教會的主教，此後就由佛格接掌指揮權。」

我垂頭不語，他們的親友都爲了拯救我而犧牲生命，這些人的血都是爲我而流。

羅德韓咳了幾聲，指著落地窗的玻璃門。「那個金頭髮的走過來了。」

布魯克一躍而起，奔向門口。「佛格，他來找我的。」她興高采烈的態度真有點突兀。

喬納看到布魯克如此興奮，表情有些困惑，捻熄香菸，大步追過去。「妳不能再跟他們攪和，我不在乎他們以爲妳是誰，這麼做太危險。」

布魯克眼睛瞬間變得火紅：「我高興怎樣就怎樣，你管不著。」

「他們不會傷害我們，更不敢傷害布魯克，喬納，」羅德韓說。「他們來執行上主交付的任務，讓他們參與，感覺至少有完成某部分任務。」

「他們都有光明的靈魂，這是好事。」我提示他們的特點以增加說服力。

「對，親愛的，但是凡人的靈魂不時產生變化，從光明變爲黑暗，黑暗變光明都有可能，純潔的靈魂蒙塵、被汙染或許需要一段時間，但只要一次惡行——一個錯誤的決定——做爲催化劑，會瞬間就翻盤。因此人們更需要用謹愼認眞的態度過每一天。」羅德韓從來不放棄把自己的道德觀點灌輸給別人。

布魯克跟他擦肩而過，拉開落地窗，跑出去迎接佛格。

「她在搞什麼？」喬納追出去，站在後陽臺盯著布魯克的一舉一動。

我跟在喬納後面：「別管她，喬納。」

我抓住他的手臂，想把他拉回屋裡，但他輕而易舉地甩開，害我失去平衡跌坐在地上，手肘磨擦到石板。喬納看了一眼，驚訝地搖搖頭。

幾乎就是眨眼的時間，加百列來到身旁先扶我起來，再怒瞪喬納。

「拜託，別插手，給我一分鐘跟他談一談。」我哀求加百列。

加百列文風不動，雙手握拳，我竟然感應到他內心的黑暗，有點被嚇到。

拜託，加百列。

我用心電感應跟他交談，太陽穴馬上劇痛起來。他轉過身，花了一會兒時間考慮，最後輕輕在我額頭印上一吻，然後逕自離去，把我跟喬納留在那裡，離開前特地瞪他一眼以示警告。

我走過去，喬納不肯跟我面對面，反而目不轉睛地盯著那群愛爾蘭男孩在拖車屋裡忙碌的移動十字弓和來福槍。

「喬納。」我呼喚他，他滋潤一下嘴唇，左右轉動下巴，硬是一言不發。我不死心，再試一遍。

「喬納，我想——」我停住。

他終於低頭看我，早晨的冷風帶來一絲寒意，夾著他香草般的氣息侵入我感官，但我更偏愛他以前的味道。

「妳想怎樣？」他厲聲問道。

「算了。」

「我不是故意把妳推倒在地，對不起。」他呢喃，傾身湊近耳朵低語。

「以我的能耐，不會那麼輕易把妳摺倒，加百列心知肚明。」

我立刻反駁。「不怪你，是我自己失足滑倒，我還需要一點時間適應……自己現在的狀況。」加百列或許有聽到，我不願意跟喬納承認。

他不耐煩地翻白眼，抓著我的手腕，小心翼翼地舉起我的手臂，將我的注意力引向手肘，那裡磨破皮，血液凝聚在傷口處，一開始我很震驚，怎麼這樣容易就受傷了，再者這樣小的傷口，頂多幾秒鐘就應該癒合才對，不該拖到現在還流血。

喬納完全沒說話，態度冷淡，我認定這是他不再關心的表現，甚至懶得浪費任何言語——甚至呼吸和心力——在我身上。

然後他定定地凝視我的眼睛，平靜地說：「如果妳是深淺不同的灰色階，那麼黑與白、光明與黑暗都是不可或缺的，妳應該要停止抗拒。」

這句話不只進了我的耳朵，還放進心裡，他說的很對，我是光明與黑暗的混合體，必須在兩者間巧妙維持平衡，缺少任何一邊，我都無法生存。

20

當我再一次回到屋裡，加百列正在用手機安排明天下午的事宜，但還是隨時隔著玻璃門，觀察我的一舉一動。我舉步假裝走回房間，然後踮起腳尖經過走廊，邊走邊回頭，確定他沒有再監視我的行動，這才走向大門口，還沒跨出去，羅德韓就按住我的肩膀。

「妳要去哪裡，親愛的？」他問。

我無奈地嘆了一口氣，堅定地握住門把不想放手。

「我只想出去透透氣，順便私底下驗證一下，測試自己的能耐，相信你能夠理解。」

羅德韓用手掌壓著門板。「妳不能一個人出去。」

我已經筋疲力竭，只能靠意志力支撐了，或許單獨出門不安全，但我依然需要隱私的空間。「他們不知道我在哪裡。」

羅德韓皺著眉頭。「或許不知，但是外面依舊不安全，加百列說陽光已經產生必要的效果，妳用不著吸血，」他仔細地打量我。「眞的嗎？」

羅德韓沒有完全信服，他是對的，但我想要私下釐清這一切——避開所有壓力的干擾，當務之急應該是花時間思索如何對抗敵人，我卻浪費在對抗自己。

「是的，沒錯，我很好。」我點點頭，露出肯定的笑容。

「屋子後方有很多空地，或許我們可以一起去？」

過往的經驗告訴我，要辯贏這傢伙等於自找麻煩，我決定改變策略。

「不，我還是先去探望布魯克好了，晚點再來練習。」我回頭穿過大理石走廊，才到一半又被堵住去路——這回是加百列。

他匆匆掛斷手機，塞進後面的口袋。「萊拉，我不希望妳單獨跟那群愛爾蘭人在一起。」

就不能稍微讓人耳根清靜一下？

「那你就跟我一起去吧。」我提議。

加百列猶豫了一會兒才開口。「封印獵人出來尋找並拯救那個女孩萊拉，交派這項任務的天使名叫安姬兒。」

我當場僵住，想也知道，佛格當然會告訴加百列，他仔細打量我臉上的表情，尋找線索印證心底的懷疑。

「我知道。」我終於承認。

「這就是妳沒有立即回來的原因？妳想要自己尋找答案？」

我沒有回應，逕自低頭不語。

「即便他們知道天使的下落，也不會透漏的。萊拉，就算他們眞的知道，妳自己一個人也太危險了。」

「我明白。」跟加百列爭辯毫無益處，我也懶得去嘗試。「很抱歉讓你爲我擔心。」

我伸手拉住他的手，他清清喉嚨。「別讓他們知道我們在一起，無論吸血鬼是否改過向善，他們無法理解天使和魔鬼這種事，再者，妳現在是布魯克。」

「好。」我收回手臂，加百列滿懷歉意地輕輕捏捏我的肩膀。

「加百列？」

「嗯。」他跟在後面。

「菲南是那個比較年長的男孩，我不信任他，即使有光明的靈魂，他都不算友善，若要監視的話，最需要留意的人就是他。」我對菲南沒什麼好感，一則他令我不安，再者正是他朝我撒銀網，就算是因爲被錯誤的消息誤導，我也不想原諒他。

「佛格說攻擊妳的人就是菲南，他能活到現在算他走運，但我保證，他再也無法靠近妳。」加百列這番話充滿尖銳的怒火，讓我寒毛豎起，我的直覺歸咎於是他過度保護我，但後來我有些懊悔，眞希望當時更多留意他的反應。

我們站在拖車屋門外，食物的香氣從窗戶飄了出來，雷利和狄倫正好穿越草地走了過來，一手抓著銀鍊，一手拿槍，經過時對著加百列點頭致意。

他叩了兩下，門應聲而開，菲南站在門檻內，掌心托著後腦，手肘抵著牆壁。

「我們方便進去嗎？」加百列問得很禮貌。

菲南的背心隨著身體的伸展縮到肋骨處，露出低腰牛仔褲，他一如往常戴著毛線帽，讓人啼笑皆非的是他似乎認爲天氣冷到要戴毛帽，卻不考慮穿毛衣。他瞇起眼睛仔細瞅著我看，最後閃到旁邊，點頭示意邀請我們進去。

加百列保持一貫的紳士風度，讓女士優先，我側身避過菲南，跨進拖車屋。

艾歐娜在廚房裡忙得不可開交，同時兼顧好幾個煎鍋，還得烤麵包，金色長髮隨著身體的挪移飛揚甩動，偶爾抽空停下來把橘子汁倒滿水壺。幾個男孩窩在沙發上，盤子裡裝滿豐盛的食物，塡飽口腹之慾，布魯克和佛格親熱地依偎在角落裡，見到這幅景象，我挑了挑眉毛——我們的到來顯然嚇了她一跳——她悄悄掙脫佛格的胳膊。

「加百列！」艾歐娜從廚房跑出來，殷勤熱烈地打招呼，荷葉邊的短裙貼著大腿搖曳擺動。

「艾歐娜。」加百列微微一笑。

她臉上的紅暈極其明顯，很難讓人視而不見，當她目光落到我身上，笑容變得有點僵硬，看起來小心翼翼。

「布魯克，我……那件事我們深感抱歉，當時不知道妳的身分，更不曉得上主救贖了妳，妳已經洗心革面。」

眾目睽睽之下，這樣的處境實在不容易應付，沒錯，我是站在天使旁邊，但是眼前這群人對惡魔趕盡殺絕，而我正是他們認定要除惡務盡的對象，坦白說，這樣的看法不完全錯誤。

「不，要抱歉的是我，應該早點解釋清楚，只是我不太敢確定你們能夠理解。」

「一如我跟大家說過的，」加百列對著屋裡眾人宣布。「與我同行的這幾位吸血鬼跟其他同類不一樣，他們拒絕魔鬼的引誘，轉而敬畏神，希望在大家聚集的這幾天，你們能夠彼此尊重，我會非常感激。」

佛格微微點頭，看起來他對加百列的興趣遠遠低於布魯克，甚至意亂情迷地悄悄伸手到她的上衣裡。

唯有艾歐娜帶著驚嘆的表情，細細聆聽。

「從不知道吸血鬼還能夠開口講話，不過我們通常一遇上就格殺，根本沒給吸血鬼開口的機會。」菲南面露狠勁地說。

我跟加百列對看一眼，我一副「早就告訴過你」的表情，這時突然警鈴大作，煙霧偵測器響個不停。

「噢，糟糕！」艾歐娜跑回廚房，吐司烤焦了，黑煙從烤箱往外飄，艾歐娜試著拿出麵包，一面上下跳躍揮動空氣，清除警報器底下的煙霧。男孩們坐在客廳裡事不關己、一動也不動。

她努力試著讓警報器停止鳴叫，加百列走過去幫忙，接過她手裡的擦碗巾，伸長手臂揮了揮，最後壓下紅色小按鈕。煎鍋裡過熱的油脂引走艾歐娜的注意，她趕緊將鍋子從火爐上移開，幾滴熱油濺到皮膚，讓她痛得皺起眉頭、抓著那隻手。加百列不假思索的用毛巾幫忙裹住燙傷處，帶她走向水槽，打開水龍頭浸泡。

看他牽起艾歐娜的手，忌妒感猛然竄過我的心底，好像被電擊一般，我勉強忍耐住。這是艾歐娜，她不是蓄意傷害自己引人關注，但是加百列的碰觸依舊讓她興奮得渾身顫抖，過了半晌才恢復鎮定，讓人看了更不是滋味。

「妳還好吧，小妹？」佛格大聲嚷嚷。

艾歐娜悄悄抬頭瞅著我的天使，驚呼一聲，加百列握住她被燙傷的手腕，拇指按住紅腫的地方，身體微微前傾，艾歐娜呼吸加速，有些急促，這些反應鉅細靡遺，通通被我看在眼裡。

我顧不得禮貌，逕自拖著腳步往後退，甚至差點被塑膠門框絆倒，明知道艾歐娜沒有惡意——頂多就是尷尬害臊而已——我可沒有心情看下去。忍不住納悶當加百列看見我和喬納在一起時，是不是也有現在這種反胃的感覺。

我先繞過拖車屋，再大步走向庭園深處，還得看腳力承擔的程度。烏雲堆積在頭頂上方的天空，遮住明亮的陽光，隨即下起暴雨，我拔腿就跑，可惜沒跑多遠，就覺得肌肉緊繃、渾身乏力，不得不停下腳步、彎著腰大口喘氣。

放眼望去，附近幾英畝都是空地，偶爾有幾簇灌木林，矮樹叢，間雜著一兩棵樹木點綴在其間，遠處的馬路看不清楚，唯有呼嘯而過的車聲讓我知悉附近有公路存在，為這個寂寥煩悶的地方平添一絲生氣。

但在這裡，在這一塊空地，我單獨面對自己。

任尼波肯定知道我還活著，附近卻沒有任何純血或第二代吸血鬼的形跡，讓人納悶怎麼拖這樣久都沒有出現，或許真是因為鄰近河流的緣故——流水有效阻止了裂縫的開啓——假若牠們真心相信無論去哪一個空間，我都可以維持既有的形體，進而摧毀水晶星際或第三度空間，他們不是更應該上天下地、無所不用其極地跑來找人嗎？

或許我不該浪費時間去擔心牠們為什麼不來，應該專心預備對付牠們的方式。

如果我真是宇宙無敵，那麼是體力超強？或者力量無敵？他們做不到的我都可以？事實卻不是如此，在喬納吸血之前，我費了很多力氣才得以召喚並掌控天使的超能力，如果使用到吸血鬼的能力，身體還會隱隱作痛——說到樹，我的那些超能力根本使不出來。

無論如何，都要再試試看。

我略略環顧四周，前方圍了一道籬笆，我閉起眼睛，想像自己站在籬笆旁邊，但睜開眼睛時我不只沒有前進，反而浮在空中，我雙手上下拍打著，進退不得，也無法回到地面，只覺得好懊惱，再次閉緊雙眼，試著想像腳邊的重量，努力地想——想什麼都好——只要能幫我踩到草地上。接著我直線墜落，這回摔得很重，腳踝嚴重扭到，我硬是忍住不尖叫。

糟糕，麻煩大了。

我的身體由外至內，完全跟我想的不一樣，根本不聽使喚。我知道身體的饑渴，卻又不能忘卻背後的含意——血可以幫助我存活，更可能終結我和加百列的關係。

我帶著沮喪的心情從地上爬起來，蓄意用腳踝使力，不管它撐不撐得住，也不在乎會不會骨折，總而言之，我就是要站起來，要走到遠處的那棵樹，要找到力氣把它連根拔起。

只要有心，必能超越障礙。

我吃力地拖著身體前進，一心一意要走到柳樹那裡，站在低垂的枝枒下，手掌貼著歷經風霜的樹皮，我抹掉額頭的汗水，膝蓋半蹲，張開雙臂環抱樹幹。

靜靜數到三，屏氣凝神，召集體內所有的氣力，湧流而出。

我一鼓作氣、死命地用力，搞不清楚究竟奮鬥多久，哭得涕淚縱橫，直到最後自己終於承認挫敗，忍不住嚎啕大哭的時候，手掌已經磨破皮，傷口滲血、鮮血順著手腕流下。

我累得天旋地轉，眼前一黑，昏了過去。

至少我是這麼以爲。

坐在隨風搖曳的柳樹下，從細長的枝條間眺望遠方，四周缺乏繽紛的色彩，彷彿烏雲罩頂夾著傾盆大雨，景色灰濛濛的、只剩單一的顏色。

唯有一樣例外。

美麗的藍閃蝶在我虛脫乏力的眼前翩翩飛舞，慢慢地飛過來又飛過去。

它從那裡飛來的？或是我在做夢？

我驚皇失措，如果是夢，任尼波就會循著意念找上門，恐懼的情緒漫過全身，蝴蝶似乎感應到我的情緒，速度忽地快得不可思議，瞬間飛到我的鼻尖前面，上下飛舞，左右盤旋。

然後就定住了。

沒有燒焦的氣味和刺耳摩擦的噪音，任尼波顯然不在這裡。

蝴蝶在我的肩膀上方徘徊，翅膀拂過我的耳垂。

蝴蝶拍動的翅膀輕觸著我的皮膚，隨後傳來一個聲音——小女孩稚氣的嗓音低聲呢喃，「El efecto mariposa」（注）。

我拉長脖子往右看，長相清秀的小女孩坐在旁邊樹幹底下，寶藍色的洋裝配黑色針織外套，那對有如彈珠般的眼睛立刻勾走我的注意力——如同不透光的玻璃環繞淡褐色星形的漩渦，仰頭凝視天空，讓人驚奇。

她抓著我的手，若不是因爲那肌膚冰涼的觸感，我會把她當成幻想。

「妳就是原因，」她說。「他註定要救妳，讓他救妳，萊拉。」

她的身影忽然煙消霧散，同一隻蝴蝶飛了回來、取代女孩原先的位置，再往上飛起，停在離我下巴一個手臂的距離，不停地拍動翅膀，像是揮手告別。

蝴蝶那光彩奪目的藍色翅膀似乎能夠吸收我眼中的光芒再加以反射，顏色變得更加璀璨明亮，極其鮮豔，隨即化成白色火焰，就像過於靠近篝火的紙張，蝴蝶翅膀的邊緣忽然著火，隨即在眼前燃燒，白熱色的火星飄然飛散。

等我清醒過來，加百列跪在旁邊，將我抱在胸前，等我渙散的視線重新聚焦，第一眼看見的就是他藍寶石般的眼睛對著我閃閃發光。

讓我再一次想起剛才的蝴蝶，也想起他曾經說過的，他說要救我——直到永遠——女孩似乎是一個徵兆，強化我已知道的事實，提醒我要努力抓住目標，不要輕言放棄，或許她是我心靈的化身，派來提醒我爲了加百列，必須奮戰不懈，一如他也會爲我挺身而戰一樣。

我要堅持下去，努力找方法，不能輕易屈服。

注 二〇〇四年上映的美國電影，中文譯爲「蝴蝶效應」。這個名詞最早出現於氣象學方面的論文，後來引用到混沌理論，意指微小的變化可能帶出長期而巨大的連鎖反應。

21

加百列接受我的說詞，以爲我是練習的時候操得太兇才會累癱，這是事實，至於過程不太順利這件事就避而不提。

明知道事態緊急，時間非常有限，但是每一次行動都在慢慢消耗身體剩餘不多的能量，我一再的索盡枯腸，思考昏迷的時候，那奇特的影象究竟隱含什麼線索——尋求要怎樣讓加百列來救我——想破頭還是沒有收穫。

我沐浴過後，坐在布魯克的床尾，對她不同的穿著搭配假裝很有興趣，其實卻在胡思亂想，最後她塞了一堆衣服給我。

「去換衣服。」她說。「人要衣裝，它們不會自己跑到妳身上。」

加百列去招待我們的新「朋友」，布魯克身上的皮褲已經緊到就像第二層皮膚，還要求我加入。

她說我們的客人堅持要辦篝火晚會——這是佛格主動遞出橄欖枝，釋放和平與善意，給大家好好聊一聊的機會，彼此認識一下；但我心知肚明，屋裡他們眞正想要認識的對象只有天使和「女孩」，其他幾位其實可有可無，所以應該不會逗留太久，這樣正中我的下懷。

我的喉嚨癢到受不了，沙沙的感覺非常強烈，幾乎抗拒不住想要伸手抓癢的衝動，這種痛苦連發聲都有困難，哪裡還有閒聊的興致。

「再一分鐘。我先去上廁所。」

我渾身乏力，幾乎沒有穿衣服的力氣，著實需要時間打理。勉爲其難地試著走回自己的套房，身體幾乎癱瘓，連走路都要全神貫注，命令腳趾頭蠕動、大腿肌肉往前。但我筋疲力竭，到不了臥室那麼遠，就近選了二樓旁邊的洗手間，只覺得天旋地轉、頭昏目眩，不過幾吋遠的洗臉臺，看起來模模糊糊的，跟蛋殼色的牆壁融爲一體。

最後我體力不支、頹然倒在地板上，隨後慢慢伸直雙腿坐了起來，毛巾掉在胸前，橫過左胸的疤痕依然紅腫發紫，形狀非常明顯，襯著蒼白的肌膚——既醒目又突出。

連呼吸都會痛。

突然想到喬納的血，雖然只嚐過一次，但那深刻的記憶清晰地浮現眼前，驀然之間，依稀嘗到血的滋味，隨即發現是咬到自己的舌頭，嘗起來味道還不錯，甜甜的，很順口。

一舔到血，獠牙自動突起，再次劃破舌頭，連血和口水一起嚥回喉嚨裡面。

自己的血跟吸血鬼的自然不能相提並論，他們的含有黑色物質，但我聽說血液本身就是一種提供能量的燃料，可以幫助吸血鬼維持日常活動的功能，不過本人的血顯然不包括在內，雖然就在那幾分鐘裡，疼痛嘎然而止，緊接著胸口痙攣、抽搐，反應來得太快，根本來不及準備。

我要吐了。

沒時間爬去馬桶，我僅僅轉身抓住背後的浴缸邊緣就開始狂嘔，我試著吞回去，至少在身體拒絕接受前，發揮少許的功能也好。

這麼做無異是把死馬當成活馬醫，反胃嘔吐的聲音很難壓抑，但我不想功虧一簣吐光光。

地板吱嘎作響，顯然有人走近。

連續叩門三次。

「哪位？」我哽咽地拿起毛巾擦拭嘴唇。

門被推開，喬納探頭進來。

我伸手去抓旁邊的浴簾，用力一拉，簾子嘩啦啦地滑了過去，我勉強撐起身體。

「爲什麼我聞到妳的血味？」他質問。

喬納蹲在我的膝蓋旁邊，撥開頭上的連身帽，深色的頭髮抓得亂七八糟。凌厲冰冷的眼神看得我無所遁形。「我在問妳。」

他緊緊抿著嘴唇，懊惱不滿的表情反而讓我感傷，很想跟以前那樣跟他訴苦，吐露心底的重擔。這只是我自私的希望，他不會願意聽的。是我違背他的意願，把他捆綁在我身上，對他而言，我就是監獄，他是被騙入監服刑，從此困在我的牆內無法脫身。

膽汁突然湧出，臨到喉嚨跟血混在一起，胃壁收縮，身體陡然往前撲倒，偏偏喬納擋在那裡，我只能抓住他的手臂，硬生生嚥回去。

浴巾在那一瞬間滑落，我本能地護住胸，喬納的視線釘在我臉上，似乎想探索眞相，彷彿他很關心一樣，然後他的目光轉到我護住胸前的雙手，順著下方疤痕的外緣橫過心臟。他一言不發，逕自包覆我的手，勉強幫我保住臉面和尊嚴。

他的指尖順著疤痕的突起緩緩游移，按壓我白皙的皮膚，宛如在測試會不會留下指印，動作就像醫護人員做檢查一般，我卻因爲他的碰觸，心裡小鹿亂撞。甚至不曉得自己屏住呼吸，直到聽見他輕聲提醒，「吸氣，萊拉。」

我乖乖地吸了一大口空氣，把氣緩緩吐出後，突然捧腹大笑，只覺得荒謬無比，沒想到他竟然能讓我忘記呼吸。

原本掛在他臉上的冰冷面具瞬間融化，笑意隱隱約約地浮現在他的嘴角。

但我的胃又開始翻攪，我趕忙伸手摀住肚子，無意間撥開了浴巾一角，他的視線跟著移轉，讓我有些擔心浴巾上的血跡被他發現，結果不然，他只看到指縫底下雪白的肌膚和一條條深色瘀青，兩相對比，傷痕異常明顯，他知道那是他之前對我造成的傷口，立刻斂起笑容。

「爲什麼會聞到妳的血腥味？」他從地板上一躍而起，渾身一凜，再一次咄咄逼問。

看我一聲不吭，他扣住我的手腕，把我從地板上拉起來，我們面對面彼此對視，他抓著我的手不肯放，強勢逼迫我回答他的疑問。

我用咳嗽掩飾尷尬，盡力將自己藏在浴巾裡，抽手護住胸脯。

「我也不知道是爲什麼。」我關上門，逕自離去，慶幸可以及時逃走又不必解釋緣由。

前腳才跨進布魯克的房間，就聽到後方傳來浴簾被拉開的聲響，隨後是喬納大聲的詛咒。

「該死。」

我換上舒適的牛仔褲、T恤和毛衣，跟其他人在廚房會合，聽加百列叮嚀我們與愛爾蘭客人的相處之道。

「好，好，現在可以走了嗎？營火已經點著了！」布魯克在後門口徘徊，一副迫不及待的表情。

「是，應該可以過去了。只是要記住：不談細節，不講故事，只要彬彬有禮聽他們說就好。」加百列說。

大家整裝待發，唯有布魯克穿著低胸背心，儼然無視於冷風颯颯的低溫，相較之下，羅德韓的穿著聰明許多，斜紋軟呢夾克、長褲和皮鞋，看起來就像我們的長輩，即便實際上，他在地球上的年歲沒有我和加百列長，但他臉上的皺紋和斑白的頭髮讓他看起來像是有智慧的長者，給人一種安全感。

喬納已離開——我猜他是去進食，不確定他是否會參加這次的聚會，但願不會，至今他那些殘酷、不留情的話語仍然在我腦中盤旋。

「女士優先。」加百列推開大門，示意布魯克和羅德韓先走。

等他們都離開了，加百列才到廚房的角落找我，牽起我的手，親吻我的指尖，低頭凝視說：「萊拉，妳確定沒問題嗎？雖然嘴巴說一切安好，但妳看起來——」

「就是疲累而已，剛剛在屋外運動過度，沒事的。」我輕輕帶過加百列的關懷，他猶豫了一下，微微點點頭。其實我很清楚自己臉色蒼白，看起來病懨懨的，一點也不像嘴巴說的那麼健康，但他並沒有懷疑我的說法。

「我不喜歡杵在水邊不動，不管有沒有封印獵人都一樣，妳要記住，無論任何時間察覺有危險，不論碰上何方神聖，絕對不要遲疑，意念一動就能瞬間移位，先躲再說，好嗎？」加百列憂心地叮嚀。

「好。」雖然我嘴巴這樣回答，但心裡想的卻是自己還無法順利地靠意念瞬間移位。

「明天晚上我得出城一趟——處理剩餘的瑣事，後天我們就離開。」他像是下達命令。我沒辦法當面跟他爭辯，至少現在沒力氣。

「如果你不介意，我想一起去。」這回實在很不願意讓他把我丟在這裡。

「妳留在這裡比較好，但我必須帶一個幫手。」他停頓，肩膀肌肉緊繃，彷彿預期我不會喜歡他接下來要說的。

「帶幫手？這是什麼意思？」

他鬆開我的手，輕搔太陽穴，撥開遮住視線的頭髮。

「與我有生意往來的紳士知道我總有一天會停止合作，我預備兌現手上最後的籌碼。」

「什麼籌碼？你不需要錢，加百列，你有卓越的能力，只要稍微運用影響力就能夠隨心所欲、達到目的，不是嗎？」

「影響力如果用在錯誤的方面，必然造成傷害，萊拉。」這個問題讓他不自在。

「怎麼會傷害？」我追問。

「這不是重點。」他渾身僵硬，一股黑暗的感覺逐步從他身上朝我蔓延——感覺像恐懼。

我想平息那種恐懼，繼續逼問。

「你要停止合作的原因是什麼？」

「他知道我是天使，也知道吸血鬼存在，僅此而已，他也跟其他天使做生意。許久以來他總認爲有一天我會墮落，多數人認爲這種決定的後面必定有女人的影響。」他挑起眉毛。「當妳失蹤的時候，我取消會面，現在他在切爾西的家裡舉辦沙龍講座，主動邀請我去，一面談妥交易，順便道別。」

「什麼——這種事你竟然需要帶女人過去？」我逐漸領悟背後的隱喻。

「我覺得最好符合他的期望，避免有落差，免得他懷疑我喊停的原因，我想製造一種錯覺，讓他以爲我是爲了跟凡人共同生活而選擇墮落。」

我低頭看著地板，再轉回他身上。

「難道他不曉得沒有大天使認可，你就無法墮落？」

「他沒有那種概念，萊拉，」他幫我撫平毛衣的皺褶，輕觸胳膊的肌膚。「我向來低調，確保他知道得越少越好，那樣比較安全。」

我很想追問他究竟跟那位紳士做哪種生意，偏偏脫口而出的是忌妒性的問題。

「你打算帶誰去？」

「他的預期是人類，」加百列猶豫半晌。「我考慮去問艾歐娜。」

幾經努力，我硬是壓住複雜的情緒，上回追問他跟漢諾拉見面的細節，已經帶有不信任的意味，儼然對他造成傷害，希望這回他不會認爲我的疑心病又犯了，其實我的疑問和擔憂始於自己缺乏安全感。

「說起她，如果她願意的話，因爲她的長輩已經過世，我建議你先徵求佛格的同意，他們的作風非常傳統。」我轉身預備離開。

加百列摟住我的腰，把我拉回去。

「萊拉，妳不反對吧？」

「嗯。」我猶豫很久。

他仔細打量我的表情，在我的唇輕輕印上一吻。

我掙脫開來。

「你擔心被他們發現？」

「我們要小心謹慎，」他說。「但妳讓我難以抗拒，說得容易做起來很難，我很想吻妳。」

我忍不住輕聲偷笑，踮起腳尖親他臉頰，再輕嘆一聲走向門口。

「還是盡快處理比較好，你跟在後面沒問題吧？」

「追隨很容易，萊拉，困難在於目送妳離去。」

22

天色漸暗，篝火熊熊燃燒，令人窒息的熱風撲面而來，我小心翼翼地靠近那群人，自稱封印獵人的他們坐在摺疊涼椅上，用烤肉叉串起棉花糖，湊近橘黃色的火焰烘烤。

不用費心尋找，一眼就看到布魯克靠著佛格席地而坐，笑得花枝亂顫，如同輕佻的女學生，他們特意避開群體，沉浸在自己的天地裡。布魯克看我站在那裡掃視座位的安排，她淡淡地瞥了一眼，假裝無視於我的存在。

羅德韓和雷利、克萊兒聊得不亦樂乎，卡麥倫靜靜站在旁邊，狄倫和傑克不見人影，加百列說輪到他們兩位負責在庭院四周巡邏，附近看不到艾歐娜的蹤影，只聽到拖車屋的廚房那裡傳出她悠揚的歌聲，我忍不住莞爾一笑，一則因爲她聲音美妙，更重要的一點是我站在這裡卻聽得到，看來我沒有完全失去超能力。

當我繞著營火觀察現場狀況時，隱約感覺有監視的目光跟隨著我——菲南直直盯著我看——他招手要我過去坐在旁邊，即便不太想跟他聊天，偏偏眼前的情況沒什麼選擇。

我百般不情願地走過去，稍微挪開塑膠涼椅，才慢條斯理地坐在破舊的椅面上。他從腳邊的袋子裡拿出雪白的棉花糖，用烤肉叉串好遞過來。

「給妳。」他的語氣近乎調侃。

我搖頭婉拒。

「鬆鬆軟軟的棉花糖不合口味嗎？」他諷刺地說。

「不，沒興趣，坦白說，我更關心你會擋不住衝動、一把將我推進火裡。」我挑起眉毛回應。

菲南放鬆下來，寬闊肩膀的肌肉隨之鬆懈一些，嘴角浮現真誠的笑容。

「厲害喔，一針見血。」

「所以……」我說。

「所以，」他開口。「妳是惡魔。」這話不像陳述也不是問句，語尾上揚的口氣聽起來更像……疑惑不解。

火光照得人全身熱烘烘的，我伸手拉開毛衣領口透氣。

「我有很多種身分。」我無奈地說。

菲南起身拿了兩罐啤酒，遞了一瓶過來，我一眼看到插在運動褲腰際的銀製刺刀，忍不住退縮。

他拍了拍銀刀：「這是保護——妳懂吧。」

他揮揮啤酒罐，我還是搖頭。

「只要血？」他開玩笑地問。

「不一定，有後勁強一點的飲料嗎？」我掃了一眼。

「有。」東翻西找之後，他摸出小瓶裝的琴酒，我心懷感激地接了過來，互道一聲「乾杯」，我隨即旋開瓶蓋，仰頭灌了一大口。

加百列本來只是到處蹓躂、東看西看，現在往拖車屋走去——我猜應該是去找艾歐娜討論沙龍之約。他跨進門檻之前，突然回頭看了一眼，那一對和寶藍色雪衣相映成輝的眼珠與我四目交接。

妳還好吧？

我點點頭回應。

我把注意力拉回菲南身上。

「佛格似乎和——萊拉處得非常融洽。」我說。

「我也有點驚訝，他剛失去大哥，遇上她以後突然振作起來。」菲南拱背前傾、兩腳岔開，咕嚕咕嚕地灌著啤酒，明明是冬天，他仍然穿著平常的汗衫，單憑毛線帽和脖子上的深綠色圍巾保暖。

「他和皮德雷感情很好？」我大膽詢問，試著撥開新剪的瀏海，以免擋住視線。

菲南快速地看了我一眼，一臉迷惑的表情，溫暖的火光連帶感染了他的眼神，透露出些許的溫馨。跟我對他原有的印象截然不同，感覺溫柔許多。

「艾歐娜說的？」

「我們稍稍聊了一下，很遺憾你們失去家人，聽說你們去克雷高鎮尋找萊拉，就在那天晚上他們……不幸喪生。」

菲南從耳朵後面取下手捲菸，玩了半天，才把菸點燃。

「我們去找那個女孩，當時雖然有找到，卻因爲發生了一些事情，又失去了她的行跡，之後花了好一陣子的時間才再次追蹤到她的下落。現在來了這裡，至少不是徒勞無功。」他深深地吸了一口菸。「皮德雷早在那晚之前就不在了。佛格，呃，他還是小孩，嚎啕大哭也像小孩，這應該是受到我父親的影響，坦白說，我父親跟佛格的相處遠比跟自己的孩子更好，所以不算稀奇。」菲南的語氣充滿鄙夷的味道。

「至於她，倒是有點出乎意料，還以爲我們要找的對象更……神聖一點。」他看向布魯克。「我們現在是朋友了，對吧？」他語帶諷刺地說。「嗯，這是朋友間的悄悄話，我實在不覺得她身上有任何一根神聖的骨頭。」

繼續談話之前，他先抽了一口菸，香菸尾巴瞬間一亮，然後轉身對我說。「我不喜歡被人欺騙，認識的那刻，我就知道妳不是自己說的那個人。」

「我就知道騙不了你，菲南。」我尷尬地承認，一分心，瓶裡剩餘的琴酒都灑在地上。

「這是朋友對朋友之間，我仍然不相信妳現在自稱的身分。」

菲南的直覺正確無誤，只是沒有證據佐證，他也不敢肯定。我強烈懷疑他認定我就是「那個女孩」，不過我當然不會傻到承認，只能相應不理。

我把瓶子放在地上，雙手交叉、拉起毛衣下襬，沒想到營火這麼高溫，逼得我必須脫掉外衣，只剩底下的無袖背心，難以掩藏胸前的疤痕。

隨著毛衣拉過頭頂，背心跟著往上提，露出腰際的皮膚，菲南已經見識過最醜陋的部分——佛瑞德造成的傷疤，再看到其他疤痕也沒有差別。

菲南嘴裡叼著菸，打量我胸口的疤痕，視線隨即轉到比較嚴重的上面，那是喬納的匕首造成的。「這些都是人類造成的傷害？」

我忍不住摸摸後腦杓，那是第一世時伊森不慎把我殺了，後腦撞到地上鼓起一個大包的地方。「有些是，」我的回答掩不住顫抖的語氣。「不過大部分是吸血鬼造成的。」

菲南的大拇指伸到脖子兩側，微微拉開自己的衣領，讓我看得清楚一些。

「妳不喜歡那些記號？」他好奇地問，鬆開襯衫領口，彈去菸灰。

「不喜歡，你呢？」

「這些是我引以爲傲的記號，說明我是正義戰士，爲上主榮耀之名而戰，每一道疤痕代表一次戰役——宣告我的勝利。」

「你爲什麼要在脖子的疤痕上烙印十字架刺青？」我提問。

「十字架代表死在我手裡的惡魔人數，你或許已經發現十字架的圖案多於疤痕的數量。」他停頓了一下。「如果身上的痕跡來自於對抗惡魔的戰爭，那妳不該覺得羞愧，它們是別有意義。」煙霧從他鼻孔吐出。

「我和你不同，這些是愚蠢和無知的記號，提醒我曾經是個受害者，」我仔細想了一下，伸手按住腰際。「呃，只有一兩處例外。」

菲南將菸蒂丟在地上、一腳踩熄它，再次遞給我迷你瓶裝的酒，我邊道謝邊接了過來，這回換成淺酌。

「肩膀上的呢？」他的語氣多了一絲溫柔和眞誠，「妳提了時間，卻沒有說過程。」

我不解地皺著眉頭，當時還以爲他問的是我背後那道拜佛瑞德所賜、鋸齒形狀醜陋的疤痕，而不是遇到喬納那驚險的一夜留下來的記號。

「恩？」看我一臉困惑，他再次提問。

「對不起，我剛剛以爲你問的是我背後的疤痕，不是肩膀上的傷。」

菲南的瞳孔擴張，我不懂他怎麼了。

「妳肩膀上的傷是怎麼來的？」他似乎堅持要得到答案。

我聳聳肩膀，剛抬起下巴，劉海就擋住眼睛的視線，我一臉懊惱，試著甩開障礙。

菲南脫掉毛帽，傾身向前，我本能地往後縮。

他蹙眉地說：「這是毛料。」

我先挪動屁股往裡坐，才點頭同意允許菲南站在前面，他彎腰靠過來，我帶著戒備的心情，看他小心翼翼摘下毛帽戴在我頭上，笨拙地幫我將劉海塞進帽沿。菲南用蹲姿，雙手搭著我放在椅子扶手上的兩手，身體微向前傾。「這樣省得妳麻煩。」手一使勁，他猛地拉我起身，本來放在大腿上的琴酒滾落草地，我倒抽一口氣，除了篝火燃燒的氣味，因爲他靠得很近，我清楚聞到他身上的薄荷刮鬍水的香氣。

他掃視一眼周遭的動靜，強壯的手臂環住我的背，粗暴地將我拉進懷裡。

「說吧，」他低語，「妳肩膀上的傷是怎麼來的？」

我不想回應，卻反而慘叫一聲，因爲銀製的刺刀隨著他的動作擦過我的皮膚，同一瞬間，菲南似乎仰天往後倒——喬納從背後揪住他的衣領，露出獠牙兇狠地咆哮，他單手卡住菲南的喉頭。

我以為他外出獵食，很可能雙手都沾滿鮮血，結果他的指頭卻都是墨炭的汙漬。

佛格快速一躍而起，持槍跑了過來，瞄準喬納的背脊。

「放開他，惡魔。」

卡麥倫留在原地，雷利掏出腰際的槍和刺刀，繞著我們打轉。

「孩子，把槍放下。」羅德韓瞬間趕到佛格旁邊勸說。

我趕快站穩，揉搓皮膚，試著緩和發燙的感覺，熱度已經褪卻。不確定加百列是聽到屋外的騷動，或是感受到我的疼痛，總而言之他突然現身在我身旁。

他憂心忡忡地把我從上到下掃了一遍，雙手摀住我的肚子。

妳沒事吧？

我沒應聲，逕自舉起雙手向佛格保證沒有傷人的意圖，並堅定地喊：「喬納。」

他用手肘壓制菲南，讓他無法動彈，全神貫注在對方身上。

「你不該碰她——」喬納氣沖沖地斥責他，眼珠赤紅。

「沒事了，放開他。」我說。

他依舊不肯鬆手，我踮起腳尖捧住喬納的臉頰，強逼他把臉轉向自己，這樣的舉動反而刺激他用另一隻手扣住我的手腕，一把把我推開，雖然是再簡單不過的動作，卻造成劇痛。我鍥而不捨再次用胳膊頂在喬納的手肘下，讓他的上臂和菲南脖子中間產生空隙，我幾乎是使盡吃奶的力氣，才把他扳開，菲南趁機從喬納的掌控底下鑽出來，大口喘氣，我知道這是喬納給我面子，不然以我現在的能耐，絕對不是他的對手。

佛格站在堂哥身旁，布魯克匆忙跑過去支援，對喬納怒目相向。

他身體緊繃，篝火在他背後熊熊燃燒，彷彿反射出他心底的怒火，每個人目瞪口呆地看著我們。

「給我一分鐘，拜託。」我率先開口。

沒有人動，直到艾歐娜小心翼翼地走過草坪，想來看個究竟，隨著她的腳步，手環叮叮咚咚的響聲打破僵持的寂靜。

「拜託。」我依然堅持。

人們散開，羅德韓捏捏我的肩膀，表示他會留在附近支援，菲南狠狠地瞪了我一眼，暗示「這件事還沒結束」，終於轉身跟著佛格和布魯克一起離開。

你也一樣。我用私人頻道跟加百列說。

萊拉——加百列不放心地回應。

你也一樣。我再強調一遍。

他猶豫半晌，還是離開了——走向艾歐娜佇立的地方。

我用雙手抵住喬納的胸膛，他寧願眺望遠處的風光，就是不肯和我對眼。

我踮起腳尖，用拇指和食指轉移他的下巴，強迫他面對我的目光。

「不管是菲南，或其他人摸我，應該都與你無關，還是你會在意，喬納？」

我需要搞清楚，既然他一口咬定我對他毫無意義，現在卻忽然出現，還眼露凶光、一心要對付差點冒犯我的男人，又是爲什麼？

他的嘴唇抿成一條線。「當然不。」他說。

原來如此，看來只是因爲血的連結而有的直覺反應，是我想太多。

「關於我的一切你都說對了，我相信你是認眞的，我知道自己的身分，即使現在一團亂，也不會死鴨子嘴硬的否認。」我嘆了口氣說。

喬納抓住我雙手手肘，似乎有話要說又及時忍住，我猜大概是更多刺耳的攻訐，不說更好。

「我很抱歉因爲鮮血的連結讓你不得自由，但是請你不要因爲不滿就拿自己的生命去冒險，等我死去，你會恢復自由，就讓一切順其自然吧。」

喬納肌肉繃緊、表情憤恨，火紅的光芒閃過眼眸，蝴蝶女孩的提醒重新浮現腦海，我跟著覆誦一遍，說明自己的想法。

「**El efecto mariposa**，喬納，記住**蝴蝶效應**，請你遠離暴風圈，躲開我這個禍源，免得受到牽連。」

他眼中紅光消散，眼神瞬間冷靜下來，我的手掃過他胸前，觸及他柔軟的肌膚。不過一眨眼，他又擋在我面前。

「妳爲什麼那樣說？」他大吼。

他從來不肯在言語上讓我一步。

「說什麼？」

「El efecto mariposa。」那一頭亂髮被他一抓再抓。

「算了，我不想再給你更多的把柄，好繼續用來羞辱我。」他已經認定我有諸多的缺陷，我不想讓他在清單上多加一項「神智失常」。

「我不是瞎攪和，告訴我爲什麼說那句話——」喬納的心跳突然加速，聲音大得離譜，感覺就像大爆炸後，世界全然融化，一個孤獨的士兵在幽暗的廢墟中吶喊前進，咚咚地敲著他心臟的巨鼓。

「我做了一個夢，也可能不是夢，是幻覺，總之無關緊要。」

喬納的表情彷彿挨了我一巴掌，心跳突然有些紊亂，宛如那個士兵突然在虛無裡找到存活的人。

「很重要，這句話對我意義非凡，告訴我妳做了什麼夢。」他咄咄逼人。

我雙眉深鎖，心想或許說這句話的女孩是我潛意識的化身——提醒自己要牢牢抓住目標，莫忘初衷。無論如何，加百列都會救我，我也會救他，奇怪的是，這句話對喬納而言竟然具有特殊的含義。

「喬納。」加百列突然打岔，逕自走了過來，顯然不願意繼續被晾在一旁。

「隨便你吧。」我咕噥著，抓住眼前的機會閃人，不想浪費時間討論無謂的細節，況且那極可能只是幻覺。

我慢慢往回走，剛踏進廚房就不自覺停住，即使相隔四十英呎的距離，我依然能聽見他們壓低嗓門在爭吵，隱約聽見自己的名字，立刻引發我的好奇心，屛氣凝神，豎起耳朵傾聽他們在吵什麼。

「……我錯了。」喬納的語氣忿忿不平。

「不，你是對的，她跟我在一起最安全，看你對她的所做所爲就知道答案——」加百列立刻反駁，兩個人你來我往、對談的聲音忽高忽低，我忍不住轉過頭去，搜尋他們所在的方向，試著屏除其餘的雜音，希望聽得更清楚一些。

「……你忙著跟那個女孩眉來眼去，丢下她單獨跟他在一起，讓她隻身涉險，你應該全心照顧她，不該心有旁鶩。」

喬納說的是艾歐娜，偷聽別人的對話就是有這種問題，沒有過濾器隔絕雜音，很難聽得一清二楚，尤其是當我運用自身的超能力，不只肉體上疼痛，加上喬納隱約暗示加百列心有旁鶩，讓我臉上僅有的血色更是瞬間抽乾，更加慘白。

23

第二天黃昏，陽光躲在烏雲背後，一望無際的天空盡是陰鬱的霧濛，我心裡高興得很，本來還擔心如果再吸收更多的陽光可能會有後續的傷害，此外也不能跟加百列據實以告說我不想看到太陽的原因。

佛格同意讓艾歐娜陪同加百列一起去參加晚上的宴會，唯一的條件是他也要去。加百列別無選擇，只能讓步。

我和羅德韓在樓上的房間裡，我只想拖延跟艾歐娜見面的時間，因爲她請我和布魯克幫她爲了今晚的宴會做準備，我已經遲到半小時，還繼續在拖拖拉拉。聽到喬納和加百列的對話之後，潛藏在心底的不安全感再次浮出表面，異常後悔答應讓加百列跟她相處那段時間。

「她在等妳，親愛的。」羅德韓提醒，看著我繼續把僅有的少數幾件物品塞進背包。

「嗯嗯，」我咕噥回應。「你的行李收拾好了？」我顧左右而言他。

他埋頭看書，幾乎頭也不抬。「是的。」

加百列遠比以前更加急躁，打算第二天就離開；即使封印獵人把布魯克當成我看待，他們不只知道我活著，更清楚我的下落。還有任尼波，他一度侵入我的意念，想當然耳，這些狀況都讓加百列決定越快動身越好。我已經說得很清楚，不打算一味逃跑，這一點並未改變，明知道自己無論在體力或技巧上面都還沒有預備好，哪有資格堅持任何立場，最後我們各退一步達成協議：決定斷絕所有關係，收拾行李上路，但是羅德韓跟我們一起走，幫忙我學習駕馭、掌控超能力。

只是他們不知道，對現在的我來說，這些能力退化的速度奇快無比，疼痛揮之不去，病懨懨的症狀有點像流感，體溫時高時低，有時熱得發燙，隨即又覺得快要凍僵，本來只有喉嚨又癢又痛，現在延續到胸口中央，然而這個問題只能靠我自己解決。

我把水晶戒指收進衣領底下，眼前無事可做，只能去見艾歐娜，至少可以轉移注意力，才不會去關注生病的問題。

羅德韓留在房間裡，我扶著牆壁走下樓梯，到了走廊正預備往後門出去，就聽見艾歐娜的笑聲響起。

順著她銀鈴般愉快的笑聲，來到宏偉的餐廳，推開房門時，老舊的門軸發出吱嘎的噪音。艾歐娜坐在光澤漸暗的餐桌旁邊，對面是加百列，中間是我的西洋棋盤。一看到我，加百列立刻收起笑臉，身形周遭柔和的光暈也跟著轉為黯淡。艾歐娜興高彩烈地扭過身體嚷嚷。

「布魯克，妳猜猜我們在幹嘛？加百列在教我下棋耶！」

我試著振作自己的心情，甩開懊惱的思緒，避免露出任何異狀。

「我看到了。」

「趁著艾歐娜等妳的時間，我順便帶她到屋裡參觀，她就看到這盤棋。」加百列立刻解釋，顯然發現我臉色有異。

我閉上眼睛深呼吸，迅速舉起屏障防護腦中的思緒，這時候我需要的是隱私。

「這些棋子好美好美，妳看這匹馬！」艾歐娜舉起白騎士，拉起我的指尖觸摸。「妳會下棋嗎？」

我看了加百列一眼，再望向艾歐娜。「那是前塵往事了。」

加百列迅速起身，以餐廳雙穹頂的天花板設計，六呎高的他站在這裡相對顯得矮小。

我跟他擦身而過，迴避眼神的接觸，牆壁上的老爺鐘告訴我時間不多了。

「我們最好開始準備吧。」我告訴艾歐娜。

「嗯。」她急忙站起來。「這是最佳的生日禮物。」

「噢，對不起，祝妳生日快樂，艾歐娜。」我面無表情，有口無心。

「哎，不是今天，是明天啦，提早過生日了！」她眉開眼笑，一邊把玩又長又捲的頭髮。

柔軟如絲的淺金色頭髮散發出吸引人的光澤，我忍不住羨慕她的長相，那清純白皙的肌膚，無瑕的靈魂，不受汙染，沒有瑕疵，我根本望塵莫及。

「還是早點預備比較好，不是嗎？」我說。

她開開心心地跑過來，牽著我的手，似乎忘了我是惡魔，的確，她在很多方面都像孩子一樣天眞。我把加百列撇在一邊，唯獨不由自主地看了棋盤一眼，這份精緻卓越的工藝品一度屬於我，現在似乎連同加百列，都一併送給艾歐娜當做生日禮物了。

現。

艾歐娜坐在布魯克的臥室裡，乖乖地讓我幫忙梳理那一頭濃密的秀髮，一面等待布魯克出現。

「妳有合適的禮服嗎？」我蓄意製造話題。

「有。」她伸手一指，禮服就掛在旁邊的椅子扶手，詳細樣式不清楚，只看到旁邊的鞋子很醜，我暗自竊笑，在認識布魯克之前我應該不會留意這種事。

幸好沒撐多久，布魯克就到了，她剛才應該是跑去拖車屋跟佛格膩在一起。她一進門就順手將化妝用品和工具丟向地毯，把我推到一邊。

「別擔心，小姐們，我回來了。」她驕傲地宣布。

四十五分鐘後，一堆粉撒在衣櫃上方，髮夾、髮捲和相關用品凌亂地散落在腳邊，大功告成，看到成果後，我暗暗希望布魯克在這方面不要這麼能幹，艾歐娜現在整個容光煥發，讓人眼睛一亮。

「妳看起來很美。」我真心誠意地稱讚。

艾歐娜沒穿自己的鞋子，而是借了布魯克的素面細高跟鞋，衣服則穿上她帶來的灰褐色船型領禮服，上身以亮片點綴，雪紡紗長裙飄逸柔美，呈現優雅迷人的曲線。布魯克還幫她的髮尾上了捲子，波浪般的長髮直瀉而下到臀部。

「眞的嗎？」艾歐娜害羞地問，用手揉搓臉上的紅暈。

「別碰我的傑作！」布魯克大聲嚷嚷，伸手拿粉底刷來回掃過艾歐娜的肌膚。

「是很漂亮。」我回答。

艾歐娜樂得眉開眼笑，豐潤小嘴上的唇蜜閃閃動人，「妳覺得加百列會不會也有同感？」她羞澀地詢問。

我的心直往下沉，正在上妝的布魯克停止手裡的工作，迅速瞥了我一眼——比較像是警告我保持沉默，而非關心我的反應。

我默不作聲，開始整理雜亂的工具。

「怎麼可能不會？」布魯克莞爾一笑，適時插嘴彌補我的迴避。

「他眞是了不起，英俊瀟灑，個性溫柔又體貼，而且——」

「他是天使，總有一天要回到天堂。」我打斷她的話，假意提醒。

艾歐娜頹頭喪氣，肩膀一垮。「對，我知道，眞希望有更多相處的時間，昨天他還要我唱歌給他聽。」

我停住手裡的工作。「他要妳唱歌？爲什麼？」

「我說以前很愛唱歌，主要的聽眾是我爸爸，若有其他人在場，我就會緊張，忸怩不安，他說我應該試試看，多試幾次就會改善。」

「噢。」好吧，加百列或許是日行一善，我試圖壓抑胃的翻攪，不知是因爲生病的緣故，還是艾歐娜的話。

「妳快遲到了。」布魯克岔開話題，催促艾歐娜離去。

她的腳步有點搖晃，應付高跟鞋的技術跟我不相上下。她走到樓梯口便停住，不用看也知道是加百列站在一樓等候，她顫巍巍地一步一步下樓，邊走邊拎起裙襬，我耐心等待，等她到了走廊才敢低頭往下望。即使加百列見了她怦然心動，我也錯失那一幕，因爲他正抬頭搜尋站在二樓的我，而布魯克倚著樓梯欄杆俯瞰，穿戴整齊、看起來衣冠楚楚的佛格朝她揚起眉毛。

「車子在外面，你們先上車，等一下我就過去。」加百列推開大門，佛格先離開，他一走，布魯克立即快閃回房間。

艾歐娜踟躕了一下，徵詢地問：「出發前可以先去洗手間嗎？」加百列朝走廊方向揮揮手示意。

艾歐娜一離開，加百列就走上樓來握住我的手。撇開心底的感受，看見他這身帥氣的穿著我依舊眼睛一亮：他選了三件式海藍色西裝，同色系的雙排扣背心，白襯衫燙得筆挺，敞著領口，露出小部分光滑的胸膛，引誘我的目光，平常亂糟糟的金髮特別抹上髮膠，服貼地往後梳，渾身散發出文質彬彬的紳士風度，但是不管他的衣著，單是那一對寶藍色的大眼珠，就足以攝人心弦，擄獲無數芳心，成爲眾人目光的焦點。

妳的臉色看起來不太好，萊拉，我有點擔心。

他用心電感應對我說。這句話完全出乎意料，沒想到他會這麼說。

因爲雲層很厚，妳見不到陽光，偏偏昨天的練習又把妳累得筋疲力盡，可是……

他看了地板一眼，才抬頭凝視我的眼睛。

告訴我，萊拉，陽光對妳而言眞的足夠，或者仍需要鮮血的能量？

我猶豫不決，身體痛得很，勉強按捺住，凝神思索要如何回應，揣測他是否眞的能夠諒解，或許之前認定他無法接受的想法其實是我自己的錯覺和誤解？然而實在沒辦法確認他的心思，我又不願意冒險。

「我——」

「加百列？」艾歐娜輕快的呼喚聲，立刻封住我的嘴。

加百列鬆開手，轉頭俯瞰樓梯底下說：「我就來，妳先上車吧。」

艾歐娜踩著高跟鞋，搖搖欲墜地走向門口，高跟鞋踩在大理石地板發出喀喀聲響，顯得重心不平衡。加百列的目光回到我身上，憂心蹙眉的表情剎時化成溫柔的笑容，像是因爲艾歐娜的緣故，讓我看在眼裡非常懊惱。

萊拉——

別說了……快走。

我轉身背對他。加百列深吸一口氣，直接扣住手臂把我轉回去。

我愛妳，我會採取一切必要的方式，事情一處理完畢馬上回來找妳。請妳留在屋裡跟羅德韓在一起，隨時敞開思緒以防需要聯繫，萬一有狀況，我可以立刻趕到，只需要一眨眼的時間，記得嗎？

加百列輕拍長褲口袋，讓我忍不住納悶他隨身帶了什麼物品，我伸手撥開劉海，他傾身向前，深深吻住我的唇，茫然地睜大眼睛是我僅有的回應。

看妳如此消沉，我眞不想拋下妳一個人。

「那就別去。」我大聲說出心底的話。

我必須去，爲了我們共同的將來。

見我不吭聲，他黯然離去。確定車子走了後，我慢慢地晃進布魯克的臥室，關上房門。

「妳打算何時出門？」我平靜地問。

「什麼意思？」她裝傻地回問，嘴角彎曲成狡詐的弧度，俯身抱起丟在椅子裡的衣服。

「別裝了，妳不會放任佛格單獨一個人去參加派對。」

「我又沒說會跟他去。」布魯克抗議。

我心知肚明地看了她一眼。「不用說，既然妳要僞裝成我去參加宴會，天曉得會打扮成什麼模樣，我當然要跟著去。」

「我很確定挽著惡魔殺手出入非常安全……有時候妳太自命清高，想去監視加百列和艾歐娜就直接說，何必假正經！」

布魯克在衣服堆裡翻翻找找，突然狡猾的一笑，丟了一件衣服過來。

「好，來吧，碰上我算妳倒楣，既然想找死，那就穿這件。」她揚揚眉毛。「敢不敢清涼一點？」

望著極其透明的布料，我躊躇不定，瞬間斷然點頭。「好，妳來幫我打扮，另外，布魯克——還有時間幫我剪頭髮嗎？」

我的膚色看起來比昨晚更悽慘，白得嚇人，乾脆請布魯克幫忙上濃妝，必要的話可以多上幾層粉底。

她依著腦中的想像幫我剪成俏麗的赫本頭，髮梢往後梳得服服貼貼，創造出靈動的新造型，搭配復古的晚禮服，裙長拖地，布料貼住全身每一吋肌膚，背後膚色的質料遮住所有的疤痕，唯有腰際的傷痕清晰可見。菲南認爲疤痕就是印記，說明每個人個別的特徵，他的觀點很有道理，我的疤痕如同他身上神秘的刺青，唯有自己了解每一道背後象徵的含意——某些話我隱忍在心底，有些感覺並不想承認，特別是針對喬納的部分。

我用手指勾住丁字褲，蓄意甩了好幾圈，布魯克屏息以對、等著看我下一步，我想了想卻把丁字褲放下。

「怎麼了，萊拉？」她提問，語氣裡充滿難以忽視的自豪。

「我不是艾歐娜。」我平靜地回答。

「呃，對，我明白。」她遞來一雙尖頭的大紅色高跟鞋。

「時候到了，我不該再試圖模仿。」艾歐娜的一切都讓我回想起自己過往的模樣，就是多年前遇上加百列那段時間，連她那種固守傳統、輕聲細語的講話模式都很像。

當年那個女孩依舊存在於內心某個角落，爲了緊緊抓住那個部分，甚至不許自己吸食凡人的血液，但我必須改變，必須接受新的身分，接納眞正的自己。

布魯克接著選了一件華麗的洋裝式外套，我將雙臂小心翼翼地伸入絲綢長袖裡，用虛弱乏力的手指扣上精緻的鈕扣。

布魯克瞅了一眼。

「萊拉，妳還好吧？」

「嗯。」

「只是……請別誤會，妳看起來像辣妹，這是我努力的功勞……但我整整抹了一瓶粉底霜，才勉強……呃，遮住妳發青的臉龐。」她邊支支吾吾地說，邊摘掉晚禮服上面脫落的毛球，她端莊優雅中流露出迷人的風韻，這樣的打扮顯然是爲了佛格。

我把這些話當耳邊風，布魯克的iPhone突然嗡嗡的震動，從床上拿起來一看。「嗯，佛格傳送地址的簡訊來了，妳用妳的瞬間移位，我們在馬路那邊碰面，一起搭計程車，我可不想穿著高跟鞋一路行軍去倫敦。」

我搖搖頭。

布魯克咬著下唇，語氣遲疑地詢問。「妳不行了，對嗎？」

在目前這種階段，我高度懷疑若要運用意念去瞬間移位，很可能還沒抵達馬路那裡，中途就凍成殭屍了。

「對。」我很坦白。

布魯克走過來捏捏我的胳膊，彷彿我們眞的是要好的姊妹淘或閨密。「我剛剛說妳要找死，只是比喻的說法，妳明白的，對吧？」看我點頭的舉動顯然和空洞的眼神、混濁的眼珠互相違背，布魯克更是猶豫不決。

就在這個房間裡，她第二次讓我驚奇不已。她突然靠了過來，給我一個熊抱，低聲說：「爲什麼我突然覺得妳在穿壽衣，像是在預備死亡的到來？」

我沒有即時回應，她有點哽咽，一口氣突然卡在喉嚨裡。

我安慰地拍拍她的背，有些莫名的感動，開口說。「我有選擇的餘地，也打算要活下去，布魯克，我會盡我最大的努力，眞的，只不過——」

「不過怎樣？」喬納的聲音突然插了進來，就像有人拿了球棒砸向我的後腦勺，踩著細跟高跟鞋的我霎時搖搖擺擺，差點摔倒。

布魯克陡然退開，臉頰紅通通的。

「去叫計程車，我們要走了。」我逕自吩咐布魯克，站穩立場，不爲所動。

「我想羅德韓不會坐視不管，讓妳出去參加派對，」她冷靜地追加一句。

「妳知道的，小心防範，陌生人很危險。」

「我們從前門走，」我說。「等會兒樓下見。」

布魯克神情緊張，有點進退兩難，好半晌才往門口走。

「妳們兩個都不准去。」喬納命令，伸手扣住布魯克，她悶頭抱怨。

「布魯克，」我說。「妳是自己的主人，不必聽命於他人，想走就走，我也一樣，去叫計程車吧。」

布魯克卡在我和喬納中間，如同被綿密的網纏住難以動彈，最後她拿起床上的iPhone和小皮包，眨眨眼睛，搧動假睫毛。

「呃，那我先去樓下等妳。」她說完就走了。

我蓄意慢條斯理地轉過身去，掃視了地板一眼，然後從喬納骯髒的馬靴往上看到他瘦削結實的身軀，最後和他四目相對，眼神堅定無比。

他略有動搖，或許是看到我俏麗的新髮型有些吃驚，也可能是我嚴肅正經的眼神產生了影響，唯一沒想到其實是因爲我的雙手。

喬納大步走來，一把抓起我的手，捲起外套的袖子，解開精緻貴氣的緞帶，露出包裹在衣服底下的眞相，就算臉上用再多粉底霜遮瑕掩飾，遮不住的是膚色灰黃、骨瘦如柴的雙手。

「妳快死了。」他的語氣就像一個魯莽的醫生，站在病床旁對病患直言不諱。

「我知道。」

喬納的表情莫測高深，唯有身體在顫抖——身體的震動透過抓著的手傳遞到我手上——透露諸多的含意，我忍不住納悶是否因血液的聯繫讓他可以感同身受，明白我受的折磨和體力的衰退，在我生命眞正結束的那一刻，無論人在何處，他都會有所感受。

「他會救我，喬納，只需給他機會。」蝴蝶女孩的那句話言猶在耳。

「這一次妳何不試著拯救自己？妳需要鮮血！」他大吼。

「我不能對不起加百列，還有別的方法，一定有。」我甩甩頭，拉下外套的衣袖，細細打量喬納的表情。

「我不想爲自己做過的事情道歉，唯一讓我遺憾的是你的感受，你說當我們離開以後，你會把我遺忘，就像我忘了你那樣，但願明天就是你苦難的結束——此後永不相見。」我眞心希望當我們離開之後，他能找到自己的幸福。

他嘴角下垂，瞇起眼睛，不發一語，我當下認定溝通到此結束，於是挺直身體，一跛一跛地轉身離去。

「但妳沒有忘記，對嗎？」他對空低吼，這句話像嗆人的煙霧環繞在我四周。

我扶著門框支撐，突然有窒息的感覺。

「妳果然記得。」他說。

一股冷空氣掠過赤裸的脖子，他突然站在門口，身體從背後貼了上來，十指扣緊我的臀部，下頦磨蹭著頸窩。

「妳認不出來我現在用的刮鬍後的潤膚水……以前聞到的是什麼香味？」

我開始顫抖，他的話重新喚起昔日的回憶，不聽話的淚水再也擋不住地奪眶而出。

「就像夏季的森林氣息。」

他用拇指撫摸我的臉頰，彷彿在擦拭跟他有關的思緒，靜靜地說。

「妳走了以後，我就不用那種潤膚水了。」

既不能說謊掩蓋，也找不出合理的藉口，我乾脆靜默不語。

「妳是何時恢復對我的記憶？」他輕聲詢問，溫柔的語氣似乎在提示我，只要坦承就不會受罰。

「那個不重要，」我用力吞嚥。「因爲一恢復過來，你又再次離開。」在我欺騙他，讓他吸我的血治療後，喬納對我形同陌路，不理不睬，當我不存在。

他驀然把我轉回去，扣緊我的後腰，將我微微舉起直到雙腳離地，彼此身體緊貼、毫無空隙，我們四目相對，他用鼻尖磨蹭我的臉頰，接著急躁野蠻地吻住我的嘴。

我極力推拒，手掌抵住他堅實的胸膛，兩腳重新釘在地上。

「以前就是我的血，一直都是我的血，這些話是你說的，現在也是這樣。」我吼道。

他淡褐色的眼珠在我臉上打轉，最後落在我顫抖的唇上，雙手抱頭，就像被陷阱困住了。

「我，那是——」

我打斷他的話。「現在就是這樣，喬納，」我試著鎮定，屏除顫抖的嗓音。「否則你沒有其他理由如此情不自禁地親吻……帶著死亡氣味的人。」

我甩頭就走，他追上來。「妳若不肯喝，很快就會死。」

這次我不想讓他辯贏，一面小心翼翼地下樓梯，回頭望著他完美但忿忿不平的臉龐。

「這是我的選擇，你只能尊重我的決定。」

24

豪華的賓利轎車駛進艾格頓新月街，徐徐停在四層樓高的白色莊園前面，這條馬路是切爾西區房價最昂貴的地段，也是最頂級最奢華的住宅區，至少司機是這麼說的，他拉開車門，布魯克和我盡可能擺出最優雅的姿態跨出後座。

「哇。」她看得瞠目結舌。

我自己倒是沒那麼驚訝，畢竟加百列所擁有的每一處房地產，或是身上穿的衣服，都是昂貴的名牌，所費不貲，顯然他多年來已累積過人的財富，今晚選擇來這裡談生意，估計他的生意夥伴也不是泛泛之輩，肯定充滿奢華的銅臭味。

站在門口的紳士笑容可掬，幸好他有看到我們是從賓利轎車上走下來，直覺便把我們列入上流社會。我知道加百列就在不遠處，趕緊豎起防護罩，確保他無法察覺我的存在。

感謝租車服務，我仰頭喝完最後一口香檳，示意布魯克走在前面，如果我們這一身打扮還不夠有說服力，門房堅持要核對賓客名單，那就需要她發揮魅力去影響對方。

對於我要來這裡的決定，羅德韓沒有太多勸阻，顯然同意我知道怎麼做最好，不過，我並不完全相信他事先沒有跟加百列通風報信。另外，就算喬納接受我的說詞，以他對布魯克的關心，肯定會不放心地跟在後面，在我看來，有他們兩位同行也不算壞。

我跟布魯克沿著菱形石板的臺階走上黑底金框、宏偉的大門。她施展渾身解數，博取門房的好感，門房恭謹地伸手接過外套，同時看了好幾眼我身上那件紅白玫瑰圖案的透明禮服，讓我緊張地連連深呼吸。換做平時，這種標新立異的打扮，肯定讓布魯克樂得眉開眼笑，唯獨今天她憂心忡忡，有些惶恐。

她的憂傷讓我覺得跟她更親近了，我挽著她的手跨進鋪著花崗石、裝潢華麗的門廳，中央懸著水晶吊燈，光華璀璨，亮得我瞇起眼睛，最遠處有一道拱門，進去就是後面的花園。大廳有兩道樓梯——左右各一——鑄鐵的欄杆一路蜿蜒向上，如果要在二十一世紀選擇童話故事的場景，這裡肯定會雀屏中選，榮膺爲國王、皇后居住的城堡，而我就是法力高強的女巫，才有可能潛入如此豪華的宮廷。

寬廣的空間裡，服務生有男有女，整齊劃一的制服——筆挺的襯衫搭配黑色長褲，頂著銅質托盤，盛滿高腳酒杯的香檳，穿梭在談天說地的賓客中間。現場有鋼琴演奏，琴鍵叮叮咚咚，音符在復古的磚牆間彈跳迴盪，旋律顯得無精打采，彷彿無聊透頂一樣。

一進到大廳，我立刻用眼睛在大廳掃視了一圈，確定加百列、艾歐娜和佛格都不在。

「我去找佛格。」布魯克說。

「好，可是布魯克——」

「是萊拉，記住。」她瞪著眼說。

「好，但妳要記得，如果加百列或任何人問起，就說我沒來，而且『萊拉』——不要笨得隨便告訴別人妳的名字。」我壓低嗓門、聲色俱厲地提醒她。

她匆匆走開，邊走邊點頭，迫不及待地穿梭在貴族名人之間，搜尋愛爾蘭新男友。

我左右轉動疼痛的脖子，試著鼓起走路的力氣，這雙沉重的雙腿印證了喬納的判斷完全正確：我的身體開始罷工。

回到宏偉的門廳，剛好有侍者經過，我從托盤上拿走一杯香檳，刻意站在角落默不作聲，經過的人似乎都停下腳步盯著我連看好幾眼，或許當我需要融入人群卻想避免引人注目的時候，穿著如此暴露顯然不是好主意，然而這是我生平第一次既不害臊也沒有尷尬的感覺，彷彿這是我第二層皮膚，愛看就看吧。

我決定慢慢移動腳步，停在接待室門口探頭一看，布魯克站在一個古董級的維多利亞式壁爐前面，佛格緊抓她的手，鄰近的艾歐娜就像超大號的電燈泡，加百列依舊不見人影，我試著屏除閒雜聊天的聲音，仔細辨別他的聲音，可惜超能力在退化中，稍微運用一下就很痛。另一個服務生跟我擦肩而過，我攔住他打聽。

「抱歉，請問主人在這裡嗎？」既然加百列沒有跟艾歐娜在一起，應該是在談生意。

「對，蒙莫雷西爵士在他的書房裡，應該很快就下來，屆時妳再找他談。」他順著玫瑰圖案打量我的禮服，彬彬有禮地微微一笑，預備轉身走開，但我搶先一步，再拿了一杯香檳。雖然胸口疼痛，喉嚨沙啞，靠著酒精至少可以緩解一下。

看來加百列跟那位紳士在書房，即使不知道書房的位置，但剛才服務生說屋主很快就下來，表示書房在樓上。我稍微拎高禮服下襬，免得被鞋跟絆倒，盡可能放輕腳步，悄悄地溜上樓，一路上不時地回頭確認背後無人跟蹤，才繼續往上走。

二樓跟屋裡其他地方大同小異，裝潢奢華、到處瀰漫著古老歷史的氣息，高聳的雙拱形天花板，牆壁上掛滿不計其數的藝術品。

我再度屏氣凝視留心聽加百列的嗓音，這回終於有了斬獲，雖然聲音極其細微，但至少聽到了。

我脫下細高跟鞋，拎在手裡，知道只要有一丁點噪音，就會洩露行蹤。我墊起腳尖，輕輕走在老舊的木頭地板上，直至走道盡頭。

房門半掩，我悄悄探頭一看，從門縫裡看見加百列坐在巨型書桌旁邊，對面是一位風度翩翩的紳士，已經有點年紀，一手拿著菸斗，正在吞雲吐霧，室內瀰漫著濃郁甜香的氣息，男士往後靠著椅背，灰色格子外套的鈕扣扣得整整齊齊，胸前口袋垂了一條鍊子，口袋上方隱約看見是純銀的懷錶，光可鑑人，似乎在對我發出警告。

紳士背後是深綠色的屋頂露臺，從厚重的咖啡色窗簾中間的落地窗看出去，是充滿倫敦風味的立燈和盆栽，放眼望去，四面牆壁都是一排排的書架，架上滿是真皮封面的大部頭書籍，讓我立刻聯想到羅德韓，就算給他一整年時間待在這間書房，大概也看不完。

加百列的手伸進褲子口袋，將某種發亮的物品放在桌面，紳士抽出嘴角的菸斗，摸摸物品外面的絲綢，再次看了加百列一眼，當他拆開包裝，頓時掩不住喜悅的表情，哈哈大笑，指尖不住地來回撫摸，看起來似乎是圓圓的水晶。

「我必須說，你果然沒讓我失望。」紳士微笑說。

我不由自主地撫摸垂掛在胸前的水晶，加百列交給對方的水晶跟我項鍊上的一樣，不是普通的水晶。

他點點頭，彷彿在跟那些水晶說再見。

「明天早上就會有一筆錢匯入你的銀行帳戶。」紳士用公事公辦的口氣說。

原來這就是加百列致富的方法，販售來自家鄉的水晶，給類似蒙莫雷西爵士這樣的人。

「你這麼快就找到收購的買家？」加百列迅速提問。

蒙莫雷西爵士小心翼翼地把寶石重新包裝好，菸斗塞進嘴巴，繼續吞雲吐霧。「對，其實就一個買主。」

我看不見加百列的表情，只感覺他瞬間身體僵硬、肌肉緊繃，顯然這個答案讓他憂心。

「只有一位？」他說。

「對，事實上，他跟蒙莫雷西家族生意往來的時間比你還久，雖然這是他第一次出手收購，而非販售。當我通知他預期今晚會收到大筆交易的時候，他堅持要來現場。」

加百列的手指互相揉搓，一臉困惑，我還以爲他會要求收回水晶，告訴生意夥伴他改變了心意，決定取消這次的交易。加百列肯定不會爲了要賺錢而冒險，不過，他始終不發一語。

「坦白說，還有好幾位來自異世界的熟人——包括你——今晚都親自出席，你認識梅拉奇吧？既然你決定要墮落，跟他應該有很多共通的話題。」

梅拉奇——墮落天使，加百列曾經去跟他請教、尋求解答，就是我在幻象中看到的一幕。

蒙莫雷西爵士收好包裹，走向靠牆的保險箱。

「這是最後一批了，對吧？」他問。

鍵入保險箱密碼，電子鎖轉了兩次才開。

加百列不予回應，反而清清喉嚨，開口說：「我跟你家族的生意往來持續了大半個世紀，蒙莫雷西爵士，當我說手裡已經一無所有的時候，我相信你不會再跟我聯絡。」

爵士毫不猶豫地把物品放進牆裡的寶穴。

「對，我爲你高興，天使，恭喜你找到生存的目標，你跟她留在這裡的生活肯定會無比奢華美好，遇到那樣的美女，相信你們很快就會攜手共同建立自己的家庭。」

「是的，她很美，希望我們可以永遠在一起。」我猛然吸了一口氣，加百列的答案來得很快。加百列說過他會配合期待，說對方想聽的話，絕不是陳述事實或眞相，但我忍不住納悶他說這句話時是否想著我。我一口氣喝光杯子裡的香檳，這回是爲了穩定緊張的情緒。

「好傢伙，願你多子多孫，透過他們延續永恆的生命。」他語氣驕傲地說。

「聽你妻子提到小兒子失蹤了？」加百列問。

「對，已經好幾個星期沒有他的消息，但這不是他第一次鬧失蹤，後來醉醺醺地回來，只不過媳婦很擔心，女人啊。」他揶揄。

樓梯那裡傳來上樓的腳步聲引起我的注意，擔心被人發現自己在竊聽，於是趕緊悄悄離開書房門口。我才一轉身立刻和人撞個滿懷，對方迅速抓住我的手臂，免得我摔跤，手上的香檳酒杯掉在地上，男子彎腰去撿。

「妳迷路、走錯地方了嗎？」他問，接著挺直身體，一手仍然抓住我的臂膀，將我從下到上仔細打量一番，最後直視我的眼睛。

一看見他的臉，我愣住了——我認識這個人。我自動掛上笑臉，語氣有點緊張。

「對，有一點，對不起。」我低聲呢喃，不敢肯定他是否還認得自己。

「達文，外面是怎麼一回事？」爵士的嗓音從門口傳來，讓我如釋重負，幸好出來查看的不是加百列。

達文嘴角一拉、露出迷人的笑容。「我剛帶朋友上樓來參觀。」

我不敢回頭，以防加百列也被聲響引到門口，所幸蒙莫雷西爵士壓下不鏽鋼門把，碰一聲把門關上。

「呃，這麼短的時間妳就變得如花似玉……不過掉杯子的習慣還在。」達文翡翠綠的眼眸在復古的玳瑁鏡框後面微微瞇起，鏡框讓他鼻樑的小凸起更加明顯，雖然不完美，卻更有男性魅力。

「你還認得我？」眞是出乎意料。

「嗯，是變得不太一樣，但我的本領就是對人過目不忘，況且妳的笑容如此迷人。不過妳或許應該重新考慮換副隱形眼鏡——對我來說，未免太像X戰警（注）了。」

「哈，你還敢說我，在這麼高級華麗的場合裡，自己穿的是印著42號和一顆小行星的T恤。」

注 根據漫畫改編的超級英雄電影系列，第一集於二〇〇〇年上映。

這是真話，達文不折不扣像個紳士——時尚高雅的西裝和雕花紳士鞋的搭配的確給人那樣的印象，只差在他將深色金髮往後梳到頭頂，用髮圈箍著，後腦和兩側卻剃成短髮，再配上那件T恤……，嗯，整個顛覆了溫文爾雅的紳士形象，陡然變成怪咖級的駭客一族，不過他的確懂很多，這是認識時他自己告訴我的。

「這是我老爹的派對。既然住在這裡，高興怎麼穿都可以。至於42號，順便讓妳知道，這是整個宇宙、生命和所有一切的最終答案。嗯，這句話的根據在銀河旅遊指南（注）裡面。」

「當然……」我回應他。再一次相見眞叫人興奮，當初他就對我極其友善，然而他是蒙莫雷西爵士的兒子，爵士和好幾位天使有生意往來，單是這一點就足以讓我懷著戒備、保持距離。

我鬆開手，讓高跟鞋掉在地板上，腳後跟踩進硬梆梆的鞋裡，達文撇了撇嘴巴，牽起我的雙手，退後一步，把我從頭看到腳，挑起眉毛說。「當我回去酒吧，妳已經不見蹤影，現在卻出現在這裡，我很想問妳來做什麼……更想知道原因，不過此時此刻我只想說一句，妳讓我驚爲天人。」

「謝謝誇獎，你太仁慈了。」我臉頰瞬間脹紅、害羞地說。

「這跟仁慈無關，我的眼光和品味都不隨便，來吧，說說妳的近況。」他鬆開我的手，示意我跟著他下樓。

我猶豫不決。「看到你很開心，但我應該回宴會廳了。」

達文張開嘴巴，欲言又止，注意力落在我胸前的水晶。

看他的眼神，就知道他有意仔細檢視這顆寶石。回想第一次見面時，是我還在克雷高鎮酒吧打工的時候，就在認識喬納的前幾天。他和朋友驅車前往威爾斯的霍利黑德，車子在酒吧附近拋錨，那天晚上他使出渾身解數想要跟我交朋友，甚至試圖說服我等他出差回來後，一起到切爾西旅遊，我有些心動，但就在他回來前夕，我遇見了喬納，從那晚開始，我的命運就此改變。

達文的父親顯然熟知水晶的價值，而我好奇地想要知道他本人的觀點，除了在酒吧搭訕認識之外，他不曉得我眞正的身分，或許可以從他身上挖到些許情報。

「事實上，五分鐘的空檔總是有的。」我嫣然一笑。

「好極了。」達文欣然接受，立刻鼓勵我跟著他走，兩邊牆壁掛了好些畫作，其中一幅顯得與眾不同。

死屍遍野的景象怵目驚心，草坪上是一灘灘濃稠的血跡，背景有個身影——呈垂直的角度——俯瞰整個畫面，眼睛是綠色的倒三角形，人物的輪廓四四方方，頭顱是白色圓圈，大得跟身體不成比例，雙手戴著黑色手套，手掌張開直指前方，活脫脫的就是長相怪異的機器人，置身在人類的影像裡面，這幅畫儼然在描繪大災難的場景。

最揪心的是畫作正中央，一束白光射向天際，光束來自於輪廓模糊的火紅球體，我忍不住

注 英國名家道格拉斯·亞當斯的科幻小說系列中的第一集，後來還改編成電影「星際大奇航」。

駐足觀看。

「很可怕，對吧？」達文說，「這幅家族的收藏品至少有上百年歷史，明明看了很不舒服，父親卻不肯取下它。傳說有個先知在異象中看到這可怕的一幕，嚇得倒地不起，說它預告了末日的場景，最後用火鉗戳瞎雙眼，畫出這幅畫示警。」

我過了好半晌才找到聲音。「你父親也有同感，認爲這就是世界末日的景象？他有宗教信仰嗎？」

達文聳聳肩膀。「至少比我虔誠，他說他能夠在各種事物上看到徵兆和隱喻，也相信天堂和地獄的存在。」

「你不信嗎？」我繼續瞪著那幅畫，幾乎無法移開目光的焦點。

「大家的注意力都在飄忽的雲朵上，完全忽略星星的微光。」他說得神秘兮兮，令人摸不著頭緒。

「所以是不信，你認爲沒有天堂，或地獄——」

「就某方面而言……」他中途插話，伸手托著我的後腰。「我是物理學家，喜歡把妳所謂的天堂、地獄想像成不同的世界或空間。」他吸了一口氣，手掌略爲用力地推著我的腰，催促我往前移。

達文的說詞出乎我意料之外，他是眞的知道，或者只是根據理論？

他繼續說下去。「不管怎樣，浩瀚的宇宙還有很多神祕事物是我們不知道的。」

我們漫步往前，逐漸遠離那幅畫。

他暗示在我們所處的空間以外還有更多的未知？

我慢條斯理地提出疑問。「你的意思是？」

「宇宙浩瀚無邊，用夾克來形容，地球和其他事物都像是存在於一個小口袋中，而即使宇宙是無限的，但它依舊屬於某人的，會有一個更大的『人』穿上它到處走動。」他欲言又止，低頭看看響了兩聲的手機，再度說下去。「宇宙本身的運行自有其邏輯和規矩，有給就有取，才能兩相平衡，案例多得不勝枚舉……唯有不合邏輯的人類無法了解它的永恆無限，更難領悟宇宙的本質和與其存在的意義。」

達文的理論深得我心。

「你真的認為人類不可能理解？永遠無法體會背後的意義？」我提問。

「唯有心靈真正脫離拘束、全然自由的時候，才能完美的洞悉和領悟。我們所見、所聽、所知的一切只是證明我們的盲目、耳背和無知；明明是無垠的紊亂，我們卻想在其中建立起可以遵循的秩序。」

達文停住腳步。「這是我的辦公室。」他從口袋掏出房門鑰匙。踏進房內，L型辦公桌盤據右邊的角落，只留下足夠的空間通往陽臺，另一端放了單人床，或許是方便他累得不想回房間睡覺的時候就躺在這兒休息，除此以外，我很難想像他會在這裡招待「女性朋友」。單人床旁邊似乎是實驗桌，擺了裁切機、螺絲鉗、老虎鉗和大型顯微鏡。燒木頭的壁爐旁零散地擺了很多書籍，書名大多跟理論物理、實驗物理或弦理論相關。雖然這裡怎麼看都是成年人的房間，偏偏牆上掛了各式各樣銀河旅遊指南的海報，一一加了玻璃框，正式的畢業證書和文憑儼然淹沒在科幻小說的圖案裡面，顯得微不足道。

「請坐，我去倒飲料。」他微微一笑。「別亂跑。」

「沒問題。」我回應他，然後施施然地走進房裡。

他湊過來說。「舊事重提一下，這句話我以前可是聽妳說過了。」說完他就離開了，留下我自行參觀。

達文的畢業證書歪向一邊，我慢慢走過去扶正，證書上面是「麻省理工學院」幾個大字，下方註明「達文・蒙莫雷西」榮獲物理學碩士學位，其餘是紅色戳記和不同人的簽名。

果然是聰明的傢伙，還是名校學位。

我的注意力轉向辦公桌，上面的文件幾乎氾濫成災，好奇地走過去看了一眼，大多數的文件上面都印著CERN（注1）的商標，這家公司似乎有點知名度，不久前還在報紙上看過跟它有關的報導——大約提到微小粒子和地底洞穴什麼的，看得我一頭霧水，當然沒放在心上。

桌面還有一封信，收件人是達文，好奇心讓我把基本禮貌拋到腦後，蓄意瞄了一眼，信的內容提到希格斯玻色子和某種稱爲單一粒子的東西，這些對我而言如同天方夜譚——唯有天才搞得懂的益智遊戲——不過最底下那兩個字「謝謝」，我倒是看得懂：誠摯感謝你們爲對撞機提供了另一顆水晶球，還有一串由數字組成的密碼1.008/4.003——可能是某一份報告的存取密碼，類似通關密語的東西，難道達文給的就是來自於水晶星際的東西？如果是的話，又是爲什麼？

「來了！」達文大聲嚷嚷，雙手各端一杯香檳，用腳踢開辦公室的門。我趕緊將香檳接了過來，我們用杯子輕輕地碰一下，「乾杯！」我一口氣喝掉所有的香檳，迫不及待地渴望舒緩乾燥的喉嚨，只要不時喝上一兩杯，中間間隔足夠的空檔，就能夠紓解喉嚨的痛楚，又不至於喝醉。

「妳很急喔，早知道應該直接拿整個托盤的香檳上來。」達文調侃地說。

「或許吧，這是什麼？看起來很像官方文件。」

「有聽過瑞士的強子對撞機嗎？」他問道，淺啜一口金黃的香檳。「幾年前還上過新聞版面，妳應該有印象，總之，就是有很多無聊的科學家齊聚一堂，讓粒子互相撞擊，藉此尋找向來捉摸不定的希格斯玻色子（注2）？」

我搖頭。

達文深吸一口氣後仔細再說明。「希格斯玻色子是一種粒子，因它的存在，物質產生質量，許多年來，世界最優秀的菁英份子都試圖證實它的存在，那篇報導就在解釋科學家們深信，也已經運用強子對撞機偵測出它的存在。」

「喔，好，非常好。」我的腦袋瓜嗡嗡作響，試著將他所說的話和捐贈水晶給CERN機構

注1 歐洲核子研究中心，位於瑞士日內瓦，利用「大強子對撞機」實驗觀察，偵測到希格斯玻色子的存在，成爲兩位物理學家（Higgs和Englert）獲得二〇一三年諾貝爾物理學獎的重要關鍵。

注2 科學家相信，希格斯玻色子與基本粒子交互作用之後，粒子便擁有了質量。因此，發現希格斯玻色子，等於是填補了現代物理學的一大黑洞。

的事情連結在一起。

「不，不只好而已——而是驚天動地的發現！」他雙手一攤。「好吧，如果我告訴妳這麼多年來，都沒有任何科學家找到並證明它的存在，哪裡談得上利用和掌控？假若我再告訴妳，是因爲我捐贈了，呃，某種物品給CERN，算是臨門一腳，否則他們根本不知道它的存在。」

「原來如此……」水晶，你把來自另一個世界的水晶送給他們，這是爲什麼？

達文拉出椅子，示意我就座。或許他把我當成一無所知的笨蛋，想要炫耀一番，展現自己的智慧與聰明，繼續說。「他們把東西放入對撞機測試，這才發現希格斯玻色子的存在。」

他的目光再度移到我胸前，打量那顆水晶。

我飛快思索，看他充滿戲劇化地揮揮手，「就在那裡面，他們終於發現希格斯玻色子——也有人稱爲上帝的粒子。」

上帝的粒子？在水晶裡面？

「還有更特別的發現，妳想聽嗎？」

「當然。」我說。

達文從實驗桌那邊拉來另一張椅子，故意拖延了一下，製造緊張氣氛和戲劇性。「他們找到單一粒子。」

我不懂單一粒子是什麼東西，怎麼會跟水晶星際的寶石產生關連。

他把眼鏡推到鼻樑上方。「只要能夠適度駕馭單一粒子，物體、甚至個人就有穿越時間和空間的可能性，譬如時空旅行，這些發現還不到公諸於世的階段，除非我們能夠讓粒子趨於穩定。」

我試圖理解達文所說的一切，大天使們是在水晶光中誕生的有機體，擁有超然的能力，得以穿越不同的時空，不用水晶，依舊可以在地球上保有自身的超能力，水晶的用途在於促成裂縫的形成。至於天使的後裔就需要水晶，而我是其中之一，然而在陽光底下，我跟大天使一樣發出光芒，並不需要仰賴脖子上的水晶。這意味著他們體內有達文所提到的粒子，同時我身體裡也有嗎？這是我們得以穿越不同的時空——不同世界——的原因嗎？即便各個世界的型態和時間快慢有所不同？

「你究竟在說什麼？」我小心翼翼地求證。

達文喝光剩餘的香檳，舉起杯子朝向天空。「這表示我們找到時空之旅的管道，得以穿越不同的時空，擁有無限的可能性，茜希。」他跟我碰了碰酒杯，這才想起他以爲我的名字是茜希——當時我也這麼以爲。

「他們正在做這方面的實驗？」我納悶得很。

「不，那——」他猶豫了一下。「我給他們的東西只是殘餘的元素，可以用來分辨粒子，卻無法長久維持活性的狀態，頂多存留極短暫的瞬間，所以我得繼續收集這些東西，期待找到更多活性元素的成分，只要有一顆的元素是滿載狀態，未來的運用就無可限量。」

未來的運用的確無可限量……只要帶著能量充沛、活性狀態的水晶，抽出粒子，就能開啓通往第一度空間的縫隙，讓人類一通過便消失在白光裡，更糟的是還可以用來在地底洞穴中引爆——將所有空間壓縮、重疊在一起，毀滅所有人類？

腦中思緒轉得飛快，腦子裡塞滿各式各樣危機四伏的念頭，艾瑞爾說過，唯有我可以在三個世界中保有原來的樣貌——連大天使和純血都無法做到。我是獨一無二的生物，需要多久人類便會發現箇中的奧秘，然後把我當成實驗用的天竺鼠？直接把我丟進強子對撞機、分解成微小的分子，看看會滲出什麼寶物？

我微微一笑。「呃，祝你成功，你會介意我們現在下樓去參加宴會嗎？樓下還有朋友，我得去打招呼。」

達文垂頭喪氣，就像鬥敗的公雞，似乎是因爲我在聽到天大的秘密後，表現出來的興奮程度遠不如他的預期，讓他大失所望，但我寧願讓他以爲我既聽不懂、也不關心——這樣比較安全。

「當然，不過待會我們再回來這裡好嗎，我想仔細看一下妳的項鍊，如果不介意的話？」

「沒問題。」我隨口答應，其實不想讓他靠近。

我慢慢走下蜿蜒的樓梯，突然聽見拍手的聲音，隨後傳來走進餐廳的腳步聲，講話的嗡嗡聲嘎然而止，達文眉頭深鎖，我停下腳步，好奇地問。「怎麼了？」

「演說時間，老爹最喜歡抓住這種機會大肆炫耀兒子的成就——每次都樂此不疲，從不錯過良機。」他苦著一張臉。

「顯然他以你爲傲，這樣很好啊。」在無數的場合裡，我多麼希望身邊有家人陪伴，享受愛與關懷，得以豐富我的生命。

「是的，呃，他以家族的姓氏爲傲，眞要說起來，我們父子至少有一項共同的觀點：就是家庭最重要。」達文將名牌眼鏡架在頭頂上，牽起我的手，攙扶我走下最後一層樓梯，水晶吊燈的光芒襯著他綠色眼眸晶瑩閃亮。

大門入口的玄關已經沒有賓客的蹤影，我催促他離開。

「你先進去，等一下再找你，我要先去洗手間。」我又一次找理由搪塞。

25

達文一走出視線，我便衝往天井的長桌，那裡擺了很多杯酒，還有好幾瓶躺在冰桶裡。我先拿了一杯紅酒，雖然顏色像血一樣，也有可能是水。

「痛得受不了，對嗎？」喬納語帶諷刺，從背後走過來。

我置之不理。

他輕輕抓著我的手臂，將我轉過身去，我不安地蠕動身體，他的指尖陷入宛如培樂多黏土似的肌膚裡。他先怔了一下，隨即回過神來，從上到下打量一遍我身上的禮服，順著小腿肚紅、白玫瑰花圖案的蕾絲一路往上，看著它們在胸前綻放，目光接著轉向腰間，因爲透明的布料，讓他在我身上留下的疤痕清晰可見。

他也是有備而來，看起來衣冠楚楚，筆挺的長褲搭配正式的襯衫，不過只做了一半，仍舊保留他一貫的風格，外面罩了黑色夾克，連身帽只遮到後腦。這身行頭不用布魯克介紹，連我都看得出來是名家設計的——包括那件帽T。

「爲什麼？」他很不甘心。

「我不懂你要問什麼？」我將酒杯放回背後桌子上。

「爲什麼要這樣？那麼費心遮掩背部的傷疤，卻獨獨露出這一塊，妳執意炫耀它們的存在，就是想要激怒我嗎？」喬納氣得咬牙切齒。

「不，」我回答。「只是恰巧，這件禮服剛好強調這一塊。」

他偏著頭，上上下下打量了很久，挑起眉毛說。「這件禮服，幾乎沒有留下遐想的空間。」他眨眨眼睛，害我心臟扑仆跳，他已經很久沒有如此俏皮的動作，讓人非常懷念。喬納拉下帽兜，左右轉動脖子。

他的掌心陡然貼住我的小腹，拇指小心翼翼地撫摸薄如蟬翼的質料，隱隱約約，似乎嗅到他身上的氣息，是以前常用的刮鬍潤膚水，就在咫尺的距離，我深深吸一口熟悉的香氣，彷彿置身在森林裡。我忍不住抬起頭，凝視他淺褐色的眼珠，好奇怪，這對眼睛竟然讓我聯想起蝴蝶女孩。

他彎著腰，鼻尖就在我的耳垂附近。

「這些疤痕是我造成的，看起來很醜陋，爲什麼不遮住？」

我胸口繃緊。「你留下的痕跡不在皮膚表面，喬納。」我按住他放在我小腹的手。「這些疤痕的意義跟你心裡想的不一樣，不是憎恨，也不恐怖，而是……心意。」

他流連不已，炙熱的氣息吹在我脖子上，以前因他而起的渴望再一次浮起。

過了半晌他才抽身退開，用力眨了眨，俯視我疲憊的眼睛。「妳那天晚上所做的……」他語氣顫抖。「一度讓我變成更好的人，不，是讓我重新把自己當成人來看待，後來卻陷害我，讓我再次變回恐怖的怪物。本以爲妳這麼做是出於憐憫，也有可能是某種虛榮心，試圖維護妳所認定的形象，算是堅持一貫的作風。」他猶豫了一下，淺褐色的眼珠閃過血紅的光芒，隨後冷靜下來。「但我錯了，是不是？這些都不是妳眞正的理由，對嗎？」

我不敢直視他的眼眸，更不願意對自己承認，擔心一旦把心底的秘密說出口，就會變成眞的，承認我愛他又能如何？這有什麼幫助？即便他一再用殘酷的言詞折磨我，我的愛至今沒有改變，說了這些有什麼用？毫無幫助，因爲一開始我所愛的便是加百列。

他勾起我的下巴，強迫我直視他的眼睛。

「妳是什麼時候想起我的？」

我深深地呼吸，感覺吸岔了一口氣。

「告訴我是什麼時候——」

我認輸了，乖乖地回答。「就在書房，當你的嘴唇壓住我的時候，那一瞬間跟你有關的記憶重新浮現，二十分鐘後你卻留下傷人的話，掉頭走人。」

喬納雙手環抱我的背，箍得我喘不過氣，我的身體肌肉收縮，發出虛弱的呻吟，他的擁抱無法帶給我愉悅。喬納立即有所反應，讓我再次納悶我身體的痛楚是否透過血液的連結傳遞給他，因此他能夠感同身受，唯有這個理由才能解釋他語氣裡的糾結和警告。

「求求妳，吸血。」

這回我有認眞考慮，皮膚悸動的感覺帶出強烈的疼痛，讓我終於容許自己崩潰，讓自己短暫的發洩情緒。我投入喬納的懷抱，在他胸前磨蹭、嗚咽啜泣，卻只是乾嚎，無法流出淚水，我的胸膛上下起伏、呼吸急促，他沒有把我推開，而是輕輕撫摸著我的頭髮，安撫我的情緒。

過了半晌我才恢復冷靜，忍不住懊惱自己竟然容許放棄的念頭跑進腦海，我愛加百列，無論如何都不能放棄，他命中注定是我的救星，就算不清楚要怎麼做，也得堅持下去。

我伸手去拿另一杯酒，迫不及待地舉向嘴邊，一轉頭，從喬納肩膀上瞥見客廳的窗戶旁微微發光。

匆匆回到室內，穿梭在擁擠的衣香鬢影之間，隨即發現大家舉著酒杯，杯觥交錯裡很難搜尋加百列，在眾多賓客當中只有一張熟悉的臉孔：是羅德韓，看來他並不信任我獨自跑過來。

我努力地閃躲，避免被他發現，終於從摩肩擦踵的身影中瞅見金光的來源，就在可以俯瞰花園的觀景窗前面、從金光閃爍的景象中，我竟然看見完全料想不到的一幕——加百列正低頭吻著艾歐娜。

我的心立刻被撕裂。蒙莫雷西爵士也站在那裡，左邊是達文，右邊是看起來幸福洋溢的一對。我的視野突然扭曲在一起，只看到加百列的雙唇溫柔地貼著艾歐娜，一隻手輕輕撫摸她絲滑的頸背，流連不去，如果這一吻只是在演戲，做給眾人看，那麼很難解釋加百列的肌膚怎麼會晶瑩透光。

這時午夜的鐘聲敲響，我怔怔地盯著加百列和艾歐娜，鐘聲持續響徹周遭，艾歐娜身體周圍隱然透出一環水晶的白色光輝，讓我百思不得其解那光輝的源頭在哪裡，是加百列的光芒太強，連帶反射到艾歐娜身上嗎？我環顧室內，似乎沒有其他人留意到他們之間的異樣。

這時有人輕輕地拍拍我肩膀，彷彿能夠體會我內心的煎熬和絕望，並傾身靠過來低聲耳語。「如果我是妳，絕不會如此沮喪。」

「對不起，你說什麼？」我很詫異，轉身一看竟然是梅拉奇，他平凡無奇的長相就像我在安列斯的穀倉裡夢見的一樣，隨即想起自己在幻象中目睹的一切，在他之後我便看到漢諾拉。我一直在忌妒她，現在又一次被捲入妒火，只不過這回的對象跟她截然相反。而我更氣自己，根本沒有惱怒發火的權利——明明告訴加百列說我的心全然屬於他，才不過短短的時間，卻已經有部分獻給了喬納。

墮落天使清了清喉嚨，把我的注意力拉回去。

「我跟加百列是相交多年的老朋友，很榮幸有這個機會，終於見到他尋尋覓覓這麼多年的女孩，如果我是妳，我不會容許那種類似作秀的一幕影響自己的心情，因爲他用心良苦，試圖保護妳。」梅拉奇的身上透露出莫測高深的神秘，顯然要經過多年的操練，才能達到這種處變不驚、漠然以對的修養。

「你認錯人了。」我勉強丟了一句話，加百列將艾歐娜攬在胸前，顯得很親暱，不忍卒睹。我命令雙腳移動，梅拉奇再度試圖拉回我眼神的焦距。

「明天和我碰面，就妳一個人。」

我只想立刻離開這裡，眼不見爲淨，但他抓住我的手臂，等待我的回覆。

「我的額頭有貼笨蛋的標籤嗎？爲什麼要跟你單獨碰面？」

他猛然一扯，把我拉了過去，相隔不到一吋的距離。

「妳若不想看著這個世界付諸火海，就得跟我見面，了解我的計畫。我會去找妳。」梅拉奇舉手將沙金色的頭髮往後撥，狡黠地點點頭，轉身消失在三五成群、閒聊不輟的賓客之中。

我狠下心，朝加百列的方向再瞥一眼，艾歐娜湊過去跟他咬耳朵，低聲交談，他迷人的酒窩微現，一如以前。我信步穿過大廳，恍惚之間不時撞到人，我靠著模糊的視線，終於來到大廳邊緣的拱門，把全身重量交給牆壁支撐，深深吸了一口氣。

這裡似乎是某種遊戲間，遠處擺了一架鋼琴，我兩腳乏力，軟得像果凍一樣，只能勉強支撐地緩步走到鋼琴的長凳上。我低頭將臉埋進膝蓋中間，從一數到十，心跳終於緩和下來，不再頭暈目眩。

確信只有我在這裡——沒有喬納和其他人身影——只想盡快找到最近的出口，離開這棟迷宮般的豪宅，東張西望發現相鄰的牆邊還有一架骨董豎琴。往日的回憶立即閃過眼前，我和加百列坐在古老的橡樹下嬉戲。如果可以，我只想大哭一場，盡情宣洩心靈深處的困惑和糾結，擺脫苦惱的思緒。

我脫去高跟鞋，赤腳踩在冰涼的實木地板上，身體恢復平衡，我平穩地向豎琴走過去，豎琴對我而言就像相識多年的老朋友，發出誘人的邀請，它宛如在對我招手，因爲把它從寂靜的睡夢中喚醒。我望著那兩根在中央交叉的琴柱，優雅的形體宛若美麗的天鵝。我踟躕徘徊，害怕手指一摸到琴弦就會繃斷，其實心底還有別的恐懼，更大的憂慮——擔心一旦用我們的曲子喚醒豎琴，結束彈奏的時候，我和加百列的夢境將會墜入虛無，變成縹緲的回音，宛如天邊的夕陽，最終要拱手讓給黑暗。

手指掠過光滑的木頭，輕輕撫摸琴弦，上一次彈奏的回憶驀然湧現，我挑了挑琴弦，悅耳的聲音迴響在四周。

我閉上眼睛，隨興撥動豎琴的弦線，宛如回應它們的召喚，旋律隨著美妙的回憶重現指尖，那是我和加百列的歌，單是前奏就彈了好幾遍，然後才轉向第一小節，搭著琴聲，我開口演唱。剛開始的嗓音有些顫抖，喉嚨的痛似乎逐漸消褪，也可能是來自於靈魂深處的心聲。

「輕柔的豎琴，再次將我喚醒；如夢似幻的旋律，何等甜蜜。」

我先唱了加百列的部分，接著是我的歌詞。

「上一次我們在淚眼婆娑中告別，而今又於淚光中重逢。」

指尖底下滑順的琴弦帶來極大的安慰，給我一種無與倫比的滿足感。

「即便當時，和平的好消息翩然降臨，美妙動聽的歌聲響徹大地與海濱，別人得著希望與歡欣，唯獨你淚水盈盈。」

當我重複那一句歌詞時，睫毛不住地顫動——加百列吟唱時的景象揮之不去。直到視線恢復清晰，重新聚焦的時候，已經有好些賓客走進這裡，聆聽我的演唱。

加百列推開人潮，牽著艾歐娜出現，臉上是掩不住的詫異，他肌肉緊繃，無法拉出微笑的線條，這時我才幡然領悟，或許是這首曲子勾起他的傷痛，或許是因爲我，也可能是兩者都有。

「誰還忍心求取歡樂的音符，豎琴無力的垂落，回應你的心弦？」我唱著。

達文跟著出現，站在書架旁邊，好奇的作壁上觀，布魯克、佛格和羅德韓也一一加入，最後一位完全在我的意料之外——菲南也來了。

「哎，清晨的百靈鳥兀自歡欣雀躍，殊不知厄運臨到，將如垂死的天鵝。」

菲南旁邊站了一個陌生人，對著他竊竊私語，我不是故意要聽，只是從嘴型辨認出他說的是「天使般的歌聲」。

雖然午夜報時的鐘聲早已敲過，菲南心底似乎響起新的警鈴，眼珠睜得像銅板那樣大，似乎隨時要蹦出來。

他認出了我的身分。

「我該如何是好，有誰來愛，誰來庇護。」我繼續吟唱，加百列終於放開艾歐娜的手，大步走過來。

「祈禱自由的旋律如微風輕拂。」顫音又一次夾雜在歌聲裡面。

他站在我的陰影底下，幫我擋住眾人的目光，下垂的嘴角帶著憂愁和悲傷，朝我伸出手，那隻手微微地顫抖，明明相隔不過一兩英呎的距離，眼神卻是空洞而疏離，就像站在很遙遠的地方。

我順著旋律撥動豎琴，一一彈出每一個音符，唯獨想不起來最後一句，歌詞隱隱就在那裡，或許埋在這具嶄新的皮囊底下，埋得太深抽不出來，我閉上眼睛，努力喚醒記憶。

彷彿有隻天鵝扭頭啄了我一口，錯愕之下我放開手裡的豎琴。

「爲什麼想不起來最後一句？那是你的部分，你來唱。」我的聲音不停地顫抖。

觀眾靜止不動，保持沉默，彷彿被我下了定身咒，賓客都像結了冰似的，加百列還來不及回答，整棟屋子突然劇烈地晃動起來，樓梯那裡傳來刺耳的嘶嚎，尖叫聲一路傳到這裡。

門廳上面沉重的水晶吊燈跟著晃動，天花板上的水泥爆裂，吊燈轟然砸向地板，碎成上百萬的小碎片，室內一片混亂，陷入歇斯底里的恐慌。

「趕快離開，立刻！」加百列對著我大吼。

我一臉茫然。

「運用意念瞬間移位，」他下達指令，「想像房子的所在，命令光把妳帶過去。」他迅速解釋，我依舊抓著豎琴背面的木頭，文風不動。

艾歐娜的手腳突然不太靈光，僵硬地歪倒在加百列身上。

「加百列，我覺得怪怪的。」即使四肢乏力，我依然看得出來她的輪廓散出銀色光芒，只是自己快要虛脫了，沒有心情去想像她的模樣。

加百列的目光從艾歐娜轉到我身上，來回打量，佛格和布魯克急忙跑過來，左閃右躲，避免和瘋狂湧向出口的賓客互相碰撞。

杯盤摔在地上粉碎的噪音更在騷動中增添不安的氣氛，菲南擠在人群裡面，掏出褲袋的手槍，同時撥開安全栓。「帶她出去！」他在房間另一頭大吼。

達文急忙往樓上跑，從我眼角餘光中消失蹤影。

「我跟她一起。」布魯克告訴加百列，及時幫我解圍，掩飾我沒辦法靠著意念瞬間移動的狀況。

「等一下。」我知道羅德韓就站在群眾後面，所有人都在，只有一個人缺席。

「喬納不在這裡，不久之前我還有看見他。」我說。

「加百列——」艾歐娜哀求的說。

「我去找喬納，」加百列說。「妳現在就走，拜託。」

他太了解我，不相信我會乖乖地離開，然而我根本沒有反抗的機會，就被布魯克抱了起來，僅僅一眨眼，當我睜開眼睛時，我們已經到了屋子前方開放空間的黑色欄杆外面。

「謝謝妳。」我虛弱地喘氣。

賓客聚集在人行道上，一臉困惑，搞不懂發生什麼事，以爲是發生地震，屋外卻平靜如常，但放眼望去，別墅的窗戶玻璃仍然震動不已，外牆也出現裂縫。

不管屋裡發生什麼事，肯定不是好現象，但我不曾察覺任尼波的存在，既沒有入侵，也不在附近，我開始頭暈，怎麼會這樣？如果吸血鬼衝入屋內，爲什麼不在這裡，或是試圖抓我回去？或許他們不知道我在此地，也有可能我不是他們來此的目的。

「我必須進去，佛格還在屋裡。」布魯克兩眼直盯門口。

「佛格？喬納在哪裡？妳不擔心嗎？你們彼此連結，我還以爲……以爲妳愛他。」我脫口而出，心底一樣掠過進去找人的念頭。

「是的，當然，我愛他，可是……」她說。「知道嗎，強尼．戴普說過一句話，如果妳同時愛上兩個人，那就選擇第二位。因爲第一個若是妳的眞愛，那就不會愛上其他人。」

唯有布魯克會在這種時候引用強尼．戴普的名言，然而這番話像陰影一樣籠罩在我的心頭，彷彿我需要黯黑的對照才能在自己的抉擇裡看到光亮。

「我要回去——」她開口，我正想伸手拉住她，突然瞅見一個熟悉的身影大步穿過人群，注意力立刻轉移過去。

就算他一身黑衣，有如夜間出沒的盜賊，但是那對眼睛——眼神比上次見面的時候更微弱無神——很難讓人視而不見，他身上的夾克皺得不成樣，襯衫裂開，顯然樓上發生的事情他有參與。

他橫越馬路，跟一個紅色緊身禮服的女子撞成一團，女子驚叫一聲，但他不為所動，繼續快步前進，走向綠地的開放空間入口，我目不轉睛地盯著他的身影。

艾瑞爾。

26

這個父親為了返回水晶星際，處心積慮，甚至不惜傷害我的生命，而今卻在這裡，活得好好的，能走會跳。

他逕自往前，沒發現我和布魯克站在欄杆旁邊，手裡緊緊抱著絲綢包裹——那是加百列出售的珍品。

難道蒙莫雷西爵士提到的客戶就是他嗎？今晚親自出席宴會，替代神秘的合夥人來收購水晶？如果真是這樣，顯然那個傢伙沒打算用金錢來交換，想到這裡，突然覺得毛骨悚然，不曉得是因為那個神祕合夥人的身分讓我不安，或者是因為加百列明明有察覺到詭譎的氣氛，仍然執意要出售那批水晶，只為了確保我們的未來過得優渥無憂。

布魯克隨著我目光的方向看去，困惑地瞥了一眼。「那個是——？」

「去叫加百列，快點！」吩咐完布魯克，我便開始跟蹤艾瑞爾。

赤腳踩在潮濕的草地上，一路跟蹤著，就算他知道我在後面，也沒作聲，一直走到開放空間另一端的路燈底下，他才停住腳步，背對著我，文風不動。

「怎樣？不敢面對自己曾經想要害死的女兒？」

他將寶石塞入口袋，慢條斯理地轉身過來，拉下帽子，用疲憊的眼神盯著我。

「妳已經與我無關了，萊拉。」他語氣漠然。

看到他這張臉，我心裡就開始冒起怒火，上次碰面的時候，他姿態高傲地俯瞰著我，幾盡嘲笑地面對我彌留的過程。他是我父親，至少以前是。

「你現在替惡魔打工賣命？」我憤然質問，稍稍靠近一步。

他不予回應。

「呃，我猜肯定不是大天使，既然我與你無關，他們也不再把你列入考慮。」我繼續酸他。

「沒錯，」艾瑞爾瞇起眼睛，下顎繃緊，彷彿被我踩痛神經。「是妳害我墮入人間。」

「對，所以你變成凡人，生死由命，我可以把你撕裂。」我撒了謊，反正他不知道實情。

「所以你最好告訴我，你的老闆是誰？收購這些水晶要做什麼？」

他大搖大擺地朝我走來，直視我的雙眸，用衣袖搓了搓我臉頰的皮膚，我立刻拍掉他的手，可惜還是被他發現濃妝面具底下的灰白。

「現在就算是面對生死關鍵，眼前是付出生命也要殺死的人，妳也沒辦法咬開對方的喉嚨，對吧？萊拉，妳已經面臨生死關頭，還敢說大話。」他態度傲慢、嘖嘖作聲地說。

他掉頭就走。

我渾身僵硬，這陣子以來首度感覺牙床發癢，彷彿獠牙隨時要爆出來，當下就追了過去，伸手抓住他肩膀，他手肘一撞，我跌坐在濕淋淋的草地上，艾瑞爾居高臨下地站在那裡，嘴角帶著不屑的意味，拉出我脖子上的項鍊，用力扯斷鍊子、奪走水晶，握在手掌心。

「你要的就是水晶而已？怎麼不召喚惡魔現身？告訴他們我在這裡，趕快來抓我？」我大聲詰問。

既然知道我沒有威脅性，爲什麼不試圖挾持我同行？他跟純種吸血鬼成了一丘之貉，怎麼沒有進一步行動，而是掉頭離開？

他彎下腰對我說：「他們會來找妳，萊拉，不是今晚，不過妳別擔心，不會等很久的！」他嗤之以鼻。「眞好笑，我或許被流放在這塊該死的土地上成了凡人，但妳……啊，萊拉，妳的下場若不是任尼波的奴隸、就是歐利菲爾的囚犯，對妳而言，眞正解脫的方法只有死亡一途，建議妳在他們找來之前自行了斷。」他一副事不關己、冷酷無情的語氣，顯然今晚的任務跟我無關，他的目標只有那塊水晶。

艾瑞爾沒有一絲悔意，看我厄運臨頭，唯一的反應是幸災樂禍，冷笑的嘴角充滿憎恨。我以爲他預備要走，卻又狠狠地推了我一把，似乎害得我還不夠慘、猶不滿意。

布魯克陡然衝了過來，我還來不及反應，她已揪住艾瑞爾的夾克，把他摔在地上，項鍊凌空飛起。他發出呻吟聲，雙手抱住胸前，似乎受了重傷，掙扎地跪起身，摸著破相的眉毛，布魯克居高臨下，表情猙獰地露出致命的獠牙。

「求求妳，不要殺我！」他可憐兮兮地求饒。

布魯克轉頭尋求我的意思，艾瑞爾抓住她遲疑不決的良機，飛撲過去，利用手裡的銀錶劃傷她的皮膚，我認出那只錶是蒙莫雷西爵士的。

銀製品抵住布魯克的胸口，她原本的呻吟變成劇痛的尖叫，艾瑞爾跨坐在她身上，抽出後面口袋的純銀刺刀，即便現在已淪爲墮落天使，他仍有萬全準備，布魯克和我都沒有預料到他隨身帶著武器。

「看清楚，萊拉，等妳落入任尼波手裡，別以爲妳這些朋友能夠全身而退，我確定純血的下個目標就是他們，保證會讓他們痛不欲生。」他在動手之前還不忘消遣一番。

這些話就像當面揮舞拳頭一樣，危險的濃霧從眼底浮起，輕視、羞辱、毀謗我是一回事，攻擊布魯克並威脅我的家人——那就是另一回事了。氣急攻心，一股力量由衷而生，激起我全身所剩無幾的體力，獠牙突破牙床，渾身肌肉繃緊，我突然一躍而起，艾瑞爾傲慢的笑容僵在臉上。我整個人朝他撲了過去，他被撞飛到欄杆之外，刺刀和手銬散落在馬路邊。

我揪住艾瑞爾的夾克，他蠕動地掙脫那件衣服，躲開攻擊，我低聲咆哮，甩掉可恨的衣服，虎視眈眈地圍著他打轉，直到他的目光移向我的臂，這才轉移了我的注意力。黑煙從我的手心裊裊升起，駭人的黑暗籠罩四周，當我再次凝視他的眼睛，冷酷的眼神依舊——沒有我所期待的歉意和懺悔——即便距離死亡只有一線之隔，他仍然不知悔悟。

「你不配活在人類世界。」我舉起雙手，命令煙霧升向空中，飄過去纏住他的喉嚨，這次並不是體內某種黑暗勢力在主導著我，當他威脅要傷害我的家人，這樣的挑釁激怒了我，決心不讓他再活著殘害別人，我要慢慢折磨他，讓他痛苦萬分。

「妳雖然是我的女兒，卻跟他們差不多。」他故作鎮定。

這話很刺耳，讓我開始猶豫。我垂頭喪氣，肩膀垮下，纏住他脖子的黑煙有點後繼無力。彷彿本來面對審判的是他，他卻反咬一口供稱我是女巫——他想用這一招自救，他狡猾地瞇起眼睛，認定我下不了手。

他錯了。

只是我過於虛弱，無法掌控黑煙，眼睜睜看著它蒸發。

艾瑞爾的肺部鼓起，跟人類一樣再次吸入氧氣，才終於有力氣起身，他洋洋得意地點個頭，算是說再見，接著稍作停頓，似乎在等我情緒崩潰，胡言亂語大發脾氣，強調我比他優越等等之類的話，我很肯定他沒有預料到我決定直接處決他。

我虛弱地踮起腳尖，抓住他的肩膀，鼻子湊近他的耳朵低語。

「你錯了，我跟他們不一樣……我更兇狠。」

我伸手掐住他的喉嚨，細細品味那一瞬間，看著他錯愕地瞪大眼睛、倒抽一口氣。我當初在山上被殺死，他是始作俑者，現在換我奪走他的呼吸。

我使出異出常人的力氣，聽見艾瑞爾的骨頭喀啦一響，應聲折斷，動作乾淨俐落就像折粉筆那樣簡單。手一鬆，他癱軟地倒下在我腳邊，再也不會動了。

體內洶湧的腎上腺素瞬間乾涸，我用盡了最後的存量，五臟六腑上下顫動，四肢抽搐，如同車子在寒冬下拋錨，節流閥被塞住一般。雖然身體無法控制地不斷搖晃，我還是著急地尋找布魯克的蹤影——她已經起身，瞠目結舌地看著我，她身上的禮服破了好幾處，灼傷的皮膚已迅速復原，看到她安然無恙，我立刻安了心。

我行動遲緩，腿部每一條肌肉都在喊痛，就像剛跑完馬拉松，布魯克此時往我背後的方向看去。即使脖子的轉動變得極其艱難，我還是勉強扭頭去看。

靠著模糊的視線，藉著街燈的光線，在艾瑞爾的屍體旁，黑色液體狀的涓涓細流從半空中垂流而下，從中伸出一隻瘦骨嶙峋的手，皮包骨的手指頭像爪子一樣伸展開來，彷彿在彈奏鋼琴般尋找、搜索著合適的琴鍵。又有另一隻手臂冒了出來，隨後是頭顱和軀幹，彷彿才剛誕生一樣，枯骨表面是灰色皮膚，襯得細瘦的肋骨更加突出。牠四肢著地後，像精神錯亂的狐猴似地蹦蹦跳跳，繞著艾瑞爾的屍首徘徊，不時地嗅聞他的脖子。

是食腐獸——第三度空間的清道夫，穿越裂縫收集闇黑的靈魂，就像天使的後裔被派來人間執行類似的任務。

一團黑煙像滾滾而來的浪濤從艾瑞爾身上湧出，凝聚成一大片，裊裊上升，羽狀的末端相互纏繞，糾結成盤旋的大黑球。

奇怪得很，食腐獸凹陷的眼窩就只有一層薄薄的皮膚，完全沒有眼珠，卻可以用牠畸形的手指抓住黑色的大球，牠對著天空嗅了嗅，伸長它的怪頭。它沒有嘴巴，而是皮膚裂了一個洞，膚色的觸角從洞口伸出來，很像星鼻鼴的觸手，在微風中不停的抖動。

牠的觸角懸宕在黑色能量上方，引導那團黑霧湧入食腐獸的嘴巴。全部吞下以後，觸角陡然縮回洞口，皮膚收攏，將黑霧緊鎖其中。

恐怖的怪物四腳著地，突然轉過來，流露危險的氣息，因艾瑞爾靈魂重量的拉扯，牠拱起背脊，手和臉幾乎貼在地上，然後突然急速往回跑，奔向陰暗的縫隙。

我沒看見牠進去裂縫，兩眼視力又開始模糊，影像扭曲，瞳孔內的小黑斑往外擴展，擋住了視線，喉嚨的疼痛突然加劇，變得難以忍受，攻擊一波接著一波，像是拿著刀不斷刺向柔軟的黏膜。

我試著重新調整眼睛焦距，全神貫注，影像卻開始傾斜，變得不上不下，晃得很厲害，讓我噁心得幾乎反胃。

世界似乎陷入無聲狀態，彷彿手指一彈，屋裡的轟隆響和警車從遠而近的刺耳警報聲就會嘎然而止，但是在我心裡，仍然在撥弄豎琴的琴弦，演奏我和加百列的歌，當我想要更深入去探索時，琴弦一根根繃斷，意念緩緩飄向老橡樹那裡。

我坐在塵土裡，視線模糊看不清楚，是背後粗糙的樹皮告訴我身在何處，我不是故意運用意念瞬間移位，而是無法掌控自己的身軀。現在坐在老橡樹底下，距離上次相見相隔近乎兩個世紀，多年不見的老朋友依然矗立在原地。

我驚慌失措，知道死期不遠，加百列不在這裡。偏偏又沒辦法用心電感應聯繫，我孤伶伶的一個人，時間所剩不多了。

我想要放聲尖叫，溢出喉嚨的卻像喑啞的呻吟，舉起沉重的手臂，明明很近，輪廓卻是隱隱約約，時有時無。顯然我正面臨生死關頭，兩腳跨在生死交界處。對未知的恐懼直接撞入心頭，明明身體熱得像著火——皮膚幾乎融化貼住骨頭——但我依然不願走向生命盡頭，就算像一千顆太陽熊熊燃燒直到永恆，也好過不復存在——勝於孤孤單單被困在虛無的所在。

我垂頭喪氣，把腦袋埋在兩腿中間，身上精緻的布料唰地裂開，任性的血珠潸然滑下臉頰，這更把我推向崩潰邊緣——我甚至不能哭，如果不想失去一部份的自己的話。

就在體力枯竭、血淚跟著乾涸的時候，屬於加百列和我那首歌的歌詞變成呢喃的低語，世界像黑色信封一樣把我塞了進去，然後對折封上，血液形成融化的蠟油，但在死亡蓋上戳記、封緘我的生命之前，富有節奏的鼓聲鼕鼕地打破它的詭計，聲音越來越吵雜，漸逼漸近，更加強勁有力。

「萊拉。」

有人用拇指和食指掐我的臉頰，左右拍打，試圖把我喚醒。

他的臉一閃而過，僅僅驚鴻一瞥，世界就整個顛倒過來，彷彿在遊樂場坐雲霄飛車或是在摩天輪上，唯有巨輪翻轉的時候才能看見他的臉。

「看——這裡。」他語氣嚴厲，命令我順服指揮，兩根手指頭指向眼睛，示意我穩住視線的方向，我努力半晌，竟然發現蝴蝶女孩淺褐色的眼珠眨也不眨地盯著我看。

但那不是女孩的眼睛，而是喬納的。

「集中焦距，萊拉。」他說，然後用強壯的胳膊把我從樹幹底下抱起來，靠著他結實的胸膛，坐在他大腿上，即使這樣，我的腦袋瓜依舊無力地下垂，身體虛弱地向前趴。

「用鼻子呼吸，不要用嘴巴。」喬納進一步指揮，摟著我靠向胸口，我的臉貼在他的肩膀上，耳朵聽見他的心跳像打鼓般，節奏強勁有力，我試著用它指引我回神。

「el efecto mariposa 這句話對你有什麼特別含意？」我問得結結巴巴，突然想起他在篝火旁邊對我說過的話，乍看之下，那對眼睛酷似蝴蝶女孩，讓我非常困惑。

喬納的注意力全在左手腕上，獠牙一咬，卻在聽到我的詢問時，微微一楞，「對我而言，這是幫助我看見混亂發生的徵兆，」他挑開第二條血管。「妳既然不尊重我的決定，那我也不會因爲剝奪妳的選擇權道歉。」鮮血湧出，他勾起我的下巴，想要強行餵血。

我急忙吐掉，不停地喘氣，又覺得頭暈目眩。

「妳以爲加百列寧願讓妳死掉也不要妳吸我的血嗎？」他勃然大怒、氣得渾身僵硬。

我搖搖頭，他顯然誤解我拒絕的理由，不管是哪一個原因，加百列都將失去他所愛的那位——他不再是我拒絕吸血的緣由。

「以前不知道，但我現在明白了，我命中注定要救妳。」他放下身段懇求，再一次將手腕內側靠近我的嘴邊，就目前的狀態，我連他的氣味都分辨不出來，這樣更好，緩和掙扎的力道。

我舉起手，想要移到他的胸口，手臂的輪廓忽明忽暗，就像微弱的蠟燭，看不太清楚。我的手掌滑進他襯衫底下，貼著他心臟的位置，然後輕輕閉上眼睛，感受著鼓聲的節奏，眼前出現的影像似乎不合邏輯，蝴蝶女孩莫名的跟喬納牽扯在一起，而不是加百列，跟我原先設想的不同。

我輕輕撫摸他光滑的肌膚，沾血的指尖黏黏膩膩。「我相信你。」

他的手腕再次推近鼻尖。「那就喝啊。」

我依舊婉拒。

「我不懂。」他說。

「如果我吸你的血，萬一無法停止，還有誰能救你？」我欲哭無淚，低聲解釋。

他靜靜撫摸我的頭髮。「我本來就不該活著，至少不該超越妳。」

若不是虛弱得沒力氣，我真會狠狠地揍他一頓，絕不能用他的性命換我的生存，我不願意。心意已決，耳邊的鼓聲逐漸轉弱，我渾身緊繃，本能地知道接下來將面臨的是什麼——墜入虛無。

「妳不可以讓她白白犧牲！」喬納大吼，聲音和意識離我越來越遠，甚至沒想到要問他說的是誰。

「看著我。」喬納攫住我的腰，雙臂箍緊，我順從地凝視他淺褐色眼珠裡閃爍的火苗。

他猶不死心，重新在我鼻尖底下晃動手腕。「妳不會害死我的。」

他的嗓音含糊不清，我垂眼望向地面，眼皮沉重到不行，努力地豎起耳朵去聽，他正呢喃低語。

「求求妳，萊拉，不要把我丟在漆黑裡，孤獨無依。」

我真的聽見了。

我轉動眼神看著他，知道是自己造孽把他拘禁在這裡，等同宣判極刑，逼他面臨自己最恐懼的命運，即便不愛我，然而只要有同伴——就算是我——都好過孤獨無依的生存。

我認輸，決定讓步。

就此屈服。

27

我試著嚥下喬納的血，第一滴血剛在舌尖擴散，大腦負責掌控吞嚥訊號的那一部分似乎消失無蹤。

他用力將手腕壓向我的嘴唇，嘴巴雖然滿是鮮血，卻開始咳嗽，又通通吐出去，一滴不留。沒有希望了，就算艾瑞爾已死，他給我的評語還是活生生的——即便面臨生死關頭，我依舊做不來。這句話具體而微地說明了就算喬納是甘願奉獻，我依舊不忍心吸他的血。

「親我。」他俯身靠近我如鬼魅般的身軀，說話的聲音聽起來就像打碎的瓷器。

喬納主動貼著我的唇，溫熱的液體滑入舌尖，他咬破嘴唇，親自餵血，把這僞裝成臨終的告別。

本來作爲投降的白旗的雙唇，現在染上危險的鮮紅色，我沒有力氣去攬他的脖子，而是他用拇指壓住我的顴骨，指尖插入我的髮叢。

黑暗攏向他的臉龐，鮮血停留在口中，他才撤退。

「吸氣啊，萊拉。」

我不知不覺地閉氣，但他知道自己做了什麼，然後我反射性地倒抽一口氣，空氣夾帶血液流向喉嚨。

喬納的元素滲入我的循環系統，一開始平靜無波，頭頂上方的星星一顆接一顆重現光華，當我回過神來，我再次躺在他大腿上，手腕就在鼻子下方，緩緩靠近嘴唇，我低頭磨蹭他涼涼的肌膚，小心翼翼地舔舐他的付出。

一開始淡而無味，然而隨著每一次充滿目的性的吞嚥，開始多了甜美的滋味，他是美味可口的餐點，讓人渴望大快朵頤，吃掉每一滴。

我用力將他的手臂拉近胸口，確保我們之間沒有任何空隙，指甲掐入他的皮膚，讓傷口供應更多的鮮血。

周圍的噪音——包括遠處高速公路汽車疾駛而過轟隆的響聲，附近每一隻鳥兒拍動翅膀窸窸窣窣的聲音，還有數不清的龜裂、拍打、呢喃聲等等——在我耳中喧囂吵鬧，然後吸血鬼的呻吟劃破這一切雜音。

我撞得很用力，力道之大，甚至古老的橡樹都被連根拔起，吱吱嘎嘎響，陡然裂成兩截，轟然倒地發出巨大的噪音。

我依舊狼吞虎嚥，只知道他是吸血鬼，除此之外，全沒放在心上。

飢餓、炙熱，歇斯底里的感覺糾纏著，我翻身一把扯開他的襯衫，鈕扣四處飛散。

直接攻擊心臟比較快，那裡是供血的源頭。

他嘴角周圍全是血，兩眼無神，精力逐漸消褪，但我眼中看見的仍是吸血鬼。

我的舌尖順著他的脖子往下舔觸，嚐到鹹鹹的汗水，鎖骨周遭的毛細孔滲出淡淡的氣味，類似夏天的氣息，我陡然停住，不過一瞬間，貪婪再次戰勝心底的猶豫。臉頰貼著他堅實的胸膛，指甲劃過肌肉的輪廓，最後來到心臟的位置。

「動手吧。」吸血鬼痛苦地喘氣，聲音聽起來很陌生，然而就在這一刻，他的心跳突然停了一拍，隨即在我手掌底下悸動。

我轉動痙攣的脖子，聆聽它的節奏。

像鼕鼕的鼓聲。

漆黑當中或許看不清楚五官，但我聽到聲音。

喬納，我的救贖。

我大驚失色，不顧一切地挪開屁股，試圖拉開些許距離。

我彎曲膝蓋抱住胸口，身體捲成一團球，沉默地看著他皮膚的傷口逐漸合攏，聽他急促喘息，努力恢復鎮定的情緒，看著自己粗暴的襲擊在他身上所留下的利爪抓傷的痕跡，一條一條的，滲出鮮紅的血跡。我不住地顫抖，仰頭對著漆黑的天空哀號，因自己的所作所為噁心反胃。

混亂紛雜的情緒糾結在心底，除了痛楚、嫌惡之外，一嗅到他特有的香氣隨著微風飄拂而來，心底一股奇特的慾火隨之升起。

喬納試著撐起身體靠向殘餘的樹幹，茫然地睜大眼睛。

我和加百列共同回憶裡碩果僅存的紀念品，現在卻因爲我的慾望而毀滅，喬納也連帶受害，沾了一身汙穢。就在短短的瞬間，情勢逆轉，愛變成恨，輕而易舉就將回憶抹得一乾二淨，我被黑暗吞噬，變成凶神惡煞——一切付諸毀滅。

看到自己殘害喬納的行徑，原來在衝動的驅策下，自己竟然如此渺小、軟弱，就像被洪水淹沒，完全無力對抗。但在體能上，卻是前所未有的強悍，環境給我的感覺就像那天早上在法國醒來的時候，夜視能力重新恢復，連青草的葉脈、飄浮在空氣中的灰塵微粒都看得一清二楚、鉅細靡遺。

以前的超能力像是試用版。

當時在空地上甦醒，吸收陽光的能量還不夠，身體仍在等待闇黑的部分，直到現在，充電過程才算圓滿結束。

現在我處於最飽滿的狀態，能夠充分發揮超能力。

鮮血讓我和喬納連結，他痊癒的每一處痠痛，我都感同身受，彷彿是自己身上的傷口，回想當時，在我體力逐漸衰敗的時候，他應該也有類似的感受。

他的存在讓我全身發燙，有如火燒，只能努力壓抑衝動，才不致狂奔過去，讓自己全然浸泡在他的血液裡，企求澆熄那股野火。

他的感覺也是如此嗎？

如果是的話，他怎麼能夠抗拒得住？是愛讓我硬生生的停住，現在依然如此，即便自己很清楚這是單戀，他可沒有那種意思。或許是那個理念讓他堅持到現在，堅信自己命中注定要救我，就像他說過的，如果沒救我，「她的命」就白白犧牲，雖然我不知道那個她是誰。

喬納站起身，脫臼的肩膀復位時發出霹啪的響聲，刺痛跟著竄過體內讓我皺了皺眉，低頭貼向交叉的手臂——羞於面對他，恥於承認自己的所作所爲。

喬納蹲在旁邊，一手貼在我背後，溫熱的呼吸拂過頸背處，他的撫觸挑起我不明的感受，複雜交錯的情緒堆疊在胃的深處，大腿內側的肌肉跟著收縮。

「萊拉。」他平靜的呼喚。

我依舊沒臉抬頭看他。

他用外套裹住我的肩膀，試著扳開我抱緊膝蓋的雙手。

「沒關係的。」他將我擁入懷裡。

「對不起。」我極力壓抑那股突如其來的暈眩，開口說。

他沒有回應。

言語不足以表達我的愧疚，我鬆開緊箍的雙手，狂亂地碰觸他的胸膛，指尖輕搔他的肌膚。他抓住機會，趁勢拉開外套的袖子，幫我彎曲手肘伸了進去，接著撥弄垂在臀部的拉鍊，拉攏兩邊衣襟時，無意間摩擦到我的大腿外側，他蓄意別開目光，不看我近乎裸裎的身體，將拉鍊拉高到鎖骨處，目光短暫流連了一會兒。

他身上那股迷人的香氣持續刺激我的嗅覺，勾起我強烈的渴望，把人折磨得好痛苦，再也克制不住那股需要，咬著下唇，膝蓋著地，指尖滑過他胸前的皮膚，鼻子來回磨蹭，急切地尋索他的唇，用力親吻，但他沒有回應。我懊惱地再試一遍，這回動作更加急切，但他依然不肯張開他的唇。

我不甘心，猛然將拉鍊扯到肚臍，逕自抓住他的手，探入所剩無幾的薄紗底下，貼住自己的胸口，再次投懷送抱，鼓勵他回應我的誘惑。

喬納彎曲手指，輕輕地愛撫我，手背掠過胸脯的圓弧，隨即停住，逕自掙脫開來，依舊拒絕我的吻。

「喬納——」我情不自禁地懇求著，確信他可以感受到那股熱烈的衝動和需求，強烈的悸動傳遍全身，我再也抗拒不住渴望佔有他的慾火——無論如何都想要。

一眨眼他又幫我把外套穿回去，然後用拇指壓著我的下巴，斷然說了一句：

「這種感覺終究會過去。」

失望感充斥心頭，我知道這樣很自私，如果他能感受到我的渴望，仔細想想，我從來不肯給他任何安慰——幾個小時前還拒絕了他，那他憑什麼要委屈自己讓我如願以償的釋放？

我飛快地縮回雙手，既尷尬又深受傷害，過了好半晌才振作起來、恢復鎮定。

「如果你相信自己注定要當我的救命恩人，那你已經做到了，可以放心離開，走得遠遠的，不要回頭。」

我猶豫了一下，細細觀察他的表情，尋找蛛絲馬跡，再一次印證我已然了解的事情——他不愛我，不要我，認爲應該從此把我忘掉。

「我爲這一切深感抱歉，眞的，我會馬上離開……想到未來自己將跟你承受同樣的煎熬，也算是一種贖罪，這樣你心裡會好過一點。」

喬納蹙眉，看著我起身，我用力拉緊外套，確定都遮牢了。

就此分別，再也看不見他的臉，他起身相迎，我拉著他的手，用力捏了捏表達歉意，也算是最後一次道謝。但是一觸及他的肌膚，熱切的渴望又一次蠢蠢欲動，我情不自禁地強吻他的唇，他抽回手，掙脫我狂亂的糾纏。

「你眞的不要我，對嗎？」我氣喘吁吁地問，在黑暗中等待他的回應。

「不要。」他的語氣堅決無比。

最後致命的一擊，沒有轉圜的餘地。我掀起外套帽兜，想像位於亨利小鎭的房子，身隨意轉，瞬間移位，只有空曠的原野聽見他的回應。

「不是在這樣的情況。」他幽幽地對著空氣說。

來到後花園，迎面而來的是屋內提高的音量和嗓門。

我已經恢復掌控力，不需要將加百列隔絕在外面，因此毅然撤下心電感應的屛障，發現他已經在另一頭等候。

*妳在哪裡，萊拉？*他的念頭立刻傳入腦海裡。

*亨利小鎭。*我快速回應。

我直接走後門，經過廚房和穿堂，大步走向騷動所在的客廳，還沒踏進去，眼前便出現一道光，化成加百列的身影，一秒都不浪費，他敞開手臂將我摟了過去。

「我到處在找妳……」他用右手撥開我遮臉的帽子，拇指壓著我的顴骨，呼吸頓時變得有些沉重，最後放開手，一臉關心的表情。

他伸手按揉我的太陽穴，簡單的說。「去換衣服吧。」

我點點頭，意念一閃，瞬間到了樓梯口。

感覺不到喬納的存在，我把他的夾克丟在床尾，轉身走進布魯克的房間。

隨手拉開抽屜，找出牛仔褲和T恤，本來沒打算照鏡子，只在經過的時候匆匆瞥了一眼。

血跡。

我的臉上血跡斑斑，連脖子都沾到，看見自己這副德性，心裡有一種異樣的感覺，隨即領悟加百列顯然看在眼裡——肯定知道我吸了喬納的血——我心裡有些不安，但硬是壓抑下來。

漫步走向浴室，湊近洗臉槽潑水清洗，試著抹掉臉上的血跡和睫毛膏的污漬，若不是客廳傳來艾歐娜啜泣的哭聲，我會繼續留在浴室裡磨菇。

我快步下樓，感覺精力充沛，神清氣爽，彷彿可以永遠跑下去，怎麼跑都不會累。走進客廳，艾歐娜坐在角落那張椅子裡，加百列蹲在旁邊，握著她的手呢喃安慰，羅德韓站在稍遠的地方，我猜是奉加百列的指令，在他出門搜尋我蹤影的時候，負責守護她。

「怎麼一回事？」我問。

加百列微微挪動，讓我得以看見艾歐娜，她整個人沐浴在光中，亮得讓人難以直視，必須瞇起眼睛。

「佛格回來了嗎？」他問。

「沒看到他或——」我閉上嘴巴，仔細思索才接著說。「萊拉，兩個都沒回來。」我慢慢走近。

「妳在發燒，」加百列告訴艾歐娜。「我去拿冰敷袋，這裡有羅德韓陪妳。」他示意我跟著離開。

「不，求你不要走。」艾歐娜哭著哀求，即使打扮優雅，語氣卻像小朋友。

她搖搖晃晃地試著站起來，加百列扶她坐回去，輕聲說。「我只離開一會兒，別怕。」

「沒事的，小可愛，我在這裡陪妳。」羅德韓出聲安慰。

我跟著加百列經過穿堂、進入廚房，他解開襯衫領口的鈕扣，脫掉西裝外套，披在椅背上。

「怎麼了？她發生什麼事？」我問。

加百列靠著椅背。「我想艾歐娜是OfElf。」他的口氣好像我應該是一聽就明白。

但我一臉茫然，搖頭以對。

「墮落天使的後裔。」他直視我的眼睛說。

「墮落天使的小孩？」我靜靜地重複。

「對，某些天使墮落在人間，與人類結合，生下的孩子就是所謂的OfElf。」

「什麼？所以她父親是墮落的天使？」我聽得迷迷糊糊，隨即想起艾歐娜說過，她的父親暱稱她們母女是天使。

「應該是她母親，對吧？她母親是墮落天使，而她哥哥皮德雷是同父異母，佛格則是同母所生，這表示他也是Off Elfi……」說到這個，我想起布魯克——她的處境複雜，需要克服的問題層出不窮——佛格不只是封印獵人的領袖，還是墮落天使的後裔。偏偏布魯克是吸血鬼。

「這裡的墮落天使缺乏超能力，變成人類，唯獨壽命長久，老化的時間有的上百年，甚至上千年才自然死亡。午夜鐘響的時候，艾歐娜便邁入十七歲，這在水晶星際等於過了一天，我們的相貌在這時候凝固，青春永駐；至於墮落天使的兒女，在他們年滿十七歲的時候，靈魂純潔無瑕的，就會傳承到父母的恩賜。」

「意思是沒有超能力，沒有永生，只會活得很久很久，老化的速度非常緩慢？」

「對，她的身體在轉變，細胞型態跟著遺傳基因裡面光的軌跡一起凍結，兩三個小時以後就沒事了，只是我得好好跟她解釋。」

「你打算告訴她雖然是人類，卻可能有一千年的壽命？在這麼長的歲月裡卻沒有任何超能力可以保護自己？」我深思半晌。「她不會長生不老，總有死的一天，對嗎？」

「就跟墮落天使一樣，只要心跳停了，就會死亡。」加百列將椅子推入桌子下，逕自走向冰箱。

「你吻她的時候身體在發光。」我說得不慍不火。

他停住腳步，轉身面對我。「午夜鐘響的時候她在發光，因爲近距離接觸，我也跟著發亮，」他停下來思索。「萊拉，那只是演戲，妳能了解，不用我多說什麼吧？」

他說話的語氣讓我覺得自己小心眼又愛計較，對我來說，無論那是不是作秀，都很傷人，但此時此刻我實在不想費心去思索若不是作秀的話，背後又有哪些可能性，在我跟喬納之間發生那些事以後，我自己都站不住腳，哪有立場說別人。

「你將星際的水晶賣給蒙莫雷西爵士，那些水晶是怎麼來的？」我提問。

加百列似乎很慶幸我轉換話題，回頭繼續尋找製冰盤，隨後又停頓下來。

「妳偷聽我們談話？」他說。

「對。」

「妳怎麼會跑去那裡？」

我去監視布魯克，擔心萬一她對佛格說溜嘴，我們名字互換的事，可能會讓她惹上麻煩。還有一個目的，就是監視加百列跟艾歐娜，這一點我當然絕口不提，乾脆借用他說過的話來回答。

「要我目送你離開是強人所難，追隨比較容易，加百列。」

他的身體微微放鬆了些，似乎很可以體會。

「你從哪裡得來那些水晶？」我再次追問。

「歐利菲爾再次指派我追尋妳的下落時，給了我這些東西，算是提供資金，不只是差旅費，也讓我得以在這個世界生存，我曾經說過，在地球上，我們的天賦若是用在錯誤的地方，或者涉及邪惡的行徑，後果……不堪設想。」加百列端著製冰盤用力一扭，擠出好幾顆冰塊倒在流理臺上。

「他不希望我的光被汙染，這樣會讓我很難找到妳的下落，現在找到妳了，我也必須確保自己在各方面都有能力保護妳，並供應妳所有需要。」他說。

「供應什麼，豪宅和名車？」

加百列不假思索的回應。「不，是附帶高科技保全系統的住家、快速跑車和飛機，在我們無法運用意念瞬間移位的時候，橫越海洋的費用並不便宜，萊拉。」

當然啦，我沒仔細想過實行的細節，但是夠用和奢侈之間有所區別。「目前看起來，無論蒙莫雷西爵士的潛在客戶是哪一位，對方顯然無意用錢購買。」

我的思緒陡然轉回達文和他家人身上，有一陣莫名的恐慌。「吸血鬼……他們會不會……蒙莫雷西爵士和他的兒子？」我說得結結巴巴，語焉不詳。

加百列拿起掛在水槽底下的毛巾，讓我聯想到被玻璃杯劃破手掌的那一幕，他也曾經幫我冰敷，而今回想，好像過了一千年。

「他們都安然無恙，吸血鬼被我處理掉了。」

我鬆了一口氣，爲達文感到高興。「我看得出來，你和爵士敲定交易的時候，感覺情況不太對……既然你心裡有疑慮，爲什麼還把水晶交給他？」我挑戰他的立場。

「我跟蒙莫雷西爵士已經有很多年的生意往來，星際的水晶遠比世界上任何珠寶更完美無缺，可以說是價值連城。」他停了一下，把冰塊包起來。「只有一位買家的確不對勁，然而這是最後一次交易，足以確保我們的將來……萊，只要能保護妳平安，任何疑慮我都可以克服，任何風險我都願意承受。」加百列眼神凌厲，充滿無可撼動的決心。

「我更關心的是妳去追蹤抱著水晶開溜的艾瑞爾之後發生的一切。」他放下毛巾，直視我的眼睛，顯然在開始找我之前，他先遇到布魯克，或是布魯克找上他，天曉得布魯克究竟說了些什麼。

「我當場就把他殺了。」我必須停止逃避，眞實面對自己。

加百列愣了一下，思索我的告白，隨後繞過廚房朝我走來，牽著我的手溫柔地親吻。

「我知道妳是爲了保護布魯克才會那麼做，很遺憾我不在場……以致妳必須親自動手。」

他容光煥發，眼睛閃閃發亮，藍色眼眸就像綻放的玫瑰花，殷勤地獻給我作爲致歉的禮物。

他把我擁入懷中，我深深吸著他柑橘的清香，香氣或許不如以前那麼濃郁，不過依然有安慰的作用，他的懷抱讓我平靜，他的愛，他的光，重新在心底燃起。

「艾瑞爾陣前倒戈爲純種吸血鬼效命，加百列，他們對水晶有某種企圖……你有追回嗎？」

「是的。」他回答。

我突然想起一件事，身體猛然一震，摸著胸前原本戴著項鍊的地方。

「我的水晶。」

「沒事，在我手上。」

我擠出不安的笑容，少了水晶只覺得悵然若失。

「我們先幫艾歐娜，然後就離開。」我說。

「妳比以前急切。」加百列沉思地說，對我突然急於離開的態度感到詫異，審愼打量我嘴唇和眼神的細微變化，一眼就看透我帶著防範的身體語言，我只能假設他已經知悉今晚發生的事——加百列心裡有數，只是不願意說出口。

「好。」他呢喃，帶著十足的信任傾身親吻我的唇，讓我差點信服於他試著傳遞的訊息——「此生不渝」之類的話。

當我融入他的親吻，眼前出現色彩繽紛、光芒萬丈的光輝，我以全心全人回應，試著攏絡加百列的心——如同追尋彩虹盡頭的那一罐黃金。不知怎麼的，就是搆不著，不安的感受悄悄襲上心頭，當我試著探索背後的緣由，突然領悟不是狡猾的小精靈搶先一步，試著偷走我尋尋覓覓的黃金，而是我害怕一個清新可愛的Of Elfi把它據爲己有。

突地傳來轉動鑰匙，緊接著是前門從牆壁彈回來的聲音，把我從沉思中驚醒，佛格衝進屋裡狂找艾歐娜，布魯克緊跟在後。

加百列抽身退開，再次捏捏我的腰，然後轉身拿起冰敷包，他正要離開時被我叫住。

「艾歐娜的事情要讓佛格知道嗎？」我有些猶豫。「等他年滿十七歲也會受影響。」

「我不會告訴他，要等艾歐娜安然無恙，我先跟她單獨談過再說，在我提供資訊之前，總要先確認她Of Elfi的身分。」

加百列示意佛格去客廳，我抓住機會將布魯克拉到一邊，她心知肚明我們和封印獵人相處的時間將要畫上句點。我用力扣住她的手肘，拉著她離開客廳門口。

「很高興看見妳活得好好的，但我必須提醒妳對催促的觀點。」她不滿地說。

「妳得告訴我。」看到布魯克心不在焉，忙著撫平禮服的皺紋，讓我有些惱火。「布魯克。」

「是，要我告訴妳什麼？」她問。

我直視她的眼睛，壓低聲音問：「他們知道我母親在哪裡嗎？」

布魯克張開嘴巴，稍有猶豫，最後皺著鼻子說。「很遺憾，他們不知道。」

28

加百列陪著艾歐娜，我逕自走向庭園深處，等待黎明的日出，這時全身通暢，彷彿四肢百骸都甦醒過來，機敏而警醒，隨時有所預備，雖然心底騷動，不過外表看不出來。

即使過了好幾個小時，我還持續在探索自己和喬納的事。

他的黑暗面把我們連結在一塊，我與加百列的關係建立在光中，他們兩位都在我的靈魂深處留下永恆不滅的足跡。其中還有我自己，但我忙著躲在喬納的陰影底下，或是沐浴在加百列的微光裡，不曾面對眞實的自我。

過於凝神沉思，我幾乎忘了日出這回事——直到加百列掐我肩膀才回過神來，我們並肩站著、發光，然而就像上次那樣，他的光輝微弱很多，遠不如從前，有點力不從心的感覺，光芒黯淡。加百列的光芒很快就散了，他耐心地等待我吸收完陽光，而我吸收能量的時間遠比他更久，直到白色光束最終全部溶入體內才停止。

我轉向加百列，他已經換了休閒服，白色Polo衫配卡其褲，對比之下他的膚色比以前更蒼白，頸部的血管反常地泛出灰色。

「你這麼快就停止吸收陽光讓我有點擔心。」我說。

之前他說是因爲跟漢諾拉告別，我就沒有繼續追問——以爲是悲傷影響他的光芒——而今，他的血管泛黑，眼角出現皺紋，我知道事情不太對勁。

加百列沉重地嘆了一口氣。

「萊，我做了一些事，都是……出於必要，」他猶豫半晌。「如果被大天使拿走水晶，天使的後裔就變成凡人，然而這不是天使後裔唯一墮落的方式。」

我一臉迷惘。

「我曾經說過，誤用我們的天賦將會造成可怕的後果，水晶效能減弱的因爲我做了見不得光的事情。」

「等等，這話是什麼意思？」

他低頭看著地面，半晌才抬頭凝視我的眼睛。「我說過了，是妳沒聽見。」

什麼叫做他已經說了？我正想發問，隨即想到他說水晶效能減弱，這句話讓我驚皇失措，我抓住他的手臂，上下打量。

「你沒墮落，我仍然可以察覺你的光。」

「是的，我的行爲還不至於玷汙水晶，讓它失去效能，只是比較微弱，以後就會好的，我保證，」他捏捏我的手肘。「我不想再提這件事，到此爲止，拜託，妳只要跟我著我走就好。」

稍作考慮之後我點點頭，他對我誠實坦率，如果他需要時間，我願意給。加百列牽著我的手走向林線，我們沉默地走了一小段，來到一棵柳樹下，他示意我席地而坐。

「我本來想去我們那棵老橡樹下，到了才發現樹倒了。」他說。

我盤腿而坐，瞪著地面，納悶他現在是否想要詢問關於橡樹的細節。

加百列知道我和喬納就是去了那裡嗎？而且樹幹斷成兩截是我造成的？沒想到我擔心的提問根本沒出現，他把頭髮塞到耳朵後面，從口袋掏出某樣東西。

他跪下來，牽起我的左手，美麗的眼眸凝視我的臉龐，把某種冰涼的東西放在我手心。

我摀住驚呼的聲音——我的水晶被鑲成白金戒指。

「這裡不是我們的世界，」他開口。「萊，妳也不曾去過水晶星際，妳所認識的只有地球，這裡就是妳的故鄉，人類的風土和習俗妳知之甚詳，我今天要問妳兩百年前就應該開口的問題，希望還來得及。」

他拿起手心的戒指，溫柔地套在我的無名指上。

「請妳嫁給我。」他親吻我的手背。

我反覆地思索。

我愛加百列，言語無法形容他所給我的感受。

百轉千迴，多年以前當我還是人類，彼此的光尚未找到對方，他就愛上了我。但後來因喬納給了我血，連帶喚醒我體內黑暗的能量，如果加百列不再自欺欺人，看到如今的我，就會知道他所愛的女孩已經香消玉殞，或許這就是他依然不肯正面詢問我做了什麼事情的原因。但如果少了加百列，我一直抓住不放的那個部分就只會存在記憶裡——屬於他的回憶，那時我就變成另一個人，我很擔心，因爲她會挑起戰爭。

最後我將孤獨地死去。

「你有鍊子嗎？」我詢問，然後靜靜地脫下無名指的戒指。

加百列神情沮喪、肩膀一垮，小心地逡巡我的眼神，最後點點頭，從口袋裡將鍊子掏了出來，在指尖晃蕩。我笑容僵硬，將鍊子接過來，把戒指套進項鍊裡，重新掛回脖子上，水晶垂在胸口正中央。

「我比較喜歡戴項鍊。」我咕噥著說。

我沒有再多說什麼，擔心起了頭就會忍不住將所有事情脫口而出，僅僅伸手攬住他的脖子親吻，這是加百列所需要的保證，感覺像正面的回覆，其實我是故意逃避，不想回答。

他把我擁入懷中，雙手將我抱得很緊，彷彿參加了一場他以爲是永無止盡的比賽，而我就是跑到終點線的獎品。他的光輝延展出來把我包裹在無敵的安全感裡面，乍看之下，宛如有一條白床單罩在外面。

「這是什麼時候……你怎麼有空？」我勉強抽身退開，俯瞰白金戒指，納悶他何時撥出空檔去鑲水晶。

「是羅德韓做的，他以前是金匠。」

加百列一直陪在艾歐娜身邊，直到這一刻，眞不知道我怎麼會以爲他抽得了身。

「在我們離開前還有多少時間？」我問。

「艾歐娜仍在轉變的過渡期，經過昨晚的一切，妳留在這裡極度不安全。」他托著我的後腰，示意我陪他散步。

「你應該留在這裡直到結束，跟她談過了嗎？」

我們漫步穿過花園。「不，她現在的情況不合適，所以我還在等，只是時間比一開始預期的更久。」我的襯衫下襬因動作而拉高，他摟著我的腰，手心貼著我的肌膚。

「等她明白了，我們就離開。」我理解地說。

加百列衡量得失。「我留下，妳不能在這裡，羅德韓可以帶妳離開，避開幾小時也好，萬一查覺吸血鬼就在附近，我要妳瞬間移位，躲到黑澤雷庭園後面的小木屋，一直等到我去找妳。」

「爲什麼？我不想去那裡，那裡不安全。」我皺眉。

「萬一他們來抓妳，木屋是最佳的藏身地，」加百列握住我的手肘。「抓著我的手臂，我用意念帶妳過去。」

我還來不及反對，加百列就閉上雙眼，周遭的一切急速快轉，我們在光的隧道中飛梭行進。白光停止旋轉，雙眼花了一點調適的時間，恢復正常視野和焦距時，才發現我們已經站在木屋的玄關。

「我實在不認爲這裡安全。」我留神聆聽周遭的聲音。

「萊拉，仔細看地上的磁磚。」加百列的指尖沿著手臂外緣往下游移，握著我的手。

大理石的地板中央鑲著美麗的太陽圖案，第一眼的感覺像藝術創作，具有催眠的魔力，而今蒙了一層灰，遮住了原本鮮豔的色彩，讓我忍不住納悶加百列帶漢諾拉來的時候，是否在壁爐裡燒木柴。

加百列的聲音打斷我的胡思亂想。「木屋是我的避難所，地板的磁磚設計不是裝飾品。」

我一臉不解，眉頭揪在一起。

「陽光放射出去的每一點和正中央，大理石地板裡面都嵌了水晶。」他說明。

「有這麼多水晶？」我驚訝地問。

「對，這些水晶的原主是墮落的天使後裔，從他們脖子上取下，這對水晶星際來說等於是廢物，因此歐利菲爾轉送給我，我沒有全部出清，有六顆潛藏在太陽圖騰裡。」

我困惑地凝視加百列。

「它們跟地球上出土的水晶一樣，有光學特性，就是所謂的雙折射，意思是光線射到晶體，產生折射現象，再射出來的是璀璨的光束，只不過水晶星際的寶石遠比地球出產的更特殊，如果拿手電筒去照，會創造出上百條光束——就像雷射光，萊拉，那種光和它產生的能量，足以殺死第二代吸血鬼，也能阻擋純血逼近。」

這些話勾起了我某個夜晚的回憶：我的肚臍頂著一片尖銳的玻璃，渾身是血，一路爬行躲進這裡，光輝環繞在四周，我心裡莫名地有一股平安的感受，或許是嵌在大理石面的水晶反射月亮的光輝，射向脖子的水晶，產生出乎意料的效果。

「若有必要，你可以用光了結吸血鬼的生命，不懂為什麼還需要庇護所這個地方。」我問。

「在這裡只需要聚精會神，把光射向磁磚，透過折射的效果，就彷彿置身在星雲之中，即便純血能夠命令縫隙開啓，但在這裡他們絕對使不上力。」他耐心說明。

聽起來還是很怪，不太合邏輯，加百列向來是一次對付一個吸血鬼，很少同時應付很多位，而他最近才發現純種吸血鬼能打開空間中的旋轉門。

「我不明白……」我遲緩地說。

「沒關係，就是記住一點，接下來幾小時內，只要察覺有異樣或麻煩，念力一動，就立刻躲到這裡，就算有吸血鬼跟蹤，依然敵不過妳的光，總之這裡最安全，四周的牆壁含有鉛，光線透不出去，外面的人絕對看不見。」他的語氣無比肯定。

「外面的人都看不見，包含大天使嗎？」我低頭沉思，想起上次在樹林裡練習，引起他們到場關注的事。

「是的。」

氣氛陡然陷入冰冷的沉寂裡，我重新思索加百列所說的。「你帶吸血鬼來這裡做了斷，神不知鬼不覺的，沒人會發現，這不是出於自衛，他們存在與否由你決定。」加百列的氣場變得有些混亂，焦慮，顯然被我說對了。

「這裡不是避難所，加百列，是處決的刑場。」

我的話懸宕在空氣裡。

他終於直視我的眼睛，坦率承認。

「偶爾是有這樣的需要，萊拉，這是必要之惡。」他冷靜地說。

我踉蹌地倒退一步，察覺他沒有想要解釋的意思——而是告白。

「漢諾拉……」我驚恐地提問。

加百列移開目光，微微瑟縮了一下，我的手垂到身體兩側，但他伸手握住，匆匆地說。

「我別無選擇，她不肯讓我離開，最後一定會發現妳還活著的事實，再向純血告密。」

我想掙脫，加百列反而抓得更緊，顯然不打算放開。

「你……你說跟她一起敘舊、追憶往事、跟她告別，都是謊言？」我結巴地問。

加百列搖搖頭。「這些是實話，只是妳沒聽進耳裡。」

「最終的告別。」他說，代價是損失部分的光芒，而我沒聽進去是因爲自己無法理解他竟然做出這樣的事來。

「他們還是發現了。」我說得平心靜氣。「不可能永遠瞞下去，你剝奪她存活的權利，說是爲了保護我，但你根本無力阻止那件事發生。」因我之名竟發生了一件不公不義的罪刑。

「我知道這很可怕，相信妳能夠諒解我這麼做的原因，爲了保護布魯克，妳也奪走了艾瑞爾的生命。」加百列提高嗓門，他不想斷送漢諾拉的生命，卻要狠心採取違背自己意願的行徑，應該是非常痛苦的決定，但他還是做了——爲了我——這就是他幾次提及的黑暗面，讓水晶逐漸失去光澤的原因。

「我……加百列，你不該……這兩件事不能相提並論。」我不會催眠自己說殺死艾瑞爾是爲了保護良善無辜的人或是因爲大我，我那麼做純粹出於冷血的謀殺，沒什麼好推託的。我也逐漸察覺這是加百列永遠無法接納我的一面，一如我永遠無法心平氣和地接受他終止別人的生命，拿自己的永生冒險，只爲了保護我不受傷害。

我重新回想當時在木屋外面偷聽到他與漢諾拉的對話，加百列用了點小手段把漢諾拉騙到這裡來。

「她的頭上爲什麼包著圍巾？在安列斯，她皮膚上有燒傷的疤痕……」我回想。

加百列當時詢問漢諾拉是否願意原諒自己，他究竟做了什麼？

加百列胸口繃緊，體內的焦慮往外擴散，連我都跟著頭暈目眩。

「走進汽車旅館的時候，她在……我有點反應過度。」他說得簡單扼要。

他渾身僵硬，我特意靠過去，仔細觀察他眼角周圍的細紋，拇指輕輕按壓他的眉毛，想撫平他眉間的皺紋。

「你用光攻擊她，對嗎？因此才在電話上問我究竟看到多少，你寧願我誤會你們之間有曖昧情愫，也不肯讓我知道你因爲刹那的憤怒，做了不好的事情。」

加百列垂頭不語，額頭跟我的貼在一起，最終鬆開手，改而摟住我的腰。我了解黑暗——越來越熟悉它的存在——那是與生俱來，是我的一部份，加百列的行爲雖然出於他本身，雖然也是由他來承擔後果，始作俑者卻是我。

打從上次旅行回來，他產生的變化已經彰顯，而我卻沒有多去關注，以致到現在才發現。他爲我而活，凡事爲我考慮，愛了我這麼多年，而今他深愛的人卻引導他走在死亡的道路上。

「噢，加百列，你做了什麼？」我倒退一步，左顧右盼硬是不肯直視他的眼睛，地上的灰塵不是燒柴的灰燼，而是漢諾拉的骨灰，反胃的感覺極其強烈。

「我不能留在這裡，」我閉上雙眼，想像亨利小鎮那間房子的廚房，加百列伸手拉住我。一眨眼，我們同時回到那裡。

羅德韓立刻走過來，眉頭深鎖，試著喚起我的注意力。

「妳有訪客，親愛的。」他說，沉重的腳步聲緩緩從他後方接近，地板吱吱嘎嘎響，隨著每一個步伐上下震動，直到一個人影站在羅德韓身旁。

梅拉奇。

「你來這裡做什麼?」加百列挑釁地問，保護性地擋在我前面。

「很高興又碰到你，加百列。」梅拉奇彬彬有禮，逕自解開羊毛大衣的鈕扣，動作慢條斯理，一臉莫測高深的神情，靜靜打量從加百列後方探出頭來看的我。

「我來找萊拉。」他說，示意我站到前面。

一聽到我的名字，加百列用食指壓住嘴唇，想提醒他保密。

「去屋外再談。」我走向廚房後方，拉開通往後花園的落地窗。

加百列不悅地瞥了一眼，顯然不希望我留在這裡，況且是單獨和墮落天使在一起。但我幾乎是如釋重負，現在只想和加百列先拉開距離，爭取思考的時間。

「加百列，艾歐娜需要你，去吧。」我說。「梅拉奇不會久留。」

「我在門口搜身過，」羅德韓指著梅拉奇。「沒有攜帶危險物品。」

艾歐娜的呻吟聲在穿堂迴盪，加百列渾身一緊。

「你們離開之後，她問了好幾次。」羅德韓火上加油地催促著，讓我忍不住納悶他是否知悉梅拉奇的來意，或者他私心希望梅拉奇所說的話，能夠鼓勵我留下來奮戰，化身成爲他一心期待的救世主。

「我在這裡留守。」羅德韓再次強調，加百列即使不情不願，終究還是決定讓步。

「給你五分鐘。」他語氣堅決地對梅拉奇說，梅拉奇微微一笑示意。

加百列一離開廚房，羅德韓就挪到流理臺旁邊。「我在這裡看守，親愛的。」

「不，拜託，羅德韓，我不是小孩。」

他遲疑了一下，終於點點頭，轉身離開。

梅拉奇跟我走到外面的露臺，闔上落地窗，跟我併排站立，但保持些許的距離，左右張望一番，查看周遭的環境，瞄了我一眼才開口說話。

「妳似乎心神不寧，跟妳父親的死有關嗎？」

我是很煩躁，剛剛才知道漢諾拉已經死在加百列手中。

「那個男人不是我父親，他沒盡過父親的責任。」我深吸一口氣。「而且還爲純血賣命，請告訴我，你的老闆又是哪一位？」

「問得好，孩子，只是這個問題很難直接回答，這麼說好了，平常是誰的價碼高，我就幫誰跑腿，不過我跟妳的天使其實沒什麼差別，就某方面而言，他也是爲純血工作。」梅拉奇的回應不疾不徐，不帶一絲情感。

「謊話連篇。」我惱怒地指控。

「呃，或許加百列不是刻意這樣做，但從某方面來說的確如此。我們都是牠們的工具，當他出售那些水晶來換取你們未來生活的資金時，妳以爲那些東西最後落入誰手中？」

我雙眉緊鎖。

「純血一直在利用這些水晶開啓宇宙的通道。」他繼續落井下石。

「那些水晶已經沒有作用，」我說。「加百列說那些水晶幾乎不再發光了，梅拉奇，此外，純血活在第三度空間，自黯黑處穿透而出，我親眼看過。」

「妳錯了，孩子，第三度空間肇基於冰冷、黝黑的物質，一旦牠們帶著水晶穿過縫隙，來自水晶星際的光輝就會產生反作用，蘊含的元素轉變成炙熱，陰暗的物質，被任尼波和他的同類用來啓動和操縱時空的縫隙——作用的方式跟來自水晶星際的天使後裔大同小異。」他挑挑眉毛。「這是最近才發現的，而我懷疑加百列先前出售的水晶早已經輾轉落入任尼波手裡，所以我們其實沒啥差異。」

原來這就是他們來去自如的方法，我敢打賭歐利菲爾肯定沒想到這一招，否則不會輕易撇下那些水晶。

我搖搖頭。「加百列不知道，假若知道，絕不會出售換現金。」雖然說得信誓旦旦，心裡其實不敢肯定這是事實，畢竟加百列說過，他會抛開一切疑慮，不顧風險，只求保護我平安，即便出賣這個世界、出賣任何人事物都在所不惜，因爲他深信我生命的價值勝過這一切，但我永遠無法苟同這樣的論點。

「你必須警告他和其他也這樣做的人。」但我仔細一想，立即推翻剛才的話。「你是一切向錢看的人，不可信任，你的話更是不能聽。你還是走吧。」我翻臉無情地說。

梅拉奇往外走了幾步，雙手插進大衣口袋，再次打量左右兩側的環境。我看不到他臉上的表情，但無妨，以他總是面無表情的反應，看哪效果都差不多，一樣找不到蛛絲馬跡。

「噢，孩子，妳可以信任我，因爲妳是無價之寶，只要走錯一步，沒有選擇正確的道路，那麼無論是誰付錢雇我都沒有差別，一旦世界不復存在，就算有錢也沒地方花。」

「哪一條路才是對的？」我堅定地向前一步。

他轉過身來，表情嚴肅凝重，彷彿對我深表同情。「我能理解這是艱難的抉擇，事情很少像表面那麼單純……我是最起初的天使之一，曾經有一段豐功偉業，當時號稱Ethiccart，而今卻淪落到這裡。」

「Ethiccart是什麼？」我問。

「那是歐利菲爾賦予的頭銜，那時水晶星際的寶石失去功用，他引導人類光明的靈魂穿越時空，成爲水晶的燃料，但它再也不一樣了，我就是那個幫他改善局面的人。」

「加百列說水晶比以前更加璀璨明亮，不需要任何調節和修繕。」我聽不懂他話裡的暗示。

「妳必須忘掉加百列的說法，他——和其他人——聽到的故事：包含水晶星際的源起、歐利菲爾勇敢的冒險之旅、隨後發生的奇蹟，我都非常了解，因爲這些都是我精心設計的，」他直視我的眼眸。「有如神話故事一般，萊拉，有些事情千眞萬確，有些是謊言，唯有眞假參半的故事，才顯得更可信。」

「哪些是眞、哪些是假？」我雙手抱胸。「眞相是什麼？你的任務究竟是什麼？」

「這件事只能眼見爲憑，萊拉。」

「我不想離開地球。」我搖頭以對。

「妳必須這麼做，因爲唯有妳能夠看破我精心的設計，宇宙之間只有妳做得到。」梅拉奇失去從容不迫的冷靜，激動地揮舞雙手。

「你何不直接告訴我你的想法，省得在這裡浪費時間，我保證列入待辦事項清單中。」我語帶諷刺。

梅拉奇緊緊抓住我的手肘。「別這麼放肆，孩子，」他提醒地說。「已經開始的只能由妳來結束。」

我沒心情跟他玩猜謎，我連回應都省了，一臉百無聊賴的表情。

「黑暗一旦入侵，就不會眞正離開，萊拉，陰影的範圍只會擴大不會縮減。」

我還是沒反應。

「讓大天使和他們所存在的世界走向終點。」他語氣急切，聲音不自覺地高了八度。

「你要我對付大天使、滅絕水晶星際的所有種族，然後呢？毀滅天使後裔稱爲家園的地方、任由他們自生自滅？你更應該關注的不是存在於第三度空間的物種嗎？不是應該先從那裡開始？怎麼會從光明的世界先下手？」我淡漠地甩開他的手說。

不論怎麼看，第三度空間對地球而言才是最大的威脅所在，他的論點已證明他所認同的陣營絕對不是水晶星際。

「天使後裔和星際上的居民都是無辜的百姓，要怎樣處置他們由妳自行決定，」梅拉奇伸手抬起我的下頦，逼迫我直視他的眼睛。「但我要說的是，讓大天使和他們所存在的世界走向終點。」

我迅速地眨了眨眼睛，這次很認眞地聽。

他說的世界是複數。

換言之，不只一個地方。

29

梅拉奇果真引起我的注意，然而拖車屋突然傳來刺耳的尖叫聲，我立刻忘記本來要問的問題。他輕觸我的肩膀，知道我心不在焉。

「妳必須離開了，」他說。「拜託，改天記得來找我……」

梅拉奇對大天使、對不同空間的指控實在難以用言語形容，顯然我的假設有誤：他其實是站在人類這一邊。當任尼波入侵我的思緒，鴿子變成大烏鴉的影像再次浮起，我相信梅拉奇所說的，如果純種吸血鬼的前身是大天使，那就不是墮落的天使穿過宇宙縫隙變成的，既然這樣，那麼多的墮落天使在哪裡？部分的大天使又怎麼會自甘墮落變成純血？他說的對，我需要全盤了解。

尖叫聲把我從沉思中喚醒，我迎著叫聲的方向狂奔，衝進拖車屋大門。雷利和克萊兒擠在走廊，被我一把推開，我立刻看到菲南拖著布魯克離開臥房，他的手臂纏著銀鍊，壓在她赤裸的肌膚上。布魯克衣衫不整，只著褻衣，佛格打赤膊，穿著寬鬆運動褲躺在後面大床上。

他沒有起身幫助布魯克，而是低著頭，重新繫上十字架項鍊。

我從背後撲向菲南，把他撞向一邊，布魯克碰的跌在地上，齜牙咧嘴，獠牙顯現，嘴角血跡斑斑。

我終於明白佛格沒有插手的原因，原來是布魯克攻擊他。

剛剛碰到銀鍊的皮膚有燒炙的痕跡，她痛苦的哀嚎，忍痛的表情還有怒火摻雜其中。

「別碰她！」看到菲南轉身撲向布魯克，並且從背後口袋掏出尖銳的武器握在手中，我立刻大吼。

「布魯克，趕快走！」我伸手拉她起身，她立刻回頭，佛格拿起旁邊的襯衫擦拭脖子的血跡。

「布魯克？」他疑惑地重複。

菲南深吸一口氣，胸膛上下起伏，毋庸多說，他已經猜出我才是萊拉。打從認識以來，他一直懷疑我眞實的身分，從不隱瞞他懷疑布魯克是「那個女孩」的說法；當我在宴會上高歌，現場賓客交頭接耳、低聲呢喃有如聽見「天籟之音」時，我親眼目睹他霎時領悟的表情，佛格卻是直到這時候才知情。

菲南爲什麼沒有告訴他？

布魯克啜泣地抬頭看著我。

「對不起，萊拉，本來想告訴妳……我、我……」她甩開我的手，低頭跑向背後的大門，我立刻跟過去，看她搖搖晃晃地撞進喬納懷裡，他似乎也是聽見騷動後趕過來。

卡麥倫、雷利、克萊兒和狄倫分散在客廳各個角落，一一掏出藏在衣服裡面的武器。

我趕緊面對所有人說。「沒事，大家冷靜一下，一切沒問題。」

布魯克抱住喬納的腰，埋在他的胸口啜泣，他把布魯克推開些距離，評估她受傷的程度，然後直接將她抱入懷裡，跨出門檻，回頭瞅了一眼，命令我跟上去。

我樂於從命，抬腳就想離開，暗忖我們和這群人的和平條約已經到尾聲，然而佛格悅耳的嗓音把我叫住。

「原來妳才是萊拉，嗯？」撇開剛才被吸血鬼攻擊的事實——對方還是他正在交往的女朋友——佛格開心的笑容實在超乎我的預料。

「可以這麼說。」我答。

「你們要離開了，對嗎？」他問，這時菲南走了過來，示意其他人不要輕舉妄動。

「對，我不確定剛才屋裡發生什麼，但請相信我，她絕對沒有傷害你的意圖，她對你一見鍾情。」我越說越小聲。

「對，我知道。」佛格轉動僵硬的脖子，依然用襯衫壓住撕裂的皮膚，大步朝我走來，捏捏我的手臂，不知怎麼的，他的身體一靠近，我就覺得心平氣和，不再焦慮。

「妳需要跟我走。」佛格冷靜地說。

菲南站在佛格後方，他先是低頭看著地板，隨後目光轉到我臉上，一臉不解地搖搖頭。室內安靜異常，只有雷利動了一下，移到克萊兒旁邊。

菲南忍耐不住逕自插手，轉向小組成員下達指令。「雷利，打電話叫傑克回來，大家收拾行李，離開的時候到了。」

菲南向前一步，在佛格身旁站定。「妳必須跟我們回盧坎鎮，雖然我猜妳的朋友肯定不太樂意放人。」菲南對我說。

我的目光在佛格和菲南中間轉了一圈，他們眞的對我的能耐一無所知：只要啓動念力，我就能瞬間消失。

「我不會跟你們走，你們要說服的是我，不是別人，叫他們放下武器。」

菲南從耳朵後面抽出一根菸，點燃香菸吸了一口，尾端發出橘色火光。「我們的任務是找到人並且帶回去，這是我們此行的目的，跟惡魔和雙面討好的天使同行一點都不安全，光看那個東西對佛格做的事情就知道了。」他吞雲吐霧，從鼻子吐出煙霧。

「佛格，去找艾歐娜，我們要回家了。」他轉身離開。

「你去叫她，」佛格說。「我有一些事要跟萊拉單獨談談。」他伸手扶住我的腰，催促我跟他一起離開拖車屋。剛出大門，加百列的嗓音就傳入腦海。

萊拉，沒事吧？

*沒問題。*我立刻回答。不知是加百列隱約地察覺到我的不安，或是梅拉奇離開之前曾經跟他深談，總之，喬納和布魯克還沒進到屋裡，但加百列已經感受到了氣氛不對勁。

趕快跟艾歐娜交代你要說的話，帶其他人出來——我們要離開了。

當我用心電感應跟加百列對話時，佛格試著領路繞到拖車屋後方，我停住腳步，看著雷利把十字弓丟給年幼的卡麥倫，他費力地接住，動作笨拙，感覺很緊張，小小的手臂試著抓緊武器。

不能再拖了，要趕快離開。

「佛格，叫他們進去，避免我們在講話時，他們趁機攻擊我的家人。」我高聲提醒。

「好，」他點頭同意，對著小組成員大聲嚷嚷。「你們通通進去好嗎？別忘了這裡誰是老大。」

雷利和狄倫沉默地對望一眼，然後一個接一個返回屋裡。

「我們在附近散散步。」佛格說。

「不，就在這裡說，快一點，我沒太多時間。」我很堅持，眼前醞釀的情勢讓人不安。

佛格捻弄著依然抓在手裡那件沾血的襯衫，似乎在思考什麼，最後將襯衫套頭穿上，穿衣時把淺金色的頭髮弄得一團亂。

「妳眞的需要跟我走一趟，有人等著認識妳。」

我微微一笑，滿懷戒備。「抱歉，我得離開了，感謝你們跑來找我，也爲你父親和你所有喪失生命的家人感到遺憾。」

菲南出現在拖車屋旁邊，走過來推了佛格一把，我側身避開，預備回主屋那裡去。

佛格扣住我的手臂，把我拉回去。

「是妳母親，萊拉。」

我母親？

「我安排了會面時間和地點……大約距離半英哩左右。」他指著林線的方向。「我正要帶妳——應該說是布魯克——過去，結果似乎弄錯對象。」他口齒流暢地說。

我突然想起布魯克一邊啜泣、一邊含糊地咕噥著她很抱歉，顯然是發現佛格知道我母親的下落，卻沒有告訴我，不——是蓄意的隱瞞，原因不言而喻，一旦說了，無疑會洩露她冒充我的身分，而她因爲個人自私的理由，決定暫時隱瞞。

希望的浪潮湧過心間，我渴望和母親碰面，親眼看見她還活在人間，祈求她能指引我一些方向。

「現在就帶我去。」我命令他，驟然改變方向往森林而去，佛格立刻跟上。

菲南尾隨在後。「說什麼鬼話？你怎麼可能知道天使的下落！我就知道你有鬼，究竟在搞什麼，佛格？」

佛格停住腳步，簡短地回答他。「老爸或許喜歡你，但你父親似乎比較偏袒我，收到訊息的人是他，這是他過世之前交代的遺言，而我唯一的意圖就是善盡職責，盡力履行封印獵人領袖的責任，這點跟你無關。」

我回頭望著菲南，那一瞬間他意氣消沉，臉色很難看，他隨即抿起嘴唇，堅定地搖搖頭。

「你在胡說八道，萊拉——」

「別理他。」佛格說。

我猶豫著，進食之後，我的能量飽滿，這時我定睛打量菲南，淡淡的銀白色光芒在他輪廓周遭閃爍，他有光明的靈魂，即便外表充滿敵意、感覺有諸多不滿的情緒，但他不曾做過邪惡隱晦的事情。

「妳可以信任我，千萬不要相信他。」佛格斷然地強調，拉著我的手捏了捏，算是向我做保證，一股心平氣和的感受再度籠罩全身，佛格的舉動沒有任何不祥的預兆。

我繼續往前走，期待見到母親。

我試著敞開心房通知加百列最新的進展，隨即想起他提醒不要輕信任何人，當然不會贊同我去赴約的決定，再者，漢諾拉的命運讓我的認知陷入混淆，只要加百列認為他是在保護我，肯定不會允許我擅自決定。

「我不能讓你帶她走。」菲南打斷我的思緒，猛然掏出背後的手槍，流暢地撥開安全栓、動作一氣呵成。

佛格嘆了一口氣，伸手按著後面口袋，我這才發覺他也有武裝，與其拔槍相向，他反而朝菲南的方向點頭示意。「他把銀網拋向妳，不是我……那天在克雷高的田野裡，也是他對妳開槍，我們眞有需要留在這裡浪費時間、玩舉手投降的遊戲？」

我想了想，回頭打量菲南，他先是抬頭望天、轉而盯著地面低聲詛咒。

我突然靈光閃現，頓時領悟。「原來這是你追問我肩膀疤痕的原因，你認爲那天晚上在空地的女孩是我？」菲南從背後開槍暗算，因而射中我的肩膀。

「我是想——」

佛格逕自打岔，不給他說完的機會。「萊拉，她還在等妳。」

念頭還沒完全成形，我一起心動念，便出現在菲南面前，和他鼻尖對鼻尖，我用五指扣住手槍末端，他還來不及眨眼睛，他手中那把槍已經被甩得老遠，我低聲咆哮，語氣不善。

「我不是故意開槍打妳，當時是瞄準那個吸血鬼。」他低聲咕噥，這回不再盛氣凌人，反而有些緊張。

腥紅血霧罩在眼前，「我信任你的程度跟我可以把你甩出去的距離差不多，請不要懷疑，我有能力把你甩得很遠，很遠，滾開。」我齜牙咧嘴地警告他。

菲南杵在原地，我氣沖沖地走向佛格，揮手示意他往前，菲南沒有企圖再跟上，而是轉頭往主屋那裡跑，顯然是去找加百列，我不在乎，等他們碰頭的時候，我已經跟母親見面。

佛格和我快步穿過後面的庭園，走向樹林邊緣，我瞅了他一眼，衣服上的血腥味瀰漫在空氣中。「你不能換掉上衣嗎？」

「抱歉，」他拉開衣領，檢視鮮血汙漬的程度。「我得送出去清洗，這是艾歐娜贈送的生日禮物，萬一弄壞了她會很傷心。」

前方就是林線，再過去是野地，我正東張西望尋找空地時，佛格的話陡然引起我注意。

「你的生日？」

「對。」他點點頭。

「我還以為是艾歐娜生日。」

「我們是雙胞胎，總是提早交換禮物，相互慶祝。順便說一句，歡迎唱生日快樂歌給我作為祝福。」他莞爾一笑，講話的尾音微微上揚。

如果他們是雙胞胎，為什麼艾歐娜正轉變，佛格卻沒有異狀？他們是親兄妹，母親是墮落天使，兩人同是墮落天使的後裔，午夜時刻雙雙滿十七歲。

佛格挺起胸膛，伸手扶著我的腰，引領我走向空地，他一靠近我，腦中混亂的思緒立刻平和下來，寧靜的感覺重新籠罩全身，只要他靠近，這種感覺屢試不爽。

我抽身退開，一時之間參不透眼前的謎題，我站在原地發楞。加百列說過，墮落天使的小孩如果擁有純潔的靈魂，就會在年滿十七歲的晚上歷經身體的巨變，但佛格並沒有。

「怎麼了？」他問。

我舉手示意他安靜，特意拉開距離走了幾步。

「站在那裡別動。」我冷靜地吩咐。

我一逕後退，直到鞋子踢到盤根錯節從地面鼓起的樹根才停住，有一隻大烏鴉從佛格背後的樹枝上展翅高飛，不停地拍動翅膀，讓我難以專心，但他文風不動，靜靜地和我四目相向。

我目不轉睛，尋找光芒的來源——銀白色的光輝應該要從他的身軀往外擴散才對，但我的目光卻沒辦法聚焦在他身上，而是不由自主地盯著他頸項的十字架，第一次發現墜子本身有一種透明的光芒，那種純白的光輝跟水晶發出來的光芒簡直是一模一樣。

「那個墜子哪裡來的，佛格？」我小心翼翼詢問，滿懷戒備地左右張望，查看空地和他背後的樹林。

「什麼——妳說這個嗎？這是歐希勒辛家族的傳家寶，代代相傳，由封印獵人的領袖繼承，」他停頓了一下。「是皮德雷的東西。」他有點心不在焉，望著我肩膀後面。

每當靠近佛格的時候，都會不自覺地放鬆下來，沐浴在那種全然的祥和和寧靜裡面，從來不曾費心去搜索他輪廓周圍的光輝。也因為他一直給我那樣的感覺，就沒想到需要驗證，他的確有光，不過現在才發現光輝不是由他身體內而外地擴散，而是來自於他脖子上的十字架。

我跑過去，揪住他脖子上的項鍊一把扯斷，丟得遠遠的，他錯愕地瞪著我看。

黯淡無光。

沒有感覺。

布魯克面對佛格的時候，感受跟我一模一樣，佛格似乎是光明的載體，布魯克因此假設這是自己沒有衝動要吸血的原因，然而當我走進臥室的時候，他重新把項鍊戴回脖子上。

顯然布魯克攻擊他的時候，項鍊不在身上。

佛格沒有光明的靈魂，這是今晚他沒有變化的原因，無論那個墜子有哪些成分或有任何特殊之處，無論佛格知道與否，總之，那個墜子把他掩飾得很好。

「佛格，你怎麼說那是皮德雷的東西？他已經死了。」我說。

他沒有回應。

我深吸一口氣。「我母親不在這裡，你騙我……」

佛格突然張大嘴巴，眼珠凸出幾乎比平常大兩倍，我把他目瞪口呆的反應誤解成謊言被當面揭穿的窘狀。

我搖搖頭，知道被騙了，正預備轉身離開。

就在閉上眼睛的同時，還來不及轉動念頭離開，一雙尖銳的獠牙已喀一聲刺破我脖子的皮膚，毒液直接進入我體內的循環系統。

我不只沒看到縫隙開啓，連純血從背後悄悄逼近都一無所知，不對，他早就到了現場，在這裡埋伏、守株待兔。

我早該警覺到有異狀，大烏鴉就是警報。

這種感覺非常熟悉，清晰地烙印在腦海裡。

30

毒液在血管中湧動，身體瞬間僵如死屍，我的眼珠凍結在僅能睜開的程度，死死盯著佛格驚恐的表情，看著他踉蹌倒退、被樹根絆倒在地上。

「你抓到人了，把他還給我。」佛格語音顫抖，就像嗚咽的啜泣。

純血的下頦裂開，隨即發出鬼魅般刺耳的尖叫聲，我沒辦法扭動脖子也無法轉身，不過這回和上次不一樣——那時中了艾立歐的毒——思緒若有似無，但至少還算連貫，而且條理清楚。顯然中毒的後果跟上一次迴然不同，或許是因爲我的身體變了，不再是凡人。

一道身影擦身而過，然後站在我和佛格中間，深色的頭髮亂得像稻草似的，烘托他白皙的皮膚，一眼就認出他是艾歐娜項鍊鎖盒裡的男孩。

皮德雷。

純血刺耳的吼叫伴隨著斷斷聲在空地迴盪，連樹林都傳來回音，「牠」竟然在笑。

佛格跪在地上，摀住臉龐。「不！我不明白……」

哥哥站在面前，卻已成吸血鬼。

原來我是佛格手裡的籌碼，用來換回皮雷德，他以爲哥哥還活著，也沒錯，只是佛格沒料到牠會被轉化，話說回來，他又爲什麼會猜得到？封印獵人認爲吸血鬼來自於地獄，根本不相信牠們曾經為人，這個錯誤的認知和算計害了我們所有的人。

皮雷德不停地咆哮，氤氳的瞳孔變成危險的血紅，獠牙頂在嘴唇上緣，就在佛格埋頭哀哭的時候，周圍的縫隙逐漸成型，黑色裂口一個接一個開啓，彷彿周遭的景色變成一張照片，被人用刀割出一條條裂痕。

皮雷德逡巡我的後方，大概在等候發動的信號。在接收到信號的瞬間，牠撲向佛格，把他從地面像拎小雞似地拎高，抵住鄰近的樹幹。

我把眼睛眨了一眨。我可以動眼珠。

只需在毒液裡找著亮光，想著加百列，想著騎在烏麗背上高歌的感覺，美好的回憶點燃心底的火光。我專心想著加百列，白光燒得更旺，偏偏毒液像水漫了過來，火星立即熄滅。

純血左顧右盼，斗篷的布料拂過我的耳朵，尖如利爪的手伸得很長，手裡握著黑色水晶。

梅拉奇說的對，純種吸血鬼的確是利用水晶來號令地球與三度空間的通道。

我的四肢仍然僵硬，只能眼睜睜看著皮德雷掐住佛格的脖子使勁扭轉，而他蠕動身體、拚命掙扎。

墨黑的印痕從純血掌心的水晶逐步往外氾濫延伸，把能量注入最顯眼的縫隙，將縫隙越撐越開，距離佛格背上的樹幹只有兩三英呎遠。墨汁般的液體滲出水晶表面，穿梭在空間中，並勾住每一道裂口，好像穿針引線，直到所有的縫隙都被圈入黑色同心圓，類似的模式一再重複，在頭頂上方造出一個圓錐體，所有人全被封閉在死亡圈內。

這時候喬納和布魯克連袂出現，硬生生剎住腳步，距離暗黑元素構成的環不過幾公分遠。

喬納看了我一眼，這是他無法跨越的界線，來自第三世界的黑暗，只要沾到一點點，就會一命嗚呼——形體灰飛煙滅，靈魂裡的黯黑元素被吸入榨乾。

他驚惶地望向最大的裂口，在頭頂盤旋的黑色漩渦就是從那裡冒出頭，無論是吸血鬼圍攻黑澤雷的那一天，或是任尼波現身山頂的晚上，喬納臉上的表情都跟此刻一模一樣——充滿無比的恐懼，爲我憂慮不堪。

他的恐懼引燃我體內另一股火焰，這一回火苗沒有被消滅，不斷熊熊燃燒，甚至冒出藍色火焰，大火一發不可收拾，直到燒盡所有的毒液，喬納正是火苗燃燒時助燃的空氣。

布魯克尖叫地哀求、拜託我幫助佛格脫險。就算我可以瞬間移位，也不能現在就行動，我雖然可以穿越隔屏，將形體融入其間，但那樣等於被迫進入第三度空間。

布魯克陷入絕望，看著奮力掙扎的佛格，姑且不論他做了什麼壞事，我知道就算可以逃出生天，也不能把他丟在這裡等死，我和布魯克或許不是閨密，但我逐漸珍惜這樣的友誼，如果見死不救，布魯克必定永遠不會原諒我。

我站起身，震耳欲聾的噪音轟隆隆地迴盪在樹林中，連地面都在顫抖。

純血魔下的第二代吸血鬼傾巢而出。

牠們群聚在界線之外，帶頭的一位飛身撲向喬納和布魯克，他倆一躍而起，就在相隔不遠的地方，加百列驟然現身在耀眼的白光裡。

局勢緊迫，根本沒時間和加百列眼神交會，皮德雷正在啜飲佛格的鮮血，狼吞虎嚥的咕嚕聲立即捲走我的注意力。

我瞬間掐住皮德雷的脖子，猛力扯開牠的身體，牠摔得四腳朝天，力道之大，地面裂出一個大洞。

佛格頹然無力地歪倒在樹幹旁，後面的純血嘶聲低嚎，我一把扯破佛格的襯衫，用來當成止血帶按壓傷口，金屬的血腥味讓我的獠牙破皮而出，布料在短短幾秒間就被鮮血沁透。

我從眼尾的餘光瞄見加百列發揮超能力，白光一閃，連續爆炸的聲響，處決一波又一波前仆後繼的第二代吸血鬼。

布魯克悄悄繞過黑色縫隙，低頭閃避飛過頭頂的吸血鬼。「萊拉，注意後面！」

皮德雷扣住我的手臂往後一扳，肩膀脫臼，不過才一秒鐘的時間，傷處自動痊癒。

「別傷害他。」看我轉身面對皮德雷，佛格立刻懇求。

純血昂首闊步地走過來，皮德雷猛力衝撞，對準我的脖子攻擊。

我收手握拳、左右開弓，對著純血的方向，心隨意轉，悸動的光芒隱然成形。

旋轉的光球飄浮在手掌上方，內心冥想它越來越大，它果然跟從我的想像，強光乍現，一閃、再閃，第三次開始往外擴散，連成一大片，就像先前加百列的手法一樣，強光讓吸血鬼無法靠近。我使出無影腳，掃過皮德雷的腳踝處，牠往後飛起，屁股跌坐在地，緊接著壓住胸膛，讓牠無法動彈，這傢伙根本不是我的對手。

無論如何，我得想辦法封住最大的縫隙，黑色水晶能夠開啓，想必也可以用來封閉，但它依舊在純血手裡。

周遭的樹林有如血腥的戰場，一場惡鬥於焉展開，吸血鬼抱頭鼠竄、尖叫連連，在加百列的光芒下化成灰燼。

喬納在我左邊，位於布魯克後方，當他撕裂攻擊者的喉嚨時，我可以感覺他的情緒變化，不像很費力的模樣，忍不住納悶是因爲體內有我血液的緣故，所以他才能如虎添翼，遠比敵人更強大。

槍聲響起，意味著封印獵人加入戰火，瞄準惡魔開槍，一支銀頭長箭破空飛過正前方，差點就命中純血，可惜牠及時躲開，箭頭繼續飛向圓圈，我本能地舉起手保護臉龐，然而長箭射穿黑線後便立刻消失不見。

原來是這樣，圈裡的我們出不去，別人也進不來。

皮德雷已經死了，我和佛格沉默地對看一眼，他立時了解我的打算，搖頭反對，哀求我讓他哥哥活下來。

我的光屏仍然豎立而起，有如純血和我們中間的一面牆，皮德雷兩眼發紅，嘴巴像在噴火一樣，在我腳下掙扎扭動，牠以前或許是佛格跟艾歐娜的哥哥，而今已經沒有任何相似的特質存留在這個鬼傢伙裡面。

「對不起，佛格。」我冷靜地道歉，膝蓋一彎，給皮雷德機會竄向空中。

牠剛轉動脖子，咆哮聲立刻變成錯愕的呻吟，我的拳頭穿胸而過，五指大張，同時把湧起的膽汁嚥回喉嚨裡面。

皮德雷的目光移向我的手臂，然後一臉茫然地看著我，無法理解發生什麼事，白皙的皮膚逐漸透出交叉的黑線，逐漸往脖子蔓延，經過臉龐，彷彿樹枝往外伸展，最後分叉變成糾結的荊棘，我的手從他胸口抽回，他往後仰倒，墨汁滲入他體內，就像層層包裹的線圈，軀殼逐步分裂成小碎片，就在圈圈邊緣，遺骸立刻被捲入再也看不見。

「萊拉！」喬納的叫聲隱隱約約傳入意識層，但是眼前的景象讓我太過驚嚇，當鼻子嗅到銀與鉛融化的氣味要做反應時，遲了一步，子彈已經嵌入下背。我暈眩地轉過身去，看見佛格虛弱地歪靠著樹幹，手臂顫巍巍地勉強保持平穩，正徐徐放下手裡的槍。

我努力地伸手摸索背後的傷口，襯衫破了一個洞，身體燙得像著火，全身唯有的感覺就是劇痛，痛得受不了，我開始咳嗽，鮮血湧出喉嚨，金屬的銹味漫入齒縫之間。

原本保護著我的光屏消失無蹤，純血昂首闊步地走了過來，但我頭暈目眩，體力不支地跪在地上。

圓圈外圍閃爍的強光靜止下來，加百列束手無策地大聲嚷嚷、心急如焚，無法阻止接下來的事情發展。

「把子彈挖出來。」本來在正前方戰鬥的羅德韓現在緊張地蹲在圓圈外，大聲命令我，他用堅定的目光凝視我的眼睛。「現在就伸手進去掏子彈。」

我的指尖探入體內，靠著觸感摸索炙熱灼燙的來源。

指尖終於觸及子彈，我顧不得火燒的感覺，咬牙嚥下血腥味，從背部掏出那顆禍源。

即使呼吸不順、氣喘吁吁，歪曲失真的思緒重新成形，皮膚也在修復過程，然而純血已經揪住我的後頸，將我轉了一圈面對他，牠銳利的獠牙立刻刺破我的皮膚，在我試圖防衛以前，毒液已經注入體內。

這是前所未見的劇毒，跟牠們濃縮兩倍用來讓我無法動彈的毒物迥然不同，這種比較類似麻醉劑，逐漸凍結身體機能，牠把我拎得高高的、幾乎懸在空中，任由我拼命掙扎踢腿。

如果梅拉奇說對了，那麼第三度空間純粹就是冰冷闇黑的物質構成的，也是這些墨色緞帶的源頭，加百列的光芒或許能夠抵擋黑暗，但在第二度空間的地球上，根本無法制伏它。

純血的毒物侵入體內。

我被打得潰不成軍。

牠張開血盆大口，我再怎麼抵抗都無濟於事，徒然浪費力氣，沉重的腦袋垂了下來，這時突然看見：純血的眉毛上方沒有記號！牠不是任尼波。

任尼波沒有親自到場，而是派人替代，爲什麼？

純血的利爪劃破我的手臂，帶出一條條血痕，握住我的手腕舉向牠那噁心的嘴巴，牠一口咬破我的血管。

劇毒順著血管蔓延全身，我的手臂開始泛黑，類似刺青的印記隱然浮現在皮膚表面。

牠想喚回陰影中的女孩，讓她重新活過來！牠們以爲只要她在，就會毫不遲疑地服從指揮，不受任何道德良知的約束，儼然變成牠們手裡最大的武器。殊不知如果我的靈魂沾染汙穢，一旦被黑暗充滿，也會同時迎來我的毀滅。

「艾莫瑞！」喬納在背後大叫一聲。

葛堤羅艾莫瑞。

喬納的創造者。

這個名字讓我兩眼血紅，就是這個純血轉化喬納，狠心偷走他的人生。

這傢伙的名字如同一根巨錨，讓我心情無比沉重。

讓我突然有了奮戰的渴望。

喬納的話在耳際迴響：擁抱自己的全部，妳將會所向無敵……

擁抱光明很容易，但我卻不敢擁抱黑暗的自己，因爲害怕做了之後，得到的後果和我所能獲得的結果不成正比。但我吸收陽光，也從喬納的血液裡汲取黑暗能量，現在的實力處於最強悍的狀態——只是需要發射的勇氣。

純血揪住我的T恤，將我拎得高高的，直到雙腳離地，牠把我靠近他的身體，然後伸出分岔的舌頭，輕舔我的脖子，品嘗肌膚的滋味，預備痛下毒手。

我必須鼓起勇氣，不能再膽小下去。

我必須停止考慮加百列，從此爲自己而活，不然就得死在這裡。

我決定要擁抱眞實的自我。

閉上雙眸，不再對抗邪惡的毒液，而是迎接它的到來。我深呼吸，專注地冥想，鼓勵它不要蹂躪我的靈魂，而是逐步稀釋、溶入灰色的我。當那團幽暗和其他部分統合在一起時，內在颳起強勁的風暴，身體慢慢吸收，唯有靠著堅強的意志力，用思想的力量下指令，達到自然的平衡。

我倏地睜開眼睛。

「不。」我冷冷拒絕。

純血抽身退開，只差毫秒的時間牠就刺破我鎖骨的皮膚，他看著我的手臂，錯愕地發現原本刺青般的印記竟然消失無蹤。

體內飽滿的能量如同高捲的浪潮，在頂點爆開，湧流過四肢百骸，舒暢而奇妙。

從現在開始，我眞正勢不可擋，堅不可摧，所向無敵。

艾莫瑞鬆手，我沒有摔在地上，反而飄在空中，雙唇微開，低哼咆哮。

「任尼波沒有親自出馬，」我停頓半晌，傾聽佛格若有似無、胸口起伏的呼吸聲，「因爲牠知道我的威力。」

艾莫瑞掌心依然握著墨化的水晶。

「現在就關閉。」我朝最顯著的縫隙點頭示意。

艾莫瑞自尖銳的獠牙縫裡發出嘶嘶聲，鬼祟地移動腳步，預備跳進宇宙通道逃命，我已經算到牠會走這一步，眨眼的瞬間，我伸手揪住牠的斗篷，把牠釘在原地，動彈不得。

念頭一轉，只是讓牠逃亡還不夠，不——我要報仇。

「做了那麼多壞事，應該把你的心臟挖出來看，但我懷疑你還有那種器官。」我的食指在艾莫瑞胸口兜了一圈，勾起他的下巴，不許牠逃避我的眼神。

「把水晶丟進去。」我命令。

這回純血乖乖聽命，水晶凌空飛過，被裂口吸進去，螺旋形的黑色濃煙從上往下蔓延，陽光破雲而出，映照著艾莫瑞畸形怪狀的臉面，牠抽搐了一下。

第二代吸血鬼目睹他們的主子聽候我的差遣，各個都愣住，隨即醒悟過來，四散尖叫逃命。封印獵人逮著機會，發動一波波的攻擊，我抿緊嘴唇，冷笑著看好戲。

無需閉上眼睛便能看見預想中的風暴：頭頂的天空變成白色畫布，黑色閃電照亮天際。

電光一閃，分岔爲三。

我飄然上升，一手踋著艾莫瑞懸在空中。

純血的哀號在寂靜的襯托下顯得加倍尖銳，當下無風無雨，但我看到遠處有一群大烏鴉振翅急飛，逃離他絕望的歇斯底里。

我憑藉意志命令內在的能量，能量像一縷輕煙從掌心裊裊升起，這回不是全黑，而是我靈魂的色澤——灰色。

純血警覺地闔起下頦，煙霧轉而飄向他的眼窩。

當下我清楚知道自己的能耐遠遠超過他們，我就像調色盤，融會貫通，他們不管怎樣都追趕不上。我是中間值，就像第二度空間一樣，地球是我的家鄉，不是他們的地盤，我在這裡可以大展所長。

我的能量以煙霧形式鑽入牠的身體，牠開始窒息，灰霧開始襲擊牠的內臟，逐步侵蝕牠的本體，即便牠反抗，一樣贏不了這場戰役。

「我們等著瞧，看你是死是活？」我說。

雷聲轟轟，震耳欲聾。

一道光照得我脖頸處暖洋洋的，背後的半空中又出現一條縫，看來我再一次引發大天使關注，親自下來察看，但我目不轉睛地盯著純血——既然大天使親臨現場，那就讓他看個夠吧。

純血的臉上和脖子上都有羽毛狀的刺青圖案，現在卻開始抖動，彷彿從皮膚表面剝離，漸漸褪色，最後超越牠原有的形狀，變成背後的羽毛翅膀。

我屏息以對。

艾莫瑞的身形時而清晰、時而模糊，我握緊拳頭揪住牠的斗篷，牠張開嘴巴、獠牙突出。我掌心裊裊升起的煙霧暫時停住，扭頭回望，一具高大的身影飄搖在金色裂口前的高空——大天使那對雄偉壯觀的白色翅膀蜷縮在背後，他微微上前，我再度命令灰煙從掌心竄出，他舉手示意，停在原處，刻意保持距離。

我的注意力回到艾莫瑞身上，細微的裂縫密布在眼球鞏膜上方，眼窩慢慢變成烏漆嫣黑的泥潭，眼球爆了出來，和著血水流下臉頰，牠頓時失明。牠的皮膚開始一片片剝落，露出腐敗的肌肉，蜘蛛網狀的血管微微浮起、變粗，最後裂開，湧出黑色油脂。

牠內在黑與白的衝突越演越烈，黑暗無法和光明融合在一起，終於從裡往外，逐步地將牠吞噬。

「救命！」牠哀叫著，骷髗般的手探向半空中，摸索、尋找，最終摸到我的手腕，死命地捏緊，這一用力，反而連手骨都斷了。

我瞪著牠，再一次印證梅拉奇說的話句句屬實，明知道艾莫瑞企求速戰速決，痛快一些，甚至盼望可以如同來的時候一樣，也在光中離開。

休想，牠不配。

牠的翅膀開始枯萎敗壞，最後連稀薄的羽毛都開始耗竭、隨風飄散。喉嚨溢出痛苦的哀嚎，受不了折磨的慘叫聲，震耳欲聾。

猶豫不決只有一剎那，隨即想到喬納被牠害得這麼慘，還有數以百計、甚至上千人遭到相同的殘害，我要代替他們來行刑，報復是他們的權利，我也一樣，就從處決牠帶給我暫時的滿足感吧。

我決定做爲法官兼任陪審團，確保正義得以伸張，我瞇起眼睛，傲然地揚起下巴，扭頭瞅了大天使一眼，用眼神示意他，我最後的裁判結果：艾莫瑞和大天使們都會面臨相同的判決。

「絕不留情。」我低聲說。

艾莫瑞的喉嚨深處發出咕嚕聲，最後一片皮膚慢慢從臉上剝離，蜥蜴般的舌頭逐漸融化，不只失明還變啞巴，從此無聲無息，再也無法出聲懇求。牠苟延殘喘的受苦更加鞏固我的決心，直到牠幾乎燒成灰燼時，我才鬆開緊抓著斗篷的手。

燃成灰燼前的火星從天空飄落地面，紛飛翻舞。

四周異常寂靜。

31

世界是觀眾、目睹了艾莫瑞的死刑，彷彿嚇得倒抽一口氣愣在那裡，再也沒了聲音，一片寂靜。

脖頸後的暖意不見了，顯然大天使已經離去，他所開啓的縫隙跟著封閉。

我飄然落地，站穩腳跟，腎上腺素開始消褪，身體仍然顫抖不已。我仰望天際，搖擺的樹梢中間那一片天空又恢復晴朗的粉藍，陽光再次普照，閃電也不見蹤跡。

環繞的墨色絲線縮回第三度空間，顯而易見的宇宙通道封到只剩一處，範圍逐漸縮小，慢慢消失。

就在那處縫隙旁，布魯克俯臥在佛格身體上，就像對著懸崖沖刷而下的瀑布一般，她聲嘶力竭地大喊著。封印獵人、羅德韓、喬納和加百列看到我跟艾莫瑞交手的過程，幾乎瞠目結舌，呆若木雞站在原處，有的如釋重負、有的一臉錯愕、還帶有震驚。菲南勉強移開目光，試著過去協助佛格。

加百列當場目睹我超越極限，做出自己深信不可能辦到的事情，臉上沒有喜悅，而是苦惱。

我追尋喬納的反應，他已經回過神來，正越過空地，盯著菲南把布魯克從佛格身上拉開。

喬納從布魯克腋下抱住她，往後拖開，讓菲南去協助他的堂弟，布魯克氣急敗壞，像瘋子似地反抗，喬納被她推得腳步踉蹌、蹣跚倒退地站在漸漸縮小的通道前面。

布魯克一把推開菲南，在那一瞬間很難判定是哪一項衝動占上風——帶他去請求援助或是噬血的慾望。總之她把佛格扛在肩膀上，動作俐落迅速，逃竄到森林裡面。

喬納猶豫、掙扎的眼神反應出內心的衝突，他為什麼不追去？這裡沒有任何留戀的理由。

他抬頭看了過來，我們四目相對，他內心的焦慮和遲疑，湧入我的肺腑深處。

加百列從背後用雙手環抱住我，溫柔地磨蹭我的脖頸，低聲呢喃，我沒有回應，全神貫注看著前方，注意力都在喬納身上——他正拉起外套的兜帽。

加百列牽起我的手，我不肯直視他的眼眸，他來回打量我和喬納，手勁收緊，指尖掐入了我的皮膚。

妳穿了喬納的外套……加百列運用私人頻道跟我對話。

我轉過身去，匆匆瞥了加百列一眼，發現他的表情是難得的糊塗，臉上肌肉微微抽搐，我以為他心知肚明我已經喝過喬納的血，只是不願意明說而已。

但我顯然誤會了。

他雙唇微開，沒有說話，聲音直接傳入腦海。

那不是艾瑞爾的血……是喬納。

加百列渾身肌肉緊繃，我試著用感應的方式溝通，但心裡聽到的只有我們那首歌的最後一句，是我本來忘記的，但他唱了出來：

即便在裝飾花環的時候，心底兀自悲傷，鮮花掙脫不了鎖鏈的束縛。（注）

這一句是由加百列對著我吟唱，他記憶中的眼睛接連看到一幕影像，是我失去生氣的軀體躺在稻草堆上，而我透過他的回憶，目睹自己靜止不動地平躺著，額頭戴著以紅白玫瑰細心編織的花環。

眼前沒有機會繼續探索那一幕，加百列突然望向左側，舉起雙手，我還沒來得及深思他這個動作的目的，他的手按住我胸口，將我推飛開來。

我正使勁撐住身體，避免像自由落體跌下去時，瞥見一道強光掠過剛才佇立的地方，等我重新掌控身體平衡，腳尖落地，慶幸地舉手輕撫額頭時，突然聽見碰一聲。羅德韓竄了過來，擋在我視線前方，把我抱起兜了一圈，將我護在胸前，緊箍身體不讓我移動，但我迅速掙開，發現加百列雙手平舉面向前方，空氣中浮現黃色微粒構成的碎片，順著他雙手的方向望去，是一塊黑色髒汙的遺跡，原是通往第三度空間的最後一道縫隙——它把電光般的微粒吞噬一空，旋即消失無蹤。

傳入太陽穴的耳鳴逐漸褪去，最後只有低沉的砰一聲。

站在右側的菲南雙手抱頭、彎腰躲避，彷彿剛才突然有炸彈滿天亂飛，封印獵人各自躲到

注《The Gentle Harp》一曲貫穿全文，原詞作者是Thomas Moore（1779-1852），愛爾蘭著名的詩人、歌手和作曲家，這首歌原是爲了紀念他的朋友於一七九八年因參與爭取愛爾蘭脫離英國統治的叛亂活動而犧牲。

斷枝殘幹的樹木後面，嚇得忘記闔上嘴巴，怔怔地互相對看。

我仔細搜索那片空地，試著判斷剛才發生的事情，或許有可疑的東西企圖從喬納背後的通道闖出來作亂，被加百列及時發現，先把我推開，再以光束攻擊，直接把那東西打回原處，然後加速裂縫的關閉。喬納大概跑掉了，很高興已經跟他道別過了——我可受不了再來一遍。

加百列竟然連膀臂都在顫抖。

加百列。我在心底揚聲叫喚，壓過內心不住迴盪的噪音。

他沒有應聲。

我再喊了他一遍，他依舊不吭聲。他沒有光屏，也不是蓄意阻擋，就是……找不到人。

加百列雙膝著地的跪了下去，意氣消沉，肩膀拱起，雙手撐在大腿上，我急忙跑過去，彎腰將他抱進懷裡。

「出了什麼事？」我心急如焚。

羅德韓的手掌搭在我脖子後面。

「羅德韓，你去找布魯克，幫喬納一把。」加百列霸道強橫的下令。

羅德韓沒有移動。

「拜託！快去！」加百列語氣堅定。

羅德韓站開一步，依舊不肯離去。

「加百列，請你告訴我究竟發生什麼事？你受傷了？」我用雙手捧住加百列的臉龐。

他的皮膚冷得像冰，我試著銜接加百列的氣場，依舊感應不到他的存在。

他伸手攬住我的腰，終於抬起頭看著我，彼此四目相對。

加百列用力吞嚥，喉結跟著鼓起，他的眼睛空洞無神，失去原有的光輝，臉上細紋變得更深更長，手上也有奇特的現象，上百顆深色雀斑一點一點的密布其上。

「你的光芒不見了……這是墮落的現象。」我不敢置信，喃喃低語，呼吸哽住喉嚨。

我扶著加百列的肩膀將他推向一旁，然後趴在地上，爬了一小段，困惑地撥開泥土查看，心裡想著明明幾分鐘前喬納還站在這裡，我翻開泥土最上層，不死心地搜尋半天，找不到灰燼，也沒有他曾經存在的跡象可循，他就這樣消失了。

不見蹤影。

我心裡一片空虛，頭暈腦脹，唯一留存的感覺是太陽穴周圍沉悶的回音。

搞不懂爲什麼，我就是不斷拼命挖土，翻弄尋找，彷彿想要赤手空拳挖通一條隧道，找出喬納的下落。

氣急敗壞的心情，導致血色的淚珠奪眶而出，我的血就是他的血，兩三個小時前他執意奉獻自己的血，每一滴的意義都無可取代。

羅德韓伸手把我拉起來。

「夠了。」他神情肅穆。

我掙扎地推開，硬是坐回地上，憤慨地捶打地面，希望透過肉體的疼痛發洩沮喪的情緒，然而什麼都沒有。

「我很抱歉，親愛的，請妳……」羅德韓俯身湊近我的耳朵呢喃。他把我緊緊地摟在懷裡，我不再推拒，可憐兮兮地發出哀號聲，緊繃的肌肉猛然鬆懈，手臂無力的垂落，指甲縫裡塞滿泥土，筋疲力盡的感覺壟罩全身。

「我們必須離開這裡。」羅德韓說，一手扶住我的腰支撐，怕我無法站穩。

回過頭看去，加百列仍然跪坐在地，我不想跟他有眼神交會。

那群愛爾蘭人站在原處，靜止不動，頭垂得很低，沒有出聲，很像默默地向死者致意，我知道這是他們表達尊敬的方法——對象是我，不是惡魔、也不是喬納。

我茫然地仰望天際，張開嘴巴發出刺耳的尖叫聲，爲喬納的消失痛哭。

我消沉地躲在房裡，垂頭喪氣呆坐在凳子上，連續幾小時，羅德韓過來勸了好幾遍，我依舊不肯移動，彷彿離開了這裡，就等於把喬納拋在腦後，我得接受他永遠不再回來的事實，心中納悶他是否也有這樣的感覺，所以不肯比我先離開。

天色微亮，光線還很昏暗，隱約映出天花板中央小型水晶吊燈的輪廓，我盯著它發呆，逃避現實的傷痛。

覺得好厭倦。

加百列已經墮落，從此跟艾歐娜一樣，慢慢地等生命消磨——就像古老的建築物，歷經風霜雨打，肯定抵擋不住推土機上門，現在喬納也走了，他們悲慘的命運都是我造成的。

渴望和母親重逢的念想害我付出慘痛的代價，我當時究竟在想什麼？

我其實心知肚明未來的事，只是還是希望她告訴我該怎麼做、該走哪一條路，因爲我不敢信任自己的決定。

心頭那種揮之不去、萬分糾結的意念再也不容逃避。眞相總是殘酷的。

看著手上的新戒指，它彷彿在提醒我終究要面對套回鍊子的理由，不是我所謂的習慣的使然，也不是心靈的安慰，而是因爲沒有拒絕的勇氣。

我從凳子上起身，漫步走向門口，一開門，加百列站在外面，背靠牆壁，垂頭喪氣——他一直在等我走出房門。

「萊拉。」他拉我進門，伸手去開電燈，我按住他的手臂，搖頭反對。

「別開燈，這個房間不該有光，我寧願坐在漆黑裡。」

他一臉倦容，示意我坐下，但我繼續杵在那裡，加百列已經換過衣服，高領毛衣配牛仔褲，臉色蒼白，神情倦怠。

「我們必須啓程了。」他靜靜地開口。

我挪動身體重心，直視他的眼睛逼問。「我們眞的要避而不談嗎？絕口不提你做過的事情？」

我深吸一口氣，接續下去。「你殺了喬納，加百列，爲什麼？爲什麼要這麼做，不管是對他或對你自己？」我冷冷地質問，問題接二連三，似乎咄咄逼人，但其實我很想置身事外，彷彿這一切並未發生。

加百列清清喉嚨，握著我的手。「萊，我在鞏固妳生命的韌性，妳啜飲他的血，就是跟他有連結，反之他也會跟你相連，這種牽絆太危險，彼此都可能害死對方。」他輕聲解釋，捏捏我的手。

「你是為了保護我而殺死他？不是出於一時氣憤、忌妒，或……」我胃裡翻攪，七上八下，本以為加百列是勃然大怒，一時控制不住，但事實不然，他奪走喬納生命的緣由是為了讓我存活，跟漢諾拉的事情如出一轍，都是因為他愛我。但他是誰，有什麼權力判定生命的價值孰優孰劣？這個舉動泯滅了他剩餘的光輝，我抽身退開，伸手摀住臉頰，驚駭地閉上眼睛。

「我做的所有事情都是為了妳在盤算，萊拉。」他直言不諱，彷彿我應該明白他的心意，不應該詫異。

「不，不要再說這種話，夠了！」我怒吼。

加百列移到側邊，用手背輕撫我的脖頸，接著轉向下頦，溫柔地捧起我的臉頰：「我愛妳，為了所愛的人，有些事不能手軟。」

我的眼睛刺痛，一顆眼淚滾了出來——我只允許到這種程度。

「噢，加百列……你說你會撕毀一切，不計代價，即使追到天涯海角都要救我，」我猛然倒抽一口氣。「這些日子以來，你一直在做這樣的事情——撕毀一切，消滅每一個人，無論是漢諾拉、喬納，甚至是你自己，這樣苦心積慮只為了救回一個死人。」我甩開他的手。

加百列雙眉深鎖。「妳沒死，萊拉。」

「對不起，加百列，你所愛的女孩已經消失了，該是放手讓她走的時候。」

「妳在說什麼？我愛妳，拜託——」他懇求。

我踟躕著，我愛加百列，此生不渝，然而我們各自的抉擇在無意間讓彼此分道揚鑣，越離越遠，某方面而言算是鬆了一口氣，我深知自己最終的方向，一直都知道是那樣。

我扶著他的手說。「我是你自甘墮落的理由，因爲黑暗的行爲才讓你的水晶失效，而那些黑暗是我造成的。」停頓半晌，我努力鼓起勇氣，不顧一切地逼出我以爲自己永遠說不出口的告白。

「我眞正的生命從你開始，但你不能再跟隨下去，我朝著終點而去，絕不能讓你……，你去找艾歐娜吧。」我聲音開始顫抖。

加百列一聽到她的名字，有些遲疑。「我不愛她。」

我伸手撥開垂到他臉上的金色頭髮，拇指輕輕地撫摸自他眼角往外蔓延的皺紋。「你會的，你們接吻的時候，我看到你在發光，就在午夜鐘響之前，然後她的光和你的融合在一起……」

加百列眉頭一皺，預備開口反駁，但我接著說下去。「有時候強光的作用和黑暗雷同，都會讓人盲目看不清楚，或許是你沒發現，也可能是你不想面對，但你必須和她攜手，她會引導你回歸光明。」眼睛違背了我的意願，淚水湧進眼眶。

加百列有話要說，我用手指按住他的唇。「她能救你，而我不能。」

「我不懂，妳棄我而去的原因是因爲妳要拯救我？或者背後眞正的理由是因爲妳變心了，不想跟我在一起了？」他一面拉扯毛衣的袖子，遮住斑斑點點的雙手，一面等待回應。

我推開他的衣袖，露出他皮膚上的雀斑，他立刻拉住袖子遮掩。

「菲南說過，我們身上的疤痕意味著我們是正義戰士和英雄，你也提過這些就是你的印記，你若可以從容接受自己的所作所爲，又何必掩藏這些痕跡。」

「我遮蓋的原因是不想造成困惑，讓人誤會故事裡的英雄是誰，萊拉。」他迅速回應。

他的上唇微微顫抖，我們之間或許失去原有的感應和連繫，但我仍然看得出來他不是完全坦白。

「不，你的遮掩是因爲你把這些當成做壞事的記號，但我們彼此都知道你不是壞人，是因爲跟我在一起，才會變成這副模樣。」

他沒有回應，我立時領悟這個想法和這番話正中事實，我握著他的雙手，緊緊抓住。

「『即便在裝飾花環的時候，心底兀自悲傷，鮮花掙脫不了鎖鏈的束縛。』你曾經對著我吟唱這一句，那天你替我戴上花環時，我還認爲這句形容得很貼切，」我終於領悟箇中深意。「其實這一句應該在形容你……如果不改寫，永遠都會這樣下去。」我呢喃低語。

我們沉默地凝視著彼此，再也走不出下一步，彷彿我們的棋局到此結束。

我傾身吻他嘴唇，盡力珍惜當下的時光，無論墮落與否，他是我的天堂，這一點從來不曾改變，未來亦然。

勉強抽身退開，但他伸手箍住我的腰將我摟向他胸前，幾乎要壓碎一樣，他的吻充滿絕望的情緒，甘苦參半，眼底滿是悲傷，如檸檬般酸澀的淚水濕潤了我的唇，讓我忍不住跟著掉淚，他的鼻尖輕輕磨蹭我的鼻樑，緊緊依偎著，不肯鬆開。

「我希望成為妳所倚靠的那一位，萊拉。」

「總有那樣的一天，加百列，這一點我不懷疑，只希望那一天來的時候，你會選擇艾歐娜。」我哀怨地說。一股冷冽的寒氣沿著脊背往上爬，彷彿有人走過我的墳頭。

他摟著我，吸著我頭髮的香氣，我知道如果現在不做，以後更不可能鬆手退開。

我搖搖晃晃地走向門口，幾乎不敢肯定雙腳能否支撐身體的重量。

「等等！」加百列大聲嚷嚷。「如果妳離開的理由是為了要救我一命，那妳不能走！」他沙啞地說。

我停住腳步。

「妳怎麼會認為我有可能移情別戀……」他壓低聲音，「因為妳愛上他了，對嗎？」他遲疑詢問著。「告訴我，妳是否選擇了他，就算他死了，還是寧願選他不願選我。」

我回過頭去，不願意跟他眼神交會，即使光線昏暗，他依然看出眞相，明白了這個問題的答案。

「是什麼時候發生的事？」他不可置信、呢喃地追問。

我哽咽著，無法開口。

「曾幾何時，妳跟他墜入情網？」

我用力眨眼睛，呼吸異常沉重，最終鼓起勇氣凝視他的眼睛，透露被喬納點燃的光芒。

「很久以前，在一棵聖誕樹底下。」

32

緩步進入喬納的臥房，輕輕卡上房門往床鋪走去，早該離開這裡，但就是捨不得遠離。

我搖搖晃晃地爬上床，拿起他的枕頭將手臂壓在下方，臉龐埋進枕頭裡，爲他痛哭流涕，哭得悽悽慘慘，就我而言是前所未有的情況。

我也同時爲加百列哭泣，爲他的淪落，爲自己在他的選擇中那決定性的影響力。還有布魯克，她逃走至今無聲無息，佛格身受重傷，生死成謎，我也爲他啜泣。爲艾歐娜痛失手足的哀痛而哭，更爲我自己，但我的眼淚最主要還是爲喬納而流。

情緒發洩之後只覺得疲憊至極，推開底下的枕頭，手臂似乎碰到某種東西，我吸吸鼻涕，好奇地伸手探入旁邊的枕頭套裡。

棉布套裡面藏了一本冊子，小心翼翼地掏出來研究一番，鞣皮封面，觸感相當柔軟，用繩子綁在一起，我順手解開，翻閱內容。

扉頁上面是喬納的名字，我的心跳開始加快，怦怦怦的聲音剛好呼應最近一直在內心深處迴盪的雜音，我盤腿而坐，抱著那本冊子，凝視扉頁的全名：喬納·西恩。打從認識之後，我甚至沒有問過他的姓氏。

沉思許久，終於翻開第一頁，那是一幅炭筆畫，一對男女手牽手，女孩的五官酷似喬納，隨即領悟這是他父母的畫像，從沒想過喬納竟然是藝術家，他不曾透露自己用繪畫來消遣閒暇的時刻，我躊躇半晌，才翻到下一頁。

彷彿見到鬼一樣，素描簿陡然掉在地上，我彎腰慢慢撿了起來，仔細打量畫上年輕女孩的五官和每一條曲線，她開懷大笑的表情顯得栩栩如生，彷彿隨時要從畫紙上一躍而起。

蝴蝶女孩。

星形的眼珠仰望天空，炭筆著色的針織外套底下是一件長及腳踝的洋裝，我用指尖描摹畫像的每一吋，右側下方是潦草的日期，居然就是我在楊柳樹下見到她幻影的時間，我翻轉畫冊，朗誦畫像底下水平的一行字跡，竟然就是那天她對著我呢喃的那句話**「el efecto mariposa」，蝴蝶效應。**

我索盡枯腸，想要弄清楚爲什麼喬納會勾勒出我在幻象中見到的少女，還把她說的話寫在素描本上，喬納說「el efecto mariposa」這句話對他別具意義，有如一個預兆，點出混亂背後的特殊含意，顯然是我錯過了非常重要的蛛絲馬跡，因此無法理解其中眞相。

我趕緊翻到下一頁，尋找跟她有關的後續，然後當場怔在那裡。

是我，是重新甦醒後的我，每一個細節都描繪得絲絲入扣，跟我照鏡子看見的一模一樣，唯一的差別是眼珠和髮色，但是最引人注目的是他畫筆底下帶出若有似無的笑意，彷彿我正在笑一樣，這是喬納追尋的女孩，是他執意保護，永遠拋不開的那一位，翻了一頁又一頁，素描本上都是我的畫像，其中有一頁看起來特別不一樣。

女孩長髮及肩，髮尾往內彎，正是時下最流行的鮑伯頭，看起來心不在焉，遙望著遠方，紙上的女孩美麗大方。

我不懂，喬納發怒的指控，把我說得那麼不堪，一層一層剝光我的偽裝，但在畫冊上，卻給了我纖細迷人的包裝。

我一頁一頁仔細查看，大多是素描，但最後一張特別不一樣——喬納先用鉛筆描繪再塗上油彩，紅玫瑰和白玫瑰掩住赤裸的肌膚，眼神迷惘、直勾勾地看著我，作畫日期竟然是今天，不是昨天，是在救我以後回來畫成的，距離他人生走向終點不過幾個小時。

不論是素描或油彩，細膩的筆觸帶出來的不是嫌惡和厭棄，而是深情款款。

叩門聲把我嚇了一跳，羅德韓跨進門檻。

「甜心，我們需要聊一聊。」他進入屋內，在床尾找位置坐下。

我清清喉嚨，試著好好喘口氣，自從知道喬納走了，便再也無法順暢的呼吸。我走過去坐在他旁邊，兩隻腳垂在床邊。

「羅德韓，」我低聲詢問。「喬納並不恨我，對嗎？」

他用近似父親的關懷，溫柔地摟住我的肩膀，安撫地摩娑我的背脊。

「不，親愛的，他當然不恨妳。」

「不，不是那種恨，但他曾經說得很難聽——那些不堪的說詞非常傷人，你明白我說什麼嗎？關於我的外表和我給他的感覺？」我要知道眞相。

「對。」羅德韓摸摸下巴的鬍渣，神情有點尷尬。

「他說謊，對吧？」

羅德韓沒有立即回應，顯然這個問題讓他侷促不安。

「他只是很煩躁，親愛的，那些話不是眞心的，」他唉聲嘆息。「我不希望妳對那孩子記恨，他認爲……呃，我們都認爲妳不該被他牽絆。發生那些事以後，他更認定妳與加百列在一起存活的機率較高，更不能有額外的干擾。」羅德韓靜默半晌，開口道歉。「對不起，親愛的。」

我突然想起曾經在無意間聽見加百列與喬納的對話；但當時我更執著於喬納提到艾歐娜那番話，完全忽略他們在爭執我跟誰在一起最安全。其實這一切並無法解釋喬納拒絕跟我接吻的原因，往者已矣，再也找不到答案了。

「喬納偶爾會找你聊天，對吧？」我逼問。

「是，親愛的，有時候。」

我伸手拿起背後的素描本，放在大腿上。

「你知道喬納是個藝術家嗎？」我問。

羅德韓搔搔後腦勺，沒有回答問題，反而顧左右而言他。

「親愛的，人只能往前看，今夜我們必須離開這裡！」

「拜託，羅德韓，你知道嗎？」我再問一次。

他有些懊惱，但一見我嘴角下垂的表情，只好讓步。

「沒有認眞提過，只知道他很久以前喜歡塗鴉，後來就不畫了，似乎是他覺得很困難，再也沒有靈感。」

我點點頭，小心翼翼地翻開畫冊，找到蝴蝶女孩的頁面，羅德韓挑起濃密的眉毛，來回打量我和那幅畫。

「你知道這是誰嗎？」我問。

他搖頭以對。「不知道，親愛的。」

我將畫冊橫放，指著左下角那句話。「el efecto mariposa。這句你有什麼印象？」我再次提問，希望找到相關的蛛絲馬跡。

「對，呃，至少有一點，Mariposa是喬納妹妹的名字，這應該是她的畫像。」

Mariposa，喬納的妹妹。

素描本從我手中滑落，幸好羅德韓反應夠快，及時接住畫冊，沒有摔在地上。

「妳不可以讓她白白犧牲！」喬納曾經這麼說。我終於明白那人就是——Mariposa，喬納深信妹妹去世是爲了啓動一長串的事件，將他引入我的生命，諸多混亂背後皆有深刻的意含……目的是要拯救我。

千頭萬緒在心底翻轉糾纏，但是大腦深處低沉、鼕鼕像打鼓的聲音揮之不去，讓我很難專注思考其餘的事情。

陡然靈光一閃，壓過其他的意念。

鼕鼕像打鼓的噪音。

我從床上一躍而起，好像被嚇得跳起來一樣。

「他沒死！」我大叫。

羅德韓跟著跳起來，把我胡亂揮舞的手臂壓回身體兩側，試著讓我平靜下來。

「親愛的，妳可以傷心，我們也很難過，但是人死不能復生，他已經走了。」

「不，不，他沒死！」我掙開。「羅德韓，拜託告訴我，加百列發光的時候你看到什麼？當時的情況？」我質問。

「妳知道的，夠了，別這樣。」

「羅德韓，告訴我。」我揪住他的襯衫。

「加百列的光芒擊中他，喬納往後倒下，然後……甜心，拜託，不要這樣折磨自己。」他包住我的手。

「他往後倒，然後怎樣？現場沒有灰燼，沒有塵埃，沒有任何跡象……羅德韓，他沒有燃燒。」我堅持。

「親愛的，結束了，他已經落入黑暗。」

這些話無異火上加油，讓潛意識層的火苗燒得更旺，我開始在房裡踱步繞圓圈，低頭思索中間的過程。「因加百列光芒的衝擊，他往後倒，在裂縫關閉前他掉入第三度空間。」我大聲說出心裡的念頭。

「就算這樣，一旦觸及那些黯黑元素，也會消溶他的形體。」羅德韓跟著我的路線，試著擋在前面。

我一時無話可辯——喬納的形體是會消失不見——但我內在的回聲應該是他，先前以爲是加百列的水晶失去功效，原有的感應遺留在內心深處，但我弄錯了，那是喬納的呼喚。

我有好幾次過血給喬納，他顯然從血液裡汲取我的黑色物質，不管其中有什麼特別元素，讓我得以在任一世界中維持原來的形態不變——或許這就是達文所說的特殊微粒，這個東西有可能也轉移到喬納身上，加上他有陰暗的靈魂，剛好符合第三度空間……。

喬納的確落入黑暗——就在第三度空間。

隨著時間過往，聲音的脈動逐漸消褪，沒有黑水晶，就無法開啓通往第三度空間的裂口，有其他替代方案嗎？加百列說盧坎鎮附近有固定的出入口存在，就算能夠瞬間移位去那裡，也無法克服海水的障礙，等我找到地點可能太遲了。

羅德韓抓住我的肩膀，輕輕撫摸頭髮，將鬆散的髮絡塞到我的耳後。

「妳會安然度過的，相信我，時間能夠治癒所有的傷口。」

我猛然轉頭看他。

「時間、治癒、所有……」我平靜地覆述一遍。

本來以為是不可能解決的問題，羅德韓突然給了我答案。

我立刻知道該怎麼辦。

「親愛的……妳還好吧？最近碰到這麼多難關，我們應該談一談，討論下一步要——」

我打斷他的話。「我要走了。」

「什麼？妳要去哪裡？」他問。

我回頭望向素描本，看得目不轉睛，對於自己接下來要嘗試的做法感覺壓力極大。

「萊拉。」

我給羅德韓一個熊抱，用力親吻他的臉頰，被熟悉的鬍渣刺得哈哈笑。

「謝謝你，羅德韓。」

我閉上眼睛，啓動意念，立時離開現場。

僅僅一瞬間就回到森林的入口。夜幕低垂，光線逐漸消失，但此時此刻，恰好符合我靈魂的顏色。

我縱身跳過倒塌的樹幹，踩在落葉堆積而成的地上，撥開斷落的枝條，埋頭前進，沒時間仔細觀察今天早晨那如噩夢般的事件造成的毀損和破壞程度，直到佇立在空地的外緣，這才感覺四周瀰漫著一股詭異的寧靜。

地面蒙了一層厚厚的灰，好幾攤黏稠的液體沾著鞋底，但我不為所動，繼續邁大步走向原本加百列站的位置旁，伸手握住水晶，從冰涼的寶石上汲取安慰。

低頭看著喬納的素描本，心裡有個微小的聲音強調這是不可能的，如果真有可能性，我算哪根蔥、自以爲能夠改變過去？但我的確站在這裡了斷了一個純血的性命——連我自己都不敢置信。

我先緩和緊張的情緒，緊緊閉上眼睛，開始想像當時的畫面：喬納站在前面，加百列在我後面，按著記憶回想，重播了一遍又一遍，一開始沒有發生任何事情，我不死心地一再嘗試，這回可以感受到加百列貼著我肌膚的感覺。

溫暖、明亮的光線取代黃昏幽暗的的夜色，逐漸帶領我回到今天早晨的餘韻裡面。

我從心中的眼睛看到加百列朝側邊跨了一步，手指掐住我的肌膚，來回打量我和喬納。

我看見加百列舉起雙手，幾乎要觸及我的胸口時，我屏氣凝神，放出心靈的長線去感受他的力量。

周遭的畫面泛起輕微的漣漪，繽紛的色彩把我吸收進去，融合爲一成爲背景的一部分。

我讓壓向胸口的力道穿透過去。

重新經歷一遍。

類似的經驗以前也有，當時還很納悶自己是困頓在事件裡面，被動地旁觀，或者有可能去改變；現在正是測試的時機點，喬納沒死，他只是迷失，唯有我能夠救他回來。

我使出全力，把身體甩飛出去順勢離開原地，感覺眼睛一花，已經降落在喬納身旁，我朝他伸出手。

「不。」

靜電微幅振動，小分子顫動不已，畫面跟著起起伏伏，顏色開始模糊，我的灰色順勢滲透、像水一般溢流而過，龜裂的氣體懸於一線，搖搖晃晃，正前方加百列的光芒似乎衝著我而來，我命令時間停住不得迫近，然後伸手去抓喬納的外套，用體重當工具，連推帶撞，希望讓彼此同時移位，但他文風不動，即便伸手抱住他的背，再試一遍，甚至彎曲膝蓋用力往上跳，他仍然停在原地。

加百列射出的光束末端現出金黃色電光，強光閃爍，搖擺不定，雖然沒有規律可循，但是逐漸逼近。

我不禁詛咒自己的傲慢和自以爲是——然後又想起達文的理論。達文是這麼說的：宇宙本身有給就有取，一切必須維持平衡。

荒唐啊，我嘲諷地哼了一聲，立刻察覺在這場跟時間賽跑的戰爭上快要輸了，眼前只能接受並擁抱最終的條件：互相交換。

我解開脖子的項鍊，戴在喬納身上，留給加百列當紀念，也是我唯一能夠獻給他的東西：第二次的機會。

亮光疾速前進，射入暗沉的灰色階，我轉身面對喬納，他的眼睫毛輕輕顫動，血色重新回到臉上，由頭頂向下滲透通過顱骨。

我迅速湊近他耳朵呢喃了幾句，才說完，便看見他恢復光彩的淡褐色眼珠慢慢轉向角落，顯然聽到了我的聲音，最後我輕鬆無比地吸了一口氣說：「我會回來找你，喬納。」

面對這個獨一無二的傢伙，我此刻最在意的竟是他的唇，於是傾身印上最後一吻，那一瞬間隱約感覺他有所回應。

加百列的光——相距僅僅一吋——化成耀眼的火球，射穿我最後的灰屏。

意隨心轉，行動在一瞬之間。

喬納像火箭般飛了出去。

回顧以往，我曾經做過光陰的囚犯，但在這裡我卻大膽扳動時光的指針，至於自己究竟是小偷或是被竊取的失物，其實無關緊要，結局都是幽禁，時間向來跟我都是不同陣營。

而今我要被遣送到一個連虛無都不敢擅自介入的地點，如果我逃不出來，純血也休想離開。既然任尼波把我當武器，那就不要讓牠枉費心血，總要親眼目睹牠自己精心製作的炸彈在腳邊爆炸吧。

今天早上我才找到為自己而活的力量。

時間不過黃昏，又決定為眾人犧牲。

看來羅德韓終究找到他的救世主。

想到喬納，我欣然一笑，這時加百列射出的光波全數擊中了我。

兇猛的浪潮把我席捲而去，直接撞向地獄的彼岸。

尾聲

喬納

遠處那片光忽明忽滅閃爍幾回，隨即暗去，這時我的背撞上樹幹，力道大到停住時發出轆轆的響聲，我顧不得大腦昏昏沉沉，急忙往空地跑。

「萊拉！」我大叫，目不轉睛盯著範圍逐漸萎縮的通道，地面有一處污漬，到處搜尋都看不到她的人影。

「孩子，你……是怎麼辦到的？」羅德韓的疑問好像在質詢。

加百列蹲踞在地，聞聲抬起頭來，看見我好端端地站在這裡，露出困惑的表情，隨即站起身，憤怒地瞪了我一眼，轉而關注縫隙的變化。

一股說不出來的煩躁，讓我氣沖沖地衝撞加百列，結果很不可思議，他竟然虛軟地倒地，那群小鬼立刻包圍四周，伸手去掏武器，我齜牙咧嘴，露出恐嚇的獠牙。

「你在搞什麼鬼？」我大聲咆哮，一把掐住加百列的喉嚨，靜待反擊，預期天使會不甘示弱的回手，結果出乎意料，感覺很不對勁，他的上唇微微顫抖，憤慨的表情顯示很想揍我，但那虛弱的眼神透露他力有未逮，無法動手。

羅德韓拉開我的手，把我推向一旁，彎腰扶著加百列站起來。

「她在哪裡?」加百列嗓音高亢。

我咬著嘴唇，轉身打量逐漸縮斂的通道口。

加百列跟羅德韓尾隨我的目光雙雙轉過身去，加百列大聲吶喊。

「不!不可能，我把她推開了……萊拉!」他哀號。

沒有任何回應。

他腳步蹣跚，搖搖晃晃地朝我撲過來，揮拳攻向胸口，但隨即縮手。

「她的戒指。」加百列抓向我的脖子。

低頭一看，果眞如此，項鍊在脖子上，但我想不起來是什麼套上的，不過她當時的耳語像耳鳴一樣越來越清晰。

「她留給你當紀念。」我咬牙解開，但沒有交給加百列，而是遞向羅德韓。

「她說你的水晶失去功效，這個送給你，讓你重新找回自己的光芒。看來被她說對了。」

我很想隱瞞這些消息，把他蒙在鼓裡，讓他也嚐嚐那一種置身黑暗的滋味，但我知道她不會原諒我。

「我不明白。」他聲音微弱。

「她要你去找艾歐娜，還扯了一堆光與愛的廢話，還說當你愛上她，就會恢復原來永恆的生命。」

不就是一顆愚蠢的石頭……早知道就該丟到幾千英哩外才對，不過話說回來，我寧願他活到天長地久，爲自己的所作所爲痛苦懊悔，雖然他失去光芒，表示他已經墮落了，要殺死他並不難……

「什麼？她爲什麼說這些？她何時跟你講過話？你應該化成灰燼，在這裡的應該是她才對！」加百列跑向宇宙的裂口，偏偏第三度空間是他無法插足的地方。

我了解她那種與世隔絕、孤獨無依的感覺，所以勉強寬大爲懷，不跟加百列計較，逕自站在他旁邊。

「我不懂她是怎樣做到的，加百列……」我要他專心聽我說下去。「她要我轉告你，只要有選擇的餘地，所謂的必然就沒有意義，而她的選擇是我。」我只說到這裡，至於她的言下之意，其實我自己也不完全了解，更不敢完全相信她試著傳達的含意。

加百列倒退一步，羅德韓伸手環住他的肩膀，奇怪的是，他竟然沒有反駁。

「她還有說別的嗎？」他語帶悲傷地問。

我分別看了加百列和縫隙一眼，還抽空狠狠瞪著那些青少年，警告他們不要輕舉妄動，尤其是讓我最火大的菲南。

「她不要我跟隨。」我說。

「就算想去也做不到，孩子，我們當中沒有任何人能追隨而去，她只能獨力奮戰。」羅德韓說。

羅德韓一副以她爲傲的語氣，讓我火冒三丈，他怎麼可以以她的犧牲爲傲？不論是爲我、爲他們，或者爲任何一位。爲什麼是她要奮戰、要犧牲？爲何是她、不是別人？她應該要有更好的人生才對。

這一切讓人忿忿不平，她為了救我避開加百列的襲擊，反而讓自己走向可怕的命運。即便我曾經狠心地說了那些讓她痛心疾首的鬼話，她依舊義無反顧地回來找我。以我對萊拉的了解，若有必要，就算赴死，她也寧願獨自面對，不想拖累別人。好個愚蠢、頑固的女孩……

我不願去回想她在我耳際的低語，彷彿在交代遺言，但還是強迫自己集中精神、聚焦思索任何可能的線索……她最後一次提醒我遠離來襲的颶風，不要不知死活地跟上去。

等等……

靈光一閃而過，陡然領悟她背後眞正的含意，嘴角忍不住流露出一絲得意，「如果眞不可能跟進去，又何必特別交代這一句？」這話說得意猶未盡，羅德韓與加百列表情茫然。「沒有事先預警，她卻有辦法擋住你的光、減緩光的速度，還說她是回來找我，如果不曾離開，又怎麼會回來？」

我轉過頭去，縫隙持續縮小中，再過片刻就會完全封閉，消失無蹤，屆時任何可能和機會——一概隨之消失。

我掀起兜帽遮住頭部，彎屈膝蓋做好預備姿勢。

「孩子，別——」羅德韓顯然揣摩到我的想法，卻被加百列打岔。

「帶她回來，喬納。」他臉上的表情混合了傷痛和絕望。

望著顏色墨黑如漣漪般起伏的通道入口，但願自己沒猜錯。沒有萊拉，我留在這裡也像行屍走肉般存活在黑暗裡，還不如試試看，即使魂消魄散、被榨乾，下場也不會比現在更淒慘。

隧道盡頭有亮光，前提是我要先穿過那個縫隙。

無論如何都要找到人，帶她回家。

就這樣決定了！

我急速奔跑縱身跳進縫隙中央，身體直墜而下，墨黑的液體湧流在周遭。

如果她是颶風，那我註定要直搗風暴中心點。

（混血之裔2：熾愛　全文完）

致謝

爸媽——教導我生命不要自我設限。

因爲你們的價值觀，我也跟著深信「眞相就在眼前，只待有慧根的人。」所以我嘗試用說故事的方式把它呈現出來。

Gillan——電視影集《*The Office*》裡面的 Andy Bernard 有一句名言，「眞希望人們知道要珍惜當下，不要等到無可挽回時才懊悔」……因爲你，我學到了。

Pat-Dad——就 Gillan 和我而言，是你把房子變成眞正的家園，即便如今生活分隔兩地，心靈卻依舊親密，這就是你所付出的，我們深深感激。

Jen——妳的美是內裡和外在兼具，就在我們最需要的時刻，妳的貢獻讓這一切大不相同。

Penny——很少人能夠如妳這般豐富別人的生命，不是特意而是在不知不覺間，這樣的特質更是罕見，妳就是如此特別。

Gill——謝謝你的鼓舞，雖然還不到終點線！

Ken——你的頭銜正式從侍酒師升格爲謬思，我要頒獎給你……

最最親愛的朋友——茶巇飄飄，小姐們！別忘了老規矩，抓幾塊 Jammy Dodgers 夾心餅乾，輪流講故事吧。

Wattpad的讀者——感謝你們持續加油並按讚！諸位的留言和鼓勵是我每一天動力的來源。

Wattpad HQ Family——尤其感謝Ashleigh，Caitlin，Maria，Danielle & Gavin。

Wattpad Retirement Home——相信如此特別的作家群組注定會邁向成功之路！

Claire Jacob——妳的書面回覆令人沒齒難忘，那一天的感覺是終於有人聽見我的聲音了，謝謝妳。

Beth Collett——我的私人打樣機兼伯明罕的Uber司機，期待妳的第一本小說快快問世。

Lori Goldstein——《Becoming Jinn》的作者，妳才華洋溢，也是我所信賴的第一手書評人，更是至交好友，這一段旅程有妳同遊，增添了許多樂趣！非常榮幸能夠認識妳。

Macmillan/Feiwel and Friends——能夠和你們團隊合作真是三生有幸！感謝Jean Feiwel 邀請我加入F&F的大家庭，Liz Szabla 無疑改變了我的人生。

再次感謝——Angus Killick，Anna Roberto，Christine Barcellona，Holly West，Lauren Burniac，Lauren Scobell，Bethany Reis，Molly Brouillette，Ksenia Winnicki，Caitlin Sweeny，Kathryn Little，Rich Deas，Anna Booth，Dave Barrett，Nicole Moulaison，Gabby Oravetz，Allison Verost，和Elizabeth Fithian。

還有Fierce Reads的旅伴們——Marissa Meyer，Gennifer Albin，Jessica Brody，和Lish McBride，尤其是Mary Van Akin。

Martina Boone——妳對《混血之裔》系列的熱愛，幾乎逢人就推薦，鼎力支持這個新生的寶貝！

Anasheh Satoorian 和 Patricia Lopez ——你們是最棒的版主，在 The Fantastic Flying Book Club 主持《混血之裔》的部落格巡禮，隨後更成爲我的知己！

The Styclar Street Team Founders ——你們是有史以來最奇妙、最死忠支持的部落客團體，單單言語不足以表達謝意，感謝你們投入時間和諸多心力，在網路世界宣傳《混血之裔》這系列小說！我要給你們一個愛的抱抱！

The Styclar Street Team Founders 由以下的部落格組成，歡迎大家上他們的網址參觀瀏覽！

Amber 和 Jessica—The Book Bratz

Anasheh—A Reading Nurse

Andrew—Endlessly Reading

Beth—Curling Up With A Good Book

Britt—Please Feed the Bookworm

Crystal—Bookiemoji

Dana—DanaSquare

Danny—Bewitched Bookworms

Genissa—Story Diary

Octavia and Shelly—Read.Sleep.Repeat

Patri—The Unofficial Addiction Book Fan Club

Pili—In Love With Handmade

Rachel—A Perfection Called Books

Ri—Hiver & Cafe

最後更要感謝所有的讀者，無論舊雨新知——是你們讓這一切成爲可能！

中英名詞對照表

A

Aingeal　安姬兒

Azrael　艾瑞爾

B

Bradley　布萊德里

Buffy Summers　巴菲・薩莫斯

C

Cameron　卡麥倫

CERN　歐洲核子研究中心

Chelsea　切爾西

Claire　克萊兒

Creigiau　克雷高鎮

D

Darwin B.B. Montmorency
達文・蒙莫雷西

Diarmuid　戴爾慕德

Dylan　狄倫

E

Edwardian House
愛德華之家民宿

Egerton Crescent
艾格頓新月街

Eligio　艾立歐

Emerald Isle　翡翠島

Emery　艾莫瑞

Ethan　伊森

F

Fergal　佛格

Frederic　佛瑞德

G

Gabriel　加百列

Gualtiero　葛堤羅

Guinness　健力士

H

Hanora (Mary)
漢諾拉（瑪麗）

Hedgerley　黑澤雷

Henley-on-Thames
泰唔士河畔亨利小鎮

Higgs boson　希格斯玻色子

Holyhead　霍利黑德

I

Iona　艾歐娜

J

Jack　傑克

Jonah Cyrene　喬納・西恩

L

Lailah　萊拉

Limoux　利穆鎮

Little Blue　小藍（露營車）

Lo　路

Lucan　盧坎鎮

M

Malachi　梅拉奇

Michael　麥可

Mill Meadows　磨坊草原

Mirepoix　米雷普瓦

N

Neylis　安列斯

O

OfElfi　墮落天使的後裔

Orifiel　歐利菲爾

P

Padraig　皮德雷

Petal　瓣瓣

Phelan　菲南

Pureblood　純血

Pureblood Vampire
純種吸血鬼

R

Reverend Cillian O'sileabhin
西藍・歐希勒辛主教

Riley　雷利

Royal Britannia
皇室不列顛尼亞

S

Scooby-Doo　史酷比

Sealgaire　封印獵人

Sir Montmorency
蒙莫雷西爵士

Styclar-Plena　水晶星際

T

teleport　瞬間移位

the Arch Angels　大天使

the Thames　泰晤士河

U

Uri　烏麗（馬名）

W

Winnebago　溫納貝戈露營車

Z

Zherneboh　魔獸任尼波

幻想藏書閣

混血之裔2：熾愛

原著書名／Gabriel（The Styclar saga, Book2）
作　　者／妮琦・凱利（Nikki Kelly）
譯　　者／高瓊宇
企劃選書人／楊秀真
責任編輯／張婉玲
行銷企劃／周丹蘋
業務主任／范光杰
行銷業務經理／李振東
總 編 輯／楊秀真
發 行 人／何飛鵬
法律顧問／台英國際商務法律事務所　羅明通律師
出版／奇幻基地出版
城邦文化事業股份有限公司
台北市 104 民生東路二段 141 號 8 樓
電話：(02)25007008　傳真：(02)25027676
網址：www.ffoundation.com.tw
e-mail：ffoundation@cite.com.tw
發行／英屬蓋曼群島商家庭傳媒股份有限公司城邦分公司
台北市 104 民生東路二段 141 號 11 樓
書虫客服服務專線：(02)25007718・(02)25007719
24 小時傳真服務：(02)25170999・(02)25001991
服務時間：週一至週五09:30-12:00・13:30-17:00
郵撥帳號：19863813　戶名：書虫股份有限公司
讀者服務信箱 E-mail：service@readingclub.com.tw
歡迎光臨城邦讀書花園　網址：www.cite.com.tw
香港發行所／城邦（香港）出版集團有限公司
香港灣仔駱克道193號東超商業中心1樓
電話：(852)25086231　傳真：(852)25789337
e-mail : hkcite@biznetvigator.com
馬新發行所／城邦（馬新）出版集團
【Cite(M)Sdn. Bhd】
41, Jalan Radin Anum, Bandar Baru Sri Petaling,
57000 Kuala Lumpur, Malaysia.
Tel: (603) 90578822　Fax:(603) 90576622
email:cite@cite.com.my
封面設計／黃聖文
排　　版／極翔企業有限公司
印　　刷／高典印刷有限公司
■2016年（民105）9月29日初版
■2019年（民108）1月21日初版3.1刷

售價／320元

家圖書館出版品預行編目資料

昆血之裔. 2, 熾愛 / 妮琦・凱利（Nikki Kelly）
著；高瓊宇譯. -- 初版. -- 臺北市：奇幻基
地, 城邦文化出版：家庭傳媒城邦分公司
發行, 民105.09
面；　公分. --（幻想藏書閣）
譯自：The styclar saga. 2, Gabriel
SBN 978-986-93504-2-6（平裝）

74.57　105017119

BN　978-986-93504-2-6

廣　告　回　函
北區郵政管理登記證
台北廣字第000791號
郵資已付，免貼郵票

104台北市民生東路二段141號11樓

英屬蓋曼群島商家庭傳媒股份有限公司城邦分公司 收

請沿虛線對摺，謝謝

奇幻基地

每個人都有一本奇幻文學的啓蒙書

奇幻基地官網：http://www.ffoundation.com.tw
奇幻基地粉絲團：http://www.facebook.com/ffoundation

書號：1HI092　　書名：混血之裔2：熾愛

15 annual

奇幻基地15周年龍來瘋慶典

集點好禮獎不完！還可抽未來6個月新書免費看！

活動期間，購買奇幻基地作品，剪下回函卡右下角點數，集滿點數，寄回本公司即可兌換獎品＆參加抽獎！

集點兌換辦法

2016年06月起至2017年12月20日前(郵戳為憑)，奇幻基地出版之新書，剪下回函卡右下角點數，集滿點數貼至右邊集點處，寄回奇幻基地，即可兌換贈品(兌換完為止)，並可參加抽獎。

集點兌換獎品說明

5點：「奇幻龍」書擋一個（寬8x高15cm，壓克力材質)

10點：王者之路T恤一件(可指定尺寸S、M、L)

回函卡抽獎說明

1.寄回集滿5點或10點的回函卡，皆可參加抽獎活動！回函卡可累計，每張尚未被抽中的回函卡皆可參加抽獎。寄越多，中獎機率越高！

2.開獎日：2016年12月31日(限額5人)、2017年05月31日(限額10人)、2017年12月31日(限額10人)，共抽三次。

回函卡抽獎贈書說明

中獎後，未來6個月每月免費提供奇幻基地當月新書一本！

(每月1冊，共6冊。不可指定品項。)

特別說明：

1.請以正楷書寫回函卡資料，若字跡潦草無法辨識，視同棄權。

2.本活動限台澎金馬。

【集點處】

1	6
2	7
3	8
4	9
5	10

（點數與回函卡皆影印無效）

個人資料：

姓名：____________________ 性別：☐男 ☐女

地址：____________________

電話：____________________ email：____________________

想對奇幻基地說的話：____________________

請剪下右側點數，貼於背面的集點處，集滿5點以上，即可寄回兌換抽獎